국어 학습과 독서 평가를 위한 필독서

중학생 한국 단편소설

감수 문학박사 문학평론가 윤병로 교수

김유정 외 8인 지음 · 임융웅 엮음

④

서림문화사

책 머리에

소설이 작가가 만들어 낸 이야기라는 것은 누구나 알고 있다. 그리고 그 이야기의 줄거리는 작가의 메시지를 분명히 드러내기 위한 방향으로 진행된다. 이 역시 학생들은 이미 배워 알고 있다. 그러면서도 소설을 읽다보면 그 모든 것을 잊고 '지주의 횡포'에, 또는 '악인의 음모'에 비분강개한다. 어쩌면 이런 감정은 당연하고 또 필요하다. 소설을 좀더 깊이 있게 이해하기 위해서는 그 소설 속에 뛰어들고, 감정이입이 되어 작중 인물들과 하나가 되어야 하기 때문이다. 그러나 이렇게 소설을 읽다보면, 왜 작가는 그런 인물을 창조했는지, 또는 다른 성격의 인물을 창조할 수는 없었는지, 작중 인물의 대화나 행동 속에는 '복선'을 깔은 단서는 없었는지, 그 사건의 갈등은 무엇 때문에 생겼는지 등에 대해 생각해 볼 기회를 놓친다.

문학 작품의 읽기에는 작중 인물과 하나가 되는 것 외에도, '왜 그래야만 했는가' 하는 비판적 읽기와, '이런 결말이 아니고 다른 결말로 바뀔 수는 없었는가' 하는 자유로운 상상 등의 읽기를 통해, 작품의 주제와 작가의 메시지를 발견하고, 그를 통해 학생이 성장 이후 사회에 편입된 뒤, 반드시 필요한 지식 및 인생 경험과 같은 '간접 경험'을 얻을 수 있다. 이것이 일찍부터 선생님과 부모님이 학생들에게 독서를 권하는 중요한 이유이다.

그러나 특별히 독서 방법에 대한 훈련이나 지도를 받아보지 않은 학생들은 그냥 '훑어보듯' 읽어버리는 경향이 있다. 이런 식의 독서는 중요한 것을 얻지 못하며 따라서 지금부터라도 독서 습관을 바꿔야 한다. 소설을 읽더라도 밑줄이나 의문나는 점을 표시하고, 또는 그때 떠오르는 생각을 메모하는 방식으로 읽는 것이 좋다. 그러나 이런 '읽기'를 처음부터 할 수는 없다. 그것은 누군가가 읽기 지도를 해주거나, 읽은 뒤에 질문이나 토론을 통해 배경 지식을 쌓아가고 방법을 수정해 가야 될 것이다.

2005학년도부터 고등학교에서는 독서 평가를 내신에 반영하게 된다. 그것은 종전과 같이 '한번 훑어보는' 방식의 독서는 아니다. 독서를 한 뒤 그에 대한 자신의 느낌이나 비판적인 생각을 적어내는 방식이 될 것이다. 이것은 가장 바람직한 독서 방법이며, 이 방법으로 읽은 독서의 효과는 그 자신의 의식을 점차 바꿔놓을 것이다. 정말로 바른 교육 정책으로 보여진다.

이 책은 제7차 교육과정에 따른 중학 국어 교과서의 편찬 방향에 맞춰 수록 작품을 선정하고, 따라서 국어 교육과 독서 평가에 좋은 지침이 되도록 작품이 끝난 뒤에 여러 가지 항목으로 구체적인 질문을 하여, 읽은 작품에 대해 다시 한번 살펴보고 생각하도록 꾸몄다는 점에서 학생 여러분에게 권장할 만하여, 기꺼이 청을 받아들여 감수하기에 이르렀다. 아무쪼록 이 책이 학생들의 독서 방식을 바르게 이끌어주고 그럼으로써 동시에 문학 작품의 이해 능력이 크게 향상되기를 바란다.

감수 윤 병 로 교수

차 례

중학생 한국단편소설 ①

붉은 산 / 감자 / 벙어리 삼룡이 / 봄봄
낙동강 / 논 이야기 / 꺼삐딴 리 / 민촌 / 사하촌

중학생 한국단편소설 ②

고향 / 태형 / 동백꽃 / 홍염 / 별 / 두 파산 / 해방 전후
비 오는 날 / 수난 이대 / 난장이가 쏘아올린 작은 공

중학생 한국단편소설 ③

운수 좋은 날 / 화수분 / 물레방아 / 메밀꽃 필 무렵
레디메이드 인생 / 잉여인간 / 오발탄 / (축약) 상록수

중학생 한국단편소설 ④

소낙비 / 금 따는 콩밭 / 광염 소나타 / 달밤 / 술 권하는 사회
요람기 / 학 / 학마을 사람들 / 원미동 시인 / (축약) 태평천하

중학생 한국단편소설 ⑤

탈출기 / 만무방 / 복덕방 / 치숙 / 모래톱 이야기
젊은 느티나무 / 중국인 거리 / (축약) 혈의 누

독서 평가와 논술을 위한 필독서

중학생 한국단편소설

문 학 박 사
문학평론가 　윤병로 감수

소낙비

김 유 정

작·가·소·개

1908년 1월에 아버지 김춘식과 어머니 청송 심씨의 2남 6녀 중 일곱째로 서울 종로구 운니동(진골)에서 태어났다. 1928년 휘문 고보를 졸업하고 연희 전문학교 문과를 중퇴하였다. 결핵과 가난 속에 허덕이면서도 문학에 대한 불 같은 정열을 간직한 의지의 작가였던 그는 1932년 고향인 실레 마을에 '금병의숙'을 열고 문맹 퇴치 운동을 벌이기도 했으며, 1935년 단편 '소낙비'가 〈조선일보〉에, '노다지'가 〈중앙일보〉에 각각 당선되어 문단에 등단하였다.

이후 왕성한 창작력과 빛나는 기질을 발휘하여, 단편 '금 따는 콩밭' '떡' '산골' '봄' 등을 잇달아 발표한다. 이들 작품은 대개 가난한 농촌 현실에서 원시적인 순박성을 지니고 살아가는 우직한 인간형을 서정적인 필치로 그린 작품들로 나머지 작품들도 대체로 유사한 경향을 보여 준다.

그는 20대부터 지병을 얻어 고통을 겪어 왔으며, 가난과 불안정한 생활 때문에 1937년 29세의 젊은 나이에 폐결핵으로 요절하였다.

음산한 검은 구름이 하늘에 뭉게뭉게 모여드는 것이 금시라도 비 한줄기 할 듯하면서도 여전히 짓궂은 햇발은 겹겹 산속에 묻힌 외진 마을을 통째로 자실 듯이 달구고 있었다. 이따금 생각나는 듯 살매들린 바람은 논밭간의 나무들을 뒤흔들며 미쳐 날뛰었다.

뫼[1] 밖으로 농꾼들을 멀리 품앗이로 내보낸 안말의 공기는 쓸쓸하였다. 다만 맷맷한[2] 미루나무숲에서 거칠어가는 농촌을 읊는 듯 매미의 애끓는 노래…….

매움! 매애움!

춘호는 자기 집 —— 올봄에 오 원을 주고 사서 들은 묵삭은[3] 오막살이 집 —— 방문턱에 걸터앉아서 바른 주먹으로 턱을 고이고는 봉당에서 저녁으로 때울 감자를 씻고 있는 아내를 묵묵히 노려보고 있었다. 그는 사날밤이나 눈을 안 붙이고 성화를 하는 바람에 농사에 고리삭은[4] 그의 얼굴은 더욱 해쓱하였다.

아내에게 다시한번 졸라보았다. 그러나 위협하는 어조로,

"이봐, 그래 어떻게 돈 이 원만 안해줄 테여?"

아내는 역시 대답이 없었다. 갓 잡아온 새댁모양으로 씻는 감자나 씻을 뿐 잠자코 있었다. 되나 안되나 좌우간 이렇다 말이 없으니 춘호는 울화가 터져 죽을 지경이었다. 그는 타곳에서 떠돌아온 몸이라 자기를 믿고 장리[5]를 주는 사람도 없고 또는 그 알량한 집을 팔려 해도 단 이삼 원의 작자도 내닫지 않으므로 앞뒤가 꼭 막혔다. 마는 그래도 아내는 나이 젊고 얼굴 똑똑하겠다, 돈 이 원쯤이야 어떻게라도 될 수 있겠기에 묻는 것인데 들은 체도 안하니 괘씸한 듯싶었다.

그는 매를 튀기며 다시한번,

---

1) 뫼 : 산의 옛말.
2) 맷맷한 : (생김새가) 거침새 없이 곧고 긴.
3) 묵삭은 : 오래된.
4) 고리삭은 : (젊은이의 말이나 행동이) 풀이 죽어 늙은이 같다.
5) 장리(長利) : 곡식을 꾸어주고 받을 때에 본디 곡식의 절반을 이자로 받는 변리.

"돈 좀 안해줄 테에?"

하고 소리를 빽 질렀다.

그러나 대꾸는 역시 없었다.

춘호는 노기 충천하여 불현듯 문지방을 떠다밀며 벌떡 일어섰다. 눈을 흡뜨고 벽에 기대인 지게막대를 손에 잡자 아내의 옆으로 바람같이 달겨들었다.

"이년아, 기집 좋다는 게 뭐여. 남편의 근심도 덜어주어야지, 끼고 자자는 기집이여?"

지게막대는 아내의 연한 허리를 모질게 후렸다. 까부라지는 비명은 모지락스리 찌그러진 울타리를 벗어나간다. 잼처[7] 지게막대는 앉은 채 고꾸라진 아내의 발뒤축을 얼러 볼기를 내려갈겼다.

"이년아, 내가 언제부터 너에게 조르는 게여?"

범같이 호통을 치며 남편이 지게막대를 공중으로 다시 올리며 모질음[8]을 쓸 때 아내는,

"에구머니!"

하고 외마디를 질렀다. 연하여 몸을 뒤치자 거반 엎어진 듯이 싸리문 밖으로 내달렸다. 얼굴에 눈물이 흐른 채 황그리는 걸음으로 문 앞의 언덕을 내리어 개울을 건너고 맞은쪽에 뚫린 콩밭 길로 들어섰다.

"너, 네가 날 피하면 어딜 갈 테여?"

발길을 막는 듯한 의미있는 호령에 달아나던 아내는 다리가 멈칫하였다. 그는 고개를 돌리어 싸리문 안에 아직도 지게막대를 들

---

6) 노기충천하여 : 성이 머리끝까지 나서.

7) 잼처 : 어떤 일에 바로 뒤이어 거듭.

8) 모질음 : 어떠한 고통을 견뎌 내려고 모질게 쓰는 힘.

고 섰는 남편을 바라보았다. 어른에게 죄진 어린애같이 입만 종깃 종깃하다가 남편이 뛰어나올까 겁이 나서 겨우 입을 열었다.

"쇠돌엄마 집에 좀 다녀올게유."

쭈뼛쭈뼛 변명을 하고는 가던 길을 다시 횡허케[9] 내걸었다. 아내라고 요새 이 돈 이 원이 금시로 필요함을 모르는 바도 아니었다. 마는 그의 자격으로나 노동으로나 돈 이 원이란 감히 땅띔[10]도 못해볼 형편이었다. 벌이래야 하잘것없는 것 —— 아침에 일어나기가 무섭게 남에게 뒤질까 영산이 올라 산으로 빼는 것이다. 조그만 종댕이를 허리에 달고 거한 산중에 드문드문 박혀 있는 도라지, 더덕을 찾아가는 일이었다. 깊은 산속으로 우중충한 돌 틈바귀로 잔약한[11] 몸으로 맨발에 짚신짝을 끌며 강파른 산등을 타고 돌려면 젖먹던 힘까지 녹아내리는 듯 진땀이 머리로부터 발끝까지 흘러내린다.

아랫도리를 단 외겹으로 두른 낡은 치맛자락은 다리로, 허리로 척척 엉기어 걸음을 방해하였다. 땀에 불은 종아리는 거칠은 숲에 긁혀매여 그 쓰라림이 말이 아니다. 게다가 무거운 흙내는 숨이 탁탁 막히도록 가슴을 찌른다. 그러나 삶에 발버둥치는 순진한 그의 머리는 아무 불평도 일지 않았다.

가물에 콩나기로 어쩌다 도라지순이라도 어지러운 숲속에 하나둘 뾰족이 뻗어오른 것을 보면 그는 그래도 기쁨에 넘치는 미소를 띠었다. 때로는 바위도 기어올랐다. 정히 못 기어오를 그런 험한 곳이면 칡덩굴에 매어달리기도 하는 것이었다. 땟국에 절은 무명

---

9) 횡허케 : 지체하지 않고 아주 빠르게 가는 모양.
10) 땅띔 : 무거운 것을 들어 땅에서 뜨게 하는 일.
11) 잔약한 : 가냘프고 매우 약한.

적삼은 벗어서 허리춤에다 꾹 찌르고는 호랑이숲이라 이름난 강
원도 산골에 매어달려 기를 쓰고 허비적거린다. 골 바람은 지날 적
마다 알몸을 두른 치맛자락을 공중으로 날린다. 그제마다 검붉은
볼기짝을 사양없이 내보이는 칡덩굴이 그를 본다면, 배를 움켜쥐
어도 다 못 볼 것이다. 마는 다행히 그윽한 산골이라 그꼴을 비웃
는 놈은 뻐꾸기뿐이었다.

　이리하여 해동갑[12]으로 해갈[13]을 하고 나면 캐어 모은 도라지,
더덕은 얼러 사발가웃, 혹은 두어 사발 남짓하게 되는 것이다. 그
러면 동리로 내려와 주막거리에 가서 그걸 내주고 보리쌀과 사발
바꿈을 하였다. 그러나 요즘엔 그나마도 철이 겨워 소출이 없다.
그대신 남의 보리방아를 온종일 찧어주고 보리밥 그릇이나 얻어
다가는 집으로 돌아와 농토를 못 얻어 뻔뻔히 노는 남편과 같이 나
누는 것이 그날 하루하루의 생활이었다. 그러고 보니 돈 이 원커녕
당장 목을 딸대도 피도 나올지가 의문이었다.

　만약 돈 이 원을 돌린다면 아는 집에서 보리라도 꾸어 파는 수밖
에는 다른 도리가 없다. 그리고 온 동리의 아낙네들이 치맛바람에
팔자 고쳤다고 쑥덕거리며 은근히 시새우는 쇠돌엄마가 아니고는
노는 벌이를 가진 사람이 없다. 그런데 도둑이 제 발 저리다고 그
는 자기 꼴 주제에 제물에 눌려서 호사로운 쇠돌엄마에게는 죽어
도 가고 싶지 않았다. 쇠돌엄마도 처음에야 자기와 같이 천한 농부
의 계집이련만 어쩌다 하늘이 도와 동리의 부자양반 이 주사와 은
근히 배가 맞은 뒤로는 얼굴도 모양 내고, 옷치장도 하고, 밥 걱정

---

12) 해동갑 : 해가 질 때까지의 동안.
13) 해갈 : 목마름을 해소하는 것.

도 안하고 하여 아주 금방석에 딩구는 팔자가 되었다. 그리고 쇠돌 아버지도 이게 웬 땡이냔 듯이 아내를 내어논 채 눈을 살짝 감아버리고 이 주사에게서 나는 옷이나 입고, 주는 쌀이나 먹고 연년이 신통치 못한 자기 농사에는 한손을 떼고는 히짜를 뽑는 것이 아닌가!

사실 말인즉, 춘호처가 쇠돌엄마에게 죽어도 아니 가려는 그 속 까닭은 정작 여기 있었다.

바로 지난 늦은봄, 달이 뚫어지게 밝은 어느 밤이었다. 춘호가 보름 게추를 보러 산모퉁이로 나간 것이 이슥하여도 돌아오지 않으므로 집에서 기다리던 아내가 인젠 자고 오려나 생각하고는 막 드러누워 잠이 들려니까 웬 난데없는 황소 같은 놈이 뛰어들었다. 허둥지둥 춘호처를 마구 깔다가 놀라서 으악 소리를 치는 바람에, 그냥 달아난 일이 있었다. 어수룩한 시골일이라 별반 풍설도 아니 나고 쓱싹 되었으나 며칠이 지난 뒤에야 그것이 동리의 부자 이 주사의 소행임을 비로소 눈치채었다.

그런 까닭으로 해서 춘호처는 쇠돌엄마와 직접 관계는 없단대도 그를 대하면 공연스리 얼굴이 뜨뜻하여지고 몹시 어색하였다. 죄나 진 듯이…….

그리고 더욱이 쇠돌엄마가, '새댁, 나는 속옷이 세 개구, 버선이 네 멜이구 갱.' 하며, 이주 좋다고 핸들대는 그꼴을 보면 혹시 자기에게 한 점을 두고서 비양거리는 거나 아닌가 하는 옥생각으로 무안해서 고개도 못 들었다.

한편으로는 자기도 좀만 잘했더면 지금쯤은 쇠돌엄마처럼 호강을 할 수 있었을 그런 갸륵한 기회를 깝살려버린 자기 행동에 대한 후회와 애탄으로 말미암아 마음을 괴롭히는 그 쓰라림도 적지 않았다. 그러나 아무러한 욕을 보더라도 나날이 심해가는 남편의 무지한 매보다는 그래도 좀 헐할 게다. 오늘은 한맘 먹고 쇠돌엄마를 찾아가려는 것이었다.

춘호처는 이번 걸음이 헛발이나 안 칠까 일념으로 심화를 하며 수양버들이 쭉 늘여박힌 논두렁 길로 들어섰다.

그는 시골 아낙네로는 용모가 매우 반반하였다. 좀 야윈 듯한 몸매는 호리호리한 것이 소위 동리의 문자대로 외입깨나 하얌직한 얼굴이었으되 추리한 의복이며 퀴퀴한 냄새는 거지를 볼지른다. 그는 왼손 바른손으로 겨끔내기로 치맛귀를 여며가며 속살이 뼈질까 조심조심이 걸었다. 감사나운 구름송이가 하늘 신폭을 휘덮고는 차츰차츰 지면으로 쳐져내리더니 그예 산봉우리에 엉기어 살풍경이 되고 만다. 먼데서 개짖는 소리가 앞뒷산을 한적하게 울린다. 빗방울은 하나 둘 떨어지기 시작하더니 차차 굵어지며 무더기로 퍼부어내린다.

춘호처는 길가에 늘어진 밤나무 밑으로 뛰어들어가 비를 거니며 쇠돌엄마 집을 멀리 바라보았다. 북쪽 산기슭 높직한 울타리로 뺑 돌려 두르고 앉았는 오묵하고 맵시 있는 집이 그 집이었다. 그런데 싸리문이 꼭 닫힌 걸 보면 아마 쇠돌엄마가 농군청에 저녁 제누리를 나르러 가서 아직 돌아오지 않은 모양이었다.

그는 쇠돌엄마 오기를 지켜보며 오두커니 서서 기다리고 있었다.

나뭇잎에서 빗방울은 뚝뚝 떨어지며 그의 뺨을 흘러 젖가슴으로 스며든다. 바람은 지날 적마다 냉기와 함께 굵은 빗발을 몸에 들여친다. 비에 쪼로록 젖은 치마가 몸에 찰싹 감기어 허리로, 궁둥이로, 다리로, 살의 윤곽이 그대로 비쳐올랐다.

무던히 기다렸으나 쇠돌엄마는 오지 않았다. 하도 진력이 나서

소낙비

하품을 하여가며 정신 없이 서 있느라니 왼편 언덕에서 사람 오는
발자취 소리가 들린다. 그는 고개를 돌려보았다. 그러나 날쌔게 나
무 틈으로 몸을 숨겼다. 동이배를 가진 이 주사가 지우산을 받쳐쓰
고는 쇠돌네 집으로 향하여 응뎅이[14]를 껍쭉거리며 내려가는 길이
었다. 비록 키는 작달막하나 숱 좋은 수염이든지 온 동리를 털어야
단하나뿐인 탕건이든지, 썩 풍채 좋은 오십 전후의 양반이다.

그는 싸리문 앞으로 가더니 자기 집처럼 거침없이 문을 떠다밀
고는 속으로 버젓이 들어가버린다.

이것을 보니 춘호처는 다시금 속이 편치 않았다. 자기는 개돼지
같이 무시로, 매만 맞고 돌아치는 천덕꾼이다. 안팎으로 겹귀염을
받으며 간들대는 쇠돌엄마와 사람된 치수[15]가 두드러지게 다름을
그는 알 수 있었다. 쇠돌엄마의 호강을 너무나 부럽게 우러러보는
반동으로 자기도 잘했더면 하는 턱없는 희망과 후회가 전보다 몇
갑절 쓰린 맛으로 그의 가슴을 찌푸뜨렸다.

쇠돌네 집을 하염없이 건너다보다가 어느덧 저도 모르게 긴 한
숨이 굴러내린다. 언덕에서 쓸려내리는 사댓물이 발등까지 개흙
으로 덮으며 소리쳐 흐른다. 빗물에 폭 젖은 몸뚱아리는 점점 떨리
기 시작한다.

그는 가벼웁게 몸서리를 쳤다. 그리고 당황한 시선으로 사방을
경계하여 보았다. 아무도 보이지는 않았다. 다시 시선을 돌리어 그
집을 쏘아보며 속으로 궁리하여 보았다. 안에는 확실히 이 주사뿐
일 게다. 그때까지 걸렸던 싸리문이라든지 또는 울타리에 널은 빨

---

14) 응뎅이 : '엉덩이' 의 방언.
15) 치수 : 길이에 대한 몇 자 몇 치의 셈. 여기서는 사람 됨됨이의 차이를 말함.

래를 여태 안 걷어들이는 것을 보면 어떤 맹세를 두고라도 분명히 이 주사 외의 다른 사람은 하나도 없을 것이다.

그는 마음놓고 비를 맞아가며 그 집으로 달려들었다. 봉당으로 선뜻 뛰어오르며,

"쇠돌엄마 기슈?"

하고, 인기를 내보았다.

물론 당자의 대답은 없었다. 그대신 그 음성이 나자 안방에서 이 주사가 번개같이 머리를 내밀었다. 자기딴은 꿈밖이란 듯, 눈을 두리번두리번하더니 옷 위로 볼가진 춘호처의 젖가슴, 아랫배, 넓적다리로 발등까지 슬쩍 음흉히[16] 훑어보고는 거나한 낯으로 빙그레 한다. 그리고 자기도 봉당으로 주춤주춤 나오며,

"쇠돌엄마 말인가? 왜 지금 막 나갔지. 곧 온댔으니 안방에 좀 들어가 기다렸으면……" 하고 매우 일이 딱한 듯이 어름어름한다.

"이 비에 어딜 갔에유?"

"지금 요 밖에 좀 나갔지, 그러나 곧 올걸……"

"있는 줄 알고 왔는디……"

춘호처는 이렇게 혼잣말로 낙심하며 섭섭한 낯으로 머뭇머뭇하다가 그냥 돌아갈 듯이 봉당 아래로 내려섰다.

이 주사를 쳐다보며 물차는 제비같이 산드러지게,

"그럼 요담에 오겠에유, 안녕히 계시유." 하고 작별의 인사를 올린다.

"지금 곧 온댔는데, 좀 기다리지……"

"담에 또 오지유."

---

16) 음흉히 : 음흉하고 간사히.

"아닐세, 좀 기다리게. 여보게, 여보게, 이봐!"

춘호처가 간다는 바람에 이 주사는 체면도 모르고 기가 올랐다. 허둥거리며 재간껏 만류하였으나 암만 해도 안될 듯싶다. 춘호처가 여기엘 찾아온 것도 큰 기적이려니와 뇌성벽력에, 구석진 곳이겠다, 이렇게 솔깃한 기회는 두 번다시 못 볼 것이다. 그는 눈이 뒤집히어 입에 물었던 장죽[17]을 쭉 뽑아 방안으로 치뜨리고는 계집의 허리를 뒤로 다짜고짜 끌어안아서 봉당 위로 끌어올렸다.

계집은 몹시 놀라며,

"왜 이러서유, 이거 놓세유," 하고 몸을 뿌리치려는 앙탈을 한다.

"아니 잠깐만."

이 주사는 그래도 놓지 않으며 허겁스러운[18] 눈짓으로 계집을 달래인다.

흘러내리는 고의춤[19]을 왼손으로 연신 치우치며 바른팔로는 계집을 잔뜩 움켜잡고는 엄두를 못 내어 쩔쩔매다가 간신히 방안으로 끙끙 몰아넣었다. 안으로 문고리는 재빠르게 채이었다.

밖에서는 모진 빗방울이 배추잎에 부딪치는 소리, 바람에 나무 떠는 소리가 요란하다. 가끔 양철통을 내려굴리는 듯 거푸진 천둥소리가 방고래[20]를 울리며 날은 점점 침침하여갔다.

얼마쯤 지난 뒤였다. 이만하면 길이 들었으려니 안심하고 이 주사는 날숨을 후우, 하고 돌린다. 실없이 고마운 비 때문에 발악도 못 치고 앙살도 못 피우고 무릎 앞에 고분고분 늘어져 있는 계집을

---

17) 장죽 : 긴 담뱃대.
18) 허겁스러운 : 보기에 마음이 실하지 못하여 겁이 많아 보이는.
19) 고의춤 : 고의의 허리를 접어서 여민 사이.
20) 방고래 : 방의 구들장 밑으로 나있는, 불길과 연기가 통하여 나가는 길.

대견히 바라보며 빙긋이 얼려보았다. 계집은 온몸에 진땀이 쭉 흐르는 것이 꽤 더운 모양이다. 벽에 걸린 쇠돌엄마의 적삼을 꺼내어 계집의 몸을 말쑥하게 훌닦기 시작한다. 발끝서부터 얼굴까지…….

"너, 열아홉이지?" 하고 이 주사는 취한 얼굴로 얼간히 물어보았다.

"니에." 하고, 메떨어진 대답.

계집은 이 주사 손에 눌리어 일어나도 못하고 죽은 듯이 가만히 누워 있다.

이 주사는 계집의 몸을 다 씻고 나서 한숨을 내뿜으며 담배 한 대를 턱 피워 물었다.

"그래, 요새도 서방에게 주리경을 치느냐?" 하고 묻다가 아무 대답도 없으매,

"원 그래서야 어떻게 산단 말이냐, 하루이틀이 아니고. 사람의 일이란 알 수 있는 거냐? 그러다 혹시 맞아죽으면 정장 하나 해볼 곳 없는 거야. 하니, 네 명이 아까우면 덮어놓고 민적[21]을 가르는 게 낫겠지." 하고 계집의 신변을 위하여 염려를 마지않다가 번뜻 한 가지 궁금한 것이 있었다.

"너 참, 아이 낳았다 죽었다구나?"

"니에."

"어디 난 듯이나 싶으냐?"

계집은 얼굴이 홍당무가 되어지며 아무말 못하고 고개를 외면하였다.

---

21) 민적 : 호적.

이 주사도 그까짓것 더 묻지 않았다. 그런데 웬 녀석의 냄새인지 무어생채 썩는 듯한 시크무레한 악취가 불시로 코청을 찌르니 눈살을 찌푸리지 않을 수 없다. 처음에야 그런 줄은 소통 몰랐더니 알고 보니까 비위가 좋이 역하였다. 그는 빨고 있는 담배통으로 계집의 배꼽께를 똑똑히 가리키며,

"애, 이 살의 때꼽 좀 봐라. 그래 물이 흔한데 이것 좀 못 씻는단 말이냐?"

하고 모처럼의 기분을 상한 것이 앵하단 듯이[22] 꺼림한 기색으로 혀를 채었다. 하지만 계집이 참다참다 이내 무안에 못 이기어 일어나 치마를 입으려 하니 그는 역정을 벌컥 내었다. 옷을 빼앗아 구석으로 동댕이를 치고는 다시 그 자리에 끌어앉혔다. 그리고 자기 딸이나 책하듯이 아주 대범하게 꾸짖었다.

"왜 그리 계집이 달망대니[23]? 좀 듬직치가 못하구……"

춘호처가 그 집을 나선 것은 들어간 지 약 한 시간 만이었다.

비가 여전히 쭉쭉 내린다. 그는 진땀을 있는 대로 흠뻑 쏟고 나왔다. 그러나 의외로, 아니 천행으로 오늘 일은 성공이었다.

그는 몸을 솟치며 생긋하였다. 그런 모욕과 수치는 난생 처음 당하는 봉변으로, 지랄 중에도 몹쓸 지랄이었으나 성공은 성공이었다. 복을 받으려면 반드시 고생이 따르는 법이니 이까짓 거야 골백 번 당한대도 남편에게 매나 안 맞고 의좋게 살 수만 있다면 그는 사양치 않을 것이다. 이 주사를 하늘같이, 은인같이 여겼다. 남편에게 부쳐먹을 농토를 줄 테니 자기의 첩이 되라는 그말도 죄송하

---

22) 앵하단 듯이 : 손해를 보아서 마음이 분하고 아깝단 듯이.
23) 달망대니 : 경망스러우니.

였으나 더욱이 돈 이 원을 줄께니 내일 이맘때 쇠돌네 집으로 넌지시 만나자는 그말은 무엇보다도 고마웠고 벅찬 짐이나 풀은 듯 마음이 홀가분하였다. 다만 애키는[24] 것은 자기의 행실이 만약 남편에게 발각되는 나절에는 대매에 맞아죽을 것이다. 그는 일변 기뻐하며 일변 애를 태우며 자기 집을 향하여 세차게 쏟아지는 빗속을 가분가분 내려달렸다.

춘호는 아직도 분이 못 풀리어 뿌루퉁하니 홀로 앉았다.

그는 자기의 고향인 인제를 등진 지 벌써 삼 년이 되었다. 해를 이어 흉작에 농작물은 말 못되고 따라 빚쟁이들의 위협과 악다구니는 날로 심하였다.

마침내 하릴없이 집 세간살이를 그대로 내버리고 알몸으로 밤도주하였던 것이다. 살기 좋은 곳을 찾는다고 나이 어린 아내의 손목을 끌고 이산저산을 넘어 표랑하였다. 그러나 우정 찾아들은 곳이 고작 이 마을이나, 산속은 역시 일반이다. 어느 산골엘 가 호미를 잡아보아도 정은 조그만치도 안 붙었고, 거기에는 오직 쌀쌀한 불안과 굶주림이 품을 벌려 그를 맞을 뿐이었다. 터무니없다 하여 농토를 안 준다. 일 구멍이 없으매 품을 못 판다. 밥이 없다. 결국에 그는 피폐하여[25] 가는 농민 사이를 감도는 엉뚱한 투기심에 몸이 달떴다.

요사이 며칠 동안을 두고 요너머 뒷산 속에서 밤마다 큰 노름판이 벌어지는 기미를 알았다. 그는 자기도 한몫 보려고 끼룩거렸으나 좀체로 밑천을 만들 수가 없었다. 이 원! 수나 좋아서 이 이 원

---

24) 애키는 : 마음이 쓰이고 조바심이 나는.
25) 피폐하여 : 기운이 지쳐 죽을 것 같아.

소낙비

이 조화만 잘한다면 금시 발복[26]이 못 된다고 누가 단언할 수 있으랴! 삼사십 원 따서 동리의 빚이나 대충 가리고 옷 한 벌 지어입고는 진저리나는 이 산골을 떠나려는 것이 그의 배포였다. 서울로 올라가 아내는 안잠을 재우고 자기는 노동을 하고, 둘이서 다구지게 벌으면 안락한 생활을 할 수가 있을 텐데, 이런 산구석에서 굶어죽을 맞이야 없었다. 그래서 젊은 아내에게 돈 좀 해오라니까 요리 매낀 조리 매낀 매만 피하고 곁들어 주지 않으니 그 소행이 여간 괘씸한 것이 아니다.

아내가 물에 빠진 생쥐꼴을 하고 집으로 달려들자 미처 입도 벌리기 전에 남편은 이를 악물고 주먹뺨을 냅다 붙인다.

"너 이년, 매만 살살 피하고 어디 가 자빠졌다 왔니?"

볼치 한 대를 얻어맞고 아내는 오기[27]가 걸리어 벙벙하였다. 그래도 직성이 못 풀리어 남편이 다시 매를 손에 잡으려 하니 아내는 질겁을 하여 살려달라고 두 손으로 빌며 개신개신[28] 입을 열었다.

"낼 되유…… 낼. 돈, 낼 되유." 하며 돈이 변통됨을 삼가 아뢰는 그의 음성은 절반이 울음이었다. 남편이 반신반의하여 눈을 찌긋하다가,

"낼?" 하고 목청을 돋았다.

"네, 낼 된다유."

"꼭 되여?"

"네, 낼 된다유."

남편은 시골 물정에 능통하니만치 난데없는 돈 이 원이 어디서

---

26) 발복 : 복이 일어나는 것.
27) 오기 : 남에게 지기 싫어하는 마음.
28) 개신개신 : 게으르거나 약한 사람이 힘없이 움직이는 모습.

어떻게 되는 것까지는 추궁해 물으려 하지 않았다. 그는 저으기 안심한 얼굴로 방문턱에 걸터앉으며 담뱃대에 불을 그었다. 그제야 비로소 아내도 마음을 놓고 감자를 삶으려 부엌으로 들어가려 하니 남편이 곁으로 걸어오며 측은한 듯이 말리었다.

"병 나, 방에 들어가 어여 옷이나 말리여. 감자는 내 삶을게."

먹물같이 짙은 밤이 내리었다. 비는 더욱 소리를 치며 앙상한 그들의 방벽을 앞뒤로 울린다. 천정에서 비는 새지 않으나 집지은 지가 오래 되어 고래가 물러앉다시피 된 방이라 도배를 못한 방바닥에는 물이 스며들어 귀죽죽하다. 거기다 거적 두 잎만 덩그렇게 깔아놓은 것이 그들의 침소였다. 석유불은 없어 캄캄한 바로 지옥이다. 벼룩이는 사방에서 마냥 스물거린다.

그러나 등걸잠에 익달한[29] 그들은 천역덕스럽게 나란히 누워 줄기차게 퍼붓는 밤비소리를 귀담아 듣고 있었다. 가난으로 인하여 부부간의 애틋한 정을 모르고 나날이 매질로 불평과 원한 중에서 복대기는 그들도 이 밤에는 불시로 화목하였다. 단지 남편의 품에 들은 돈 이 원을 꿈꾸어보고도.

"서울 언제 갈라유?"

남편의 왼팔을 베고 누웠던 아내가 남편을 향하여 응석 비슷이 물어보았다. 그는 남편에게 서울의 화려한 거리며, 후한 인심에 대하여 여러번 들은 바 있어 일상 안타까운 마음으로 몽상은 하여보았으나 실지 구경은 못하였다. 얼른 이 고생을 벗어나 살기 좋은 서울로 가고 싶은 생각이 간절하였다.

"곧 가게 되겠지, 빚만 좀 없어도 가뜬하련만."

---

29) 익달한 : 숙달한.

“빚은 낭종 줴더라도 얼핀·갑세다유.”

“염려 없어. 이달 안으로 꼭 가게 될 거니까.”

남편은 썩 쾌히 승낙하였다. 딴은 그는 동리에서 일컬어주는 질꾼으로 투전장의 가보쯤은 시루에서 콩나물 뽑듯하는 능수였다. 내일밤 이 원을 가지고 벼락같이 노름판에 달려가서 있는 돈이란 깡그리 모집어올 생각을 하니 그는 은근히 기뻤다. 그리고 교묘한 자기의 손재간을 홀로 뽐내었다.

“이번이 서울 첨이지?” 하매, 그는 서울 바람 좀 한번 쐬었다고 큰 체를 하며 팔로 아내의 머리를 흔들어 물어보았다. 성미가 워낙 겁겁한[30]지라 지금부터 서울갈 준비를 착착 하고 싶었다. 그가 제일 걱정되는 것은 둠 구석에서 뇌[31] 자라먹은 아내를 데리고 가면 서울사람에게 놀림도 받을 게고 거리끼는 일이 많을 듯 싶었다. 그래서 서울 가면 꼭 지켜야 할 필수 조건을 아내에게 일일이 설명치 않을 수 없었다.

첫째, 사투리에 대한 주의부터 시작되었다. 농민이 서울사람에게 〈꼬라리〉라는 별명으로 감잡히는[32] 그 이유는 무엇보다도 사투리에 있을지니 사투리는 쓰지 말며 〈합세〉를 〈하십니까〉로, 〈하게유〉를 〈하오〉로 고치되 말끝을 들지 말지라, 또 거리에서 어릿어릿하는 것은 내가 시골뜨기요 하는 얼뜬 짓이니 갈 길은 재게[33] 가고 볼 눈은 또릿또릿히 볼지라 —— 하는 것들이었다. 아내는 그 끔찍한 설교를 귀담아 들으며 모기소리로 “네, 네.”를 하였다.

---

30) 겁겁한 : 성미가 급하여 참을성이 없는.

31) 뇌 : 늘, 항상.

32) 감잡히는 : (남과 다툴 때) 약점을 잡히는.

33) 재게 : 빠르게.

남편은 뒤 시간 가량을 샐틈없이 꼼꼼하게 주의를 다져놓고는 서울의 풍습이며 생활 방침 등을 자기의 의견대로, 그럴싸하게 이야기하여 오다가 말끝이 어느덧 화장술에 이르게 되었다. 시골 여자가 서울에 가서 안잠을 잘 자주면 몇해 후에는 집까지 얻어갖는 수가 있는데, 거기에는 얼굴이 예뻐야 한다는 소문을 일찍 들은 바 있어 하는 소리였다.

"그래서 날마닥 기름도 바르고, 분도 바르고, 버선도 신고 해서 쥔 마음에 썩 들어야……"

한참 신바람이 올라 주워삼기다가 옆에서 쌔근쌔근 소리가 들리므로 고개를 돌려보니 아내는 이미 곯아져 잠이 깊었다.

"이런 망할 거, 남 말하는데 자빠져 잔담."

남편은 혼자 중얼거리며 바른팔을 들어 이마 위로 흐트러진 아내의 머리칼을 뒤로 쓰담아넘긴다. 세상에 귀한 것은 자기 아내! 명색이 남편이며 이날까지 옷 한 벌 변변히 못해 입히고 고생만 짓시킨 그 죄가 너무나 큰 듯 가슴이 뻐근하였다. 그는 왁살스러운 팔로 아내의 허리를 꼭 껴안아 자기의 앞으로 바특이[34] 끌어당겼다.

밤새도록 줄기차게 내리던 빗소리가 아침에 이르러서야 겨우 그치고 점심때에는 생기로운 볕까지 들었다. 쿨렁쿨렁 눈물나는 소리는 요란히 들린다. 시내에서 고기 잡는 아이들의 고함이며, 농부들의 희희낙락한 미나리도 기운차게 들린다. 비는 춘호의 근심도 씻어간 듯 오늘은 그에게도 즐거운 빛이 보였다.

"저녁 제누리 때 되었을걸, 얼른 빗고 가봐……"

그는 갈증이 나서 아내를 대구 재촉하였다.

---

34) 바특이 : 조금 가까이.

“아직 멀었어유.”

“뭘!”

아내는 남편의 말대로 벌써부터 머리를 빗고 앉았으나 원체 달 포나 아니 가리어 엉클은 머리가 시간이 꽤 걸렸다. 그는 호랑이 같은 남편과 오랜만에 정다운 정을 바꾸어보니 근래에 볼 수 없는 화색이 얼굴에 떠돌았다.

어느때에는 매적하게 생글생글 웃어도 보았다.

아내가 꼼지작거리는 것이 보기에 퍽으나 갑갑하였다. 남편은 아내 손에서 얼레빗[35]을 쑥 뽑아들고는 시원스레 쭉쭉 내려빗긴다. 다 빗긴 뒤, 옆에 놓인 밥사발의 물을 손바닥에 연신 칠해가며 머리에다 번지르하게 발라놓았다. 그래놓고 위서부터 머리칼을 재워가며 맵시 있게 쪽을 딱 찔러주더니 오늘 아침에 한사코 공을 들여 삼아놓았던 짚신을 아내의 발에 신기고 주먹으로 자근자근 골을 내주었다.

“인제 가봐!” 하다가,

“바루 곧 와, 응?” 하고 남편은 그 이 원을 고히 받고자 손색 없 도록, 실패 없도록 아내를 모양내 보냈다.

---

35) 얼레빗 : 빗살이 굵고 성긴 빗.

＜작·품·정·리＞

- 갈래 : 단편 소설, 농민 소설
- 주제 : 인간 욕망의 명암
- 배경 : 강원도 어느 산골
- 시점 : 전지적 작가 시점

＜줄·거·리＞

1

춘호는 돈 이 원만 해 달라고 아내에게 닦달이다. 그는 타곳에서 떠돌아온 몸이라 자기를 믿고 장리를 주는 사람도 없고 알량한 집을 팔려고 해도 작자가 없다. 춘호는 지게 막대기로 아내를 모질게 후렸다. 아내는 외마디 소리를 지르며 언덕을 올라 개울 건너 콩밭 길로 들어섰다. 남편이 호령을 하자 쇠돌엄마 집에 다녀오겠다고 한다.

2

아내는 이 돈 이 원이 금새 필요함을 모르는 바가 아니다. 그러나 노동으로 이 원이란 땅띔도 못해 본 형편이다. 외겹으로 입는 옷은 땀으로 몸에 붙어 걸음을 방해하였다. 쇠돌엄마도 처음이야 자기와 같이 천한 농부의 계집이련만 하늘이 도와 부자 양반 이 주사와 배가 맞은 뒤로는 모양도 내고 밥 걱정도 없다. 지난 늦은 봄 달 밝은 밤 난데없이 황소 같은 놈이 뛰어들었다가 소리를 지르는 바람에 그냥 달아났다. 그것은 이 주사의 소행이었다. 그 때문에 춘호처는 쇠돌엄마를 대하면 어색하였다. 춘호처는 쇠돌 엄마를 찾아가는 것이다. 빗방울이 하나 둘 떨어지기 시작하더니 차츰 무더기로 퍼붓는다. 춘호처는 밤나무 밑으로 뛰어들어 쇠돌엄마 집을 바라보았다. 옷은 비에 젖어 살의 윤곽이 그대로 비쳤다.

3

무던히 기다렸으나 쇠돌엄마는 오지 않았다. 조금 지나 이 주사가 지우산을 쓰고 쇠돌네 집으로 들어갔다. 안에는 확실히 이 주사뿐인 게다. 빨래도 그냥 널려 있고, 그는 비를 맞으며 봉당으로 뛰어올라 쇠돌엄마를 찾자, 이 주사가 머리를 내밀었다. 쇠돌엄마는 잠시 비워 곧 올 것이므로 안에 들어와 기다리라고 한다. 그가 다음에 오겠다고 돌아서려 하자 이 주사는 밖으로 나와 그를 끌어 안고 방으로 들어갔다. 그리고 쇠돌엄마의 적삼을 꺼내 계집의 몸을 훑닦는다. 계집은 이 주사의 손에 눌리어 죽은 듯이 있고 이 주사는 민적을 갈러 호강을 하라는 등 계집을 꼬인다.

춘호처가 그 집을 나선 것은 들어간 지 약 한 시간 만이었다. 비는 여전히 내리고 있었다. 오늘 일은 성공이다. 복을 받으려면 반드시 고생이 따르는 법이다. 남편에게 매나 안 맞고 살 수 있으면 그는 사양치 않을 것이다. 그는 자기 집을 향해 빗속을 가분가분 내려 달렸다.

4

춘호는 아직도 분이 못 풀렸다. 그는 고향을 등져 이 곳에 온 지 삼 년이 되었다. 누구도 낯선 그에게 농토를 안 준다. 결국 그는 피폐하여 가는 농민 사이를 감도는 투기심에 몸을 맡겼다. 노름판에 끼어들어 한 밑천 만들자. 이 원, 삼십 원을 따서 빚을 대강 여위고, 서울 가서 노동을 하여 살자. 아내가 들어서자 주먹뺨을 붙인다. 아내는 낼 돈 이 원이 될 것이라고 한다. 춘호는 반가운 김에 어떻게 되는 것인지 이유도 묻지 않는다. 얼른 이 고생을 벗어나 살기 좋은 서울로 가고 싶은 생각이 간절하였다. 아내 역시 서울 가기를 원한다.

5

밤새도록 줄기차게 내리던 빗소리가 점심이 되니 볕까지 들었다. 춘호는 아내에게 재촉을 한다. 아내는 머리를 빗으며 아직 멀었다고 한다. 춘호는 아내의 머리를 빗어주며 정다운 모습을 보이니, 둘은 얼굴에 화색이 떠오른다. 머리를 다 빗자 오늘 아침에 공을 들여 삼아 놓았던 짚신을 아내의 발에 신기고 주먹으로 골을 내주었다. "바로 곧 와, 응?" 남편은 실패없도록 아내를 모양내 보냈다.

등·장·인·물 ■ ■ ■

- 춘호 : 농사지어야 빚갚고 나면 남는 것이 없자, 노름판에 뛰어들어 한 밑천 했으면 하는 마음에 아내에게 돈 이 원만 빌려달라고 한다.
- 춘호의 아내 : 남편의 채근이 무서워 비를 맞으며 쇠돌엄마에게 간다고 나와, 쇠돌엄마가 없는 집에 이 주사가 들어가는 것을 보고, 쇠돌엄마를 부른다. 그리고 이 주사에게 몸을 허락하고 집으로 돌아와 다음날 돈 이 원을 빌려올 것이라며, 머리를 빗고 나선다.
- 이 주사 : 쇠돌 엄마를 첩으로 얻고, 다시 춘호의 아내를 범하며, 젊었을 때 남편과 헤어져 호강하는 것이 어떠냐고 꼬드긴다.

　〈소낙비〉는 1935년 1월《조선일보》신춘문예에 당선된 단편소설이다. 〈소낙비〉는 삶의 어려움 때문에 인간의 기본적인 윤리의식마저 마비시킨 인간의 모습을 그리고 있다. 춘호는 돈 이 원만 있으면 노름판에서 큰 돈을 장만하여 서울로 뜰려는 생각으로 안달이 나 있다. 그래서 어린 아내에게 돈을 마련해 오라고 쫓아낸다. 춘호의 아내는 열심히 일을 해 생계를 이어가려는 성실한 여성이나 굶주림과 남편의 매에 못 견뎌 집을 나선다. 쇠돌 엄마에게 이야기해 보려는 것이다. 그러나 쇠돌엄마네 집에 당도하니 쇠돌엄마는 보이지 않고 평소 그를 노리던 이 주사만 만나고, 결국 이 주사에게 몸을 맡기고 다음날 이 원을 받기로 한다. 그녀는 매음을 모욕과 수치로 알면서도 남편에게 매맞지 않고 살 수만 있다면 얼마든지 사양치 않겠다는 생각을 한다. 그러므로 춘호의 아내는 이 주사에 대한 마음에서 별 죄의식을 갖지 않는다. 뿐만 아니라 약간의 적극성까지 보인다. 이처럼 춘호의 일확천금을 꿈꾸는 욕망과, 그의 아내와 이 주사의 빗나간 윤리의식 등이 이 작품을 지배하다. 그러나 가만히 들여다 보면 춘호와 그의 아내의 부도덕한 의식은 헤어날 수 없는 빈곤으로부터 나온 것임을 알 수 있다.

　김유정의 작품은 농촌이나 산골을 배경으로 해서 무지하고 가난한 농민을 등장시킨 작품이 많다. 그리고 이들 가난한 삶에서 오는 현실적 부조리에 대한 반항이나 비판보다는 오히려 농민들의 비참한 삶의 터전을 해학과 아이러니의 수법을 통해 생생히 그려내고 있다.

깊이 읽기

1. 춘호가 노름판에서 장래를 걸고 노름을 하려는 이유는 무엇인가?

2. 춘호가 아내에게 구해오라는 이 원은 당시 그들에게는 큰돈이다.
   이런 독촉을 받는 아내의 심정은 어떠하겠는가 써라.

3. '쇠돌 엄마'는 천한 농부의 계집이었던 것이 이 주사의 첩이 되면
   서 호강을 하고 있다는 사실을 춘호처는 잘 알고 있다. 또 이 주사
   가 지난 늦은 봄, 자고 있는 춘호처를 덮쳤다가 소리치는 바람에
   달아난 일이 있던 것도 알고 있다. 그러면서도 '쇠돌 엄마'를 찾아
   가는 '춘호처'의 심정을 써라.

4. 춘호처는 노름판에서 마지막 승부를 걸려하고, 춘호처는 쇠돌 엄
   마가 없고, 방금 들어간 이 주사만이 혼자 있음을 알고 방문 앞으
   로 찾아가 쇠돌 엄마를 부른다. 이 두 부부가 이와 같이 막다른 길
   을 찾아가는 이유는 무엇인가 써라.

□ 깊이 읽기

1. 절대 빈궁에서 탈출해 보려고

2. 더 이상 내딛을 곳이 없는 절망에 빠진 느낌일 것이다.

3. 더 이상 돈을 구할 방법이 없다면 자신의 정조를 팔아서라도 이 원을 구하고자 해서.

4. 일제 하의 소작 농민이 생존을 위해자기 파괴를 예견하면서도 막다른 길로 갈 수밖에 없는 사회적 조건 때문이다.

■ 갈등

　소설은 꾸며진 이야기이며, 따라서 소설의 흥미를 높이기 위해서는 얼크러진 이야기를 필요로 하게 마련이고, 갈등이란 이야기의 무의미한 나열과 습관적인 반복에서 벗어나 이야기를 재미있게 얼크러지게 하는 주요한 요인의 하나가 된다. 그래서 작가는 자신이 꾸미는 이야기 속에 갈등을 만들어 넣고, 그 갈등을 점점 고조하는 쪽으로 이야기를 이끌어 나가게 된다. 갈등은 '절정'에서 최고조에 달하며, 결말에 이르러 갈등은 해소되고 더 이상의 문제는 발생하지 않는다.

　"응, 기도하자."
하고 어머니가 고요히 대답했습니다.
　"엄마가 기도해."
하고 나는 갑자기 어머니의 기도하는 보드라운 음성이 듣고 싶어져서 말했습니다.
　"하늘에 계신 우리 아버지시여."
　어머니는 고요히 기도를 시작하였습니다.
　"이름을 거룩하게 하옵시며 나라에 임하옵시며 뜻이 하늘에서 이루어진 것처럼 땅에서도 이루어지이다. 오늘날 우리에게 일용할 양식을 주옵시고 우리가 우리에게 죄지은 자를 용서하여 준 것처럼 우리 죄를 사하여 주옵시고, 우리를 시험에 들지 말게 하옵시고…… 우리를 시험에 들지 말게 하옵시고…… 시험에 들지 말게…… 시험에 들지 말게……."
　이렇게 어머니는 자꾸 되풀이하였습니다. 나도 지금은 막히지 않고 줄줄 외는 주기도문을 글쎄 어머니가 막히다니 참으로 우스운 일이었습니다.

　"시험에 들지 말게…… 시험에 들지 말게……."

하고 자꾸만 되풀이하는 것을 나는 참다 못해서,

　"엄마, 내 마저 할게."

하고,

　"다만 악에서 구하옵소서. 대개 나라와 권세(權勢)와 영광이 아버지께 영원히 있사옵나이다."

하고 내가 끝을 마쳤습니다. 어머니는 한참이나 가만 있다가 오랜 후에야 겨우,

　"아멘."

하고 자자고 하셨습니다.

〈사랑 손님과 어머니-주요섭〉

　옥희 어머니의 갈등은 여기서 최고조에 오른다. 사랑 손님에 대한 사랑하는 마음과 옥희와 옥희 아버지에 대한 죄의식 사이에서 어느 한쪽을 선택하지 못하여 마음은 심한 불균형 상태를 이룬다. 이 이후에는 문제를 하나하나 풀어 나감으로써 갈등은 해소되는 국면으로 바뀐다.

　아무리 자기를 감옥에까지 가게 하였다 하더라도 그는 감히 칼을 들어 죽이려는 용기가 단번에 나지 않아서 주저하기 시작하였다.

　"아니다, 다시 한 번만 물어 보자!"

그는 들었던 칼을 다시 짚고 생각하였다.

　"거짓말이다. 거짓말이다! 그럴 리가 없다."

그는 반신반의하였다.

　"그렇다. 한번만 다시 물어 보고 죽이든 살리든 하자!"

그는 다시 문을 달각달각하였다. 계집은 이번에 다시 문을 열고

사면을 둘러보더니 헌 짚신짝을 신고 나왔다.

"뉘요?"

그는 방원이 서 있는 집 모퉁이를 돌아서려 할 제.

"내다!"

하고, 입을 틀어막고 칼을 가슴에 대었다.

"떠들면 죽어!"

방원은 계집의 입을 수건으로 틀어막고 결박을 한 후 둘쳐 업고서 번개같이 달음질하였다. 그는 어느 결에 계집을 업어다가 물레방아 앞에 내려놓은 후 결박을 풀었다. 그리고 한숨을 쉬었다.

"나를 모르겠니?"

캄캄한 그믐밤에 얼굴을 바짝 계집의 코앞에 들이대었다. 계집은 얼굴을 자세히 보더니,

"아!"

소리를 지르더니 뒤로 물러섰다.

"조금도 놀랄 것이 없다. 오늘 네가 내 말을 들으면 살려줄 것이요 그렇지 않으면 이것이야!"

〈물레방아-나도향〉

방원은 자신을 배신하고 감옥에까지 가게 한 그의 처에 대해 복수를 해야할지, 아니면 그의 처를 다시 한 번 설득하여 함께 달아날 것인지의 사이에서 몹시 갈등하고 있다. 그러나 사건은 방원의 처가 차라리 죽음을 택할 지언정 함께 달아나지 않겠다는 결심이 확고해지자 방원은 그의 처를 죽이고 자신도 자살하는 것으로 끝나고 갈등도 완전히 해소된다.

금 따는 콩밭

김 유 정

땅속 저 밑은 늘 음침하다.

고달픈 간드렛불[1], 맥없이 푸르끼하다.

밤과 달라서 낮엔 되우 흐릿하였다.

겉으로 황토 장벽으로 앞뒤좌우가 콕 막힌 좁직한 구뎅이. 흡사히 무덤 속같이 귀중중하다[2]. 싸늘한 침묵, 쿠더브레한 흙내와 징그러운 냉기만이 그속에 자욱하다.

곡괭이[3]는 뻔질 흙을 이르집는다[4]. 암팡스러이 내려쪼며,

"퍽 퍽 퍼억".

이렇게 메떨어진 소리뿐. 그러나 간간 우수수 하고 벽이 헐린다.

영식이는 일손을 놓고 소맷자락을 끌어당기어 얼굴의 땀을 훑는다. 이놈의 줄이 언제나 잡힐는지 기가 찼다. 흙 한줌을 집어 코 밑에 바짝 들여대고 손가락으로 샅샅이 뒤져본다. 완연히 버력은 좀 변한 듯싶다. 그러나 불통버력이 아주 다 풀린 것도 아니었다. 밀똥버력이라야 금이 온다는데 왜 이리 안 나오는지.

---

1) 간드렛불 : 광산의 갱내에서 켜 들고 다니는 카바드 등.

2) 귀중중하다 : 더럽고 지저분한 느낌이 있다.

3) 곡괭이 : 단단한 땅을 파기 쉽도록 쇠붙이의 머리부분이 황색의 부리처럼 길고 좁게 생겼음.

4) 이르집는다 : (껍질을) 뜯어 벌기다.

곡괭이를 다시 집어든다. 땅에 무릎을 꿇고 궁뎅이를 번쩍 든 채 식식거린다. 곡괭이는 무작정 내려찍는다. 바닥에서 물이 스미어 무르팍이 흔건히 젖었다. 굿 엎은 천판에서 흙방울은 내리며 목덜미로 굴러든다. 어떤 때에는 웃벽의 한쪽이 떨어지며 등을 탕 때리고 부서진다.

그러나 그는 눈도 하나 깜짝하지 않는다. 금을 캔다고 콩밭 하나를 다 잡쳤다. 약이 올라서 죽을둥 살둥 눈이 뒤집힌 이판이다. 손바닥에 침을 탁 뱉고 곡괭이 자루를 한번 꼰아잡더니 쉴 줄 모른다.

등뒤에서는 흙 긁는 소리가 드윽드윽 난다. 아직도 버력을 다 못 친 모양. 이 자식이 일을 하나 시졸 하나. 남은 속이 바직바직 타는데 웬 뱃심5)이 이리도 좋아.

영식이는 살기 띤 시선으로 고개를 돌렸다. 암말없이 수재를 노려본다. 그제야 꾸물꾸물 바지게6)에 흙을 담고 등에 메고 사다리를 올라간다.

굿이 풀리는지 벽이 우찔하였다. 흙이 부서져내린다. 전날이라면 이곳에서 아내 한번 못하고 생죽음이나 안할까 털끝까지 쭈볏할 게다. 그러나 이젠 그렇게 되고도 싶다. 수재란 놈하고 흙더미에 묻히어 한껍에 죽는다면 그게 오히려 날게다.

이렇게까지 몹시몹시 미웠다.

이놈 풍치는7) 바람에 애꿎은 콩밭 하나만 결딴을 냈다. 뿐만 아니라 모두가 낭패다. 세 벌 논도 못 맸다. 논둑의 풀은 성큼 자란 채 어지러이 널려 있다. 이 기미를 알고 지주는 대로하였다. 내년

---

5) 뱃심 : 염치 없이 제 고집대로 욕심만 부리며 버티는 힘.
6) 바지게 : 발채를 얹은 지게.
7) 풍치는 : 허풍을 치다.

부터는 농사질 생각을 말라고 발을 굴렸다. 땅은 암만을 파도 지수가 없다. 이만해도 다섯 길은 훨씬 넘었으리라. 좀더 지퍼야 옳을지 혹은 북으로 밀어야 옳을지, 우두머니 망설거린다. 금점일에는 푸뜸이다. 입때껏 수재의 지휘를 받아 일을 하여왔고, 앞으로도 역시 그러해야 금을 딸 것이다. 그러나 그런 칙칙한 짓은 안한다.

"이리 와 이것 좀 파게."

그는 어쓴 위풍을 보이며 이렇게 분부하였다. 그리고 저는 일어나 손을 털며 뒤로 물러선다.

수재는 군말없이 고분하였다. 시키는 대로 땅에 무릎을 꿇고 벽채로 군버력을 긁어낸 다음 다시 파기 시작한다.

영식이는 치다 나머지 버력을 짊어진다. 커단 걸대를 뒤툭거리며 사다리로 기어오른다. 굿문을 나와 버력더미에 흙을 마악 내칠려 할 제,

"왜 또 파. 이것들이 미쳤나 그래!"

산에서 내려오는 마름과 맞닥뜨렸다. 정신이 떠름하여 그대로 벙벙히 섰다. 오늘은 또 무슨 포악을 들을려는가.

"말라니까 왜 또 파는 게야." 하고 영식이의 바지게 뒤를 지팡이로 콱 찌르더니,

"갈아먹으라는 밭이지 흙 쓰고 들어가라는 거야, 이 미친것들아. 콩밭에서 웬 금이 나온다구 이지랄들이야 그래." 하고 목에 핏대를 올린다. 밭을 버리면 간수 잘못한 자기 탓이다. 날마다 와서 그 북새를 피고 금하여도 담날 보면 또 여전히 파는 것이다.

"오늘로 이 구뎅이를 도로 묻어놔야지 낼로 당장 징역갈 줄 알게."

너무 감정에 격하여 말도 잘 안 나오고 떠듬떠듬거린다. 주먹은 곧 날아들 듯이 허구리께서 불불 떤다.

금 따는 콩밭

“오늘만 좀 해보고 고만두겠어유.”

영식은 낯이 붉어지며 가까스로 한마디하였다. 그리고 무턱대고 빌었다. 마름은 들은 척도 안하고 가버린다. 그 뒷모양을 영식이는 멀거니 배웅하였다. 그러나 콩밭 낮짝을 들여다보니 무던히 애통 터진다. 멀쩡한 밭에가 구멍이 사면 풍풍 뚫렸다.

예제없이 버력은 무데기무데기 쌓였다. 마치 사태 만난 공동 묘지와도 같이 귀살쩍고 되우 을씨년스럽다. 그다지 잘되었던 콩포기는 거반 버력더미에 다아 깔려버리고 군데군데 어쩌다 남은 놈들만이 고개를 나풀거린다. 그꼴을 보는 것도 자식 죽는 걸 보는 게 낫지 차마 못할 경상이었다. 농토는 모조리 떨어질 것이다. 그러나 대관절 올 밭도지[8] 벼 두 섬 반은 뭘로 해내야 좋을지. 게다 밭을 망쳤으니 자칫하면 징역을 갈는지도 모른다. 영식이가 구뎅이 안으로 들어왔을 때 동무는 땅에 주저앉아 쉬고 있었다. 태연무심히 담배만 뻑뻑 피는 것이다.

“언제 줄을 잡는 거야.”

“인제 차차 나오겠지.”

“인제 나온다.” 하고 코웃음치고 엇먹더니 조금 지나매,

“이새끼.”

흙덩이를 집어들고 골통을 내려친다.

수재는 어쿠 하고 그대로 폭 엎드린다. 그러다 벌떡 일어선다. 눈에 띄는 대고 곡괭이를 잡자 대뜸 달려들었다. 그러나 강약이 부동. 왁살스러운 팔뚝에 튕겨져 벽에 가서 쿵 하고 떨어졌다. 그 순간에 제가 빼앗긴 곡괭이가 정백이를 겨누고 날아드는 걸 보았다.

---

8) 밭도지 : 도지를 내고 짓는 밭의 그 도지.

고개를 홱 돌린다. 곡괭이는 흙벽을 퍽 찍고 다시 나간다.

수재 이름만 들어도 영식이는 이가 갈렸다. 분명히 홀딱 속은 것이다.

영식이는 본디 금전에 이력이 없었다. 그리고 흥미도 없었다. 다만 밭고랑에 웅크리고 앉아서 땀을 흘려가며 꾸벅꾸벅 일만 하였다. 올엔 콩도 뜻밖에 잘 열리고 맘이 좀 놓였다. 하루는 홀로 김을 매고 있노라니까,

"여보게, 덥지 않은가. 좀 쉬었다 하게."

고개를 들어보니 수재다. 농사는 안 짓고 금전으로만 돌아다니더니 무슨 바람에 또 왔는지 싱글벙글한다. 좋은 수나 걸렸나 하고,

"돈 좀 많이 벌었나. 나 좀 쵀주게."

"벌구 말구, 맘껏 먹고 맘껏 쓰고 했네."

술에 거나한 얼굴로 신껏 주적거린다. 그리고 밭머리에 쭈그리고 앉아 한참 객설[9]을 부리더니,

"자네, 돈벌이 좀 안 할려나. 이 밭에 금이 묻혔네 금이."

"뭐?" 하니까,

바로 이 산 너머 큰골에 광산이 있다. 광부를 삼백여 명이나 부리는 노다지판인데 매일 소출되는 금이 칠십 냥을 넘는다. 돈으로 치면 칠천 원. 그 줄맥이 큰 산허리를 뚫고 이 콩밭으로 뻗어나왔다는 것이다. 둘이서 파면 불과 열흘 안에 줄을 잡을 게고, 적어도 하루 서너 돈씩은 따리라. 우선 삼십만 원만 해도 얼마냐. 소를 산

---

9) 객설 : 쓸데없는 말.

대도 만 필이 아니냐고. 그러나 영식이는 귀담아듣지 않았다. 금점이란 칼 물고 뜀뛰기다, 잘 되면이거니와 못 되면 신세만 조진다, 이렇게 전일부터 들은 소리가 있어서였다. 그 담날도 와서 꾀송거리다 갔다.

셋째번에는 집으로 찾아왔는데 막걸리 한 병을 손에 떡 들고 영을 피운다. 몸이 달아서 또 온 것이었다. 봉당에 걸터앉아서 저녁상을 물끄러미 바라보더니 조당수는 몸을 훑는다는 둥 일꾼은 든든히 먹어야 한다는 둥 남들은 논을 사느니 밭을 사느니 떠드는데 요렇게 지내다 그만둘 테냐는 둥 일쩌웁게 지껄인다.

"아주머니, 이것 좀 먹게 해주시게유."

그리고 비로소 영식이 아내에게 술병을 내놓는다. 그들은 밥상을 끼고 앉아서 즐거웁게 술을 마셨다. 몇 잔이 들어가고 보니 영식이의 생각도 저으기 돌아섰다. 딴은 일 년 고생하고 끽 콩 몇 섬 얻어먹느니보다는 금을 캐는 것이 슬기로운 짓이다. 하루에 잘만 캔다면 한 해 줄곧 공들인 그 수확보다 훨씬 이익이다. 올봄 보낼 제 비료값, 품삯, 빚해 빚진 칠 원 까닭에 나날이 졸리는 이판이다. 이렇게 지지하게 살고 말 바에는 차라리 가로지나 세로지나 사내자식이 한번 해볼 것이다.

"내일부터 우리 파보세. 돈만 있으면이야 그까진 콩은……"

수재가 안달[10]스리 재우쳐 보채일 제 선뜻 응낙하였다.

"그래 보세. 빌어먹을 거 안 됨 고만이지."

그러나 꽁무니에서 죽을 마시고 있던 아내가 허구리를 쿡쿡 찔렀게 망정이지 그렇지 않았더면 좀 주저할 뻔도 하였다.

---

10) 안달 : 속을 태우며 조급하게 구는 것.

아내는 아내대로의 심이 빨랐다. 시체는 금점이 판을 잡았다. 선부르게 농사만 짓고 있다간 결국 비렁뱅이밖에는 더 못된다. 얼마 안 있으면 산이고 논이고 밭이고 할 것 없이 다 금쟁이 손에 구멍이 뚫리고 뒤집히고 뒤죽박죽이 될 것이다. 그때는 뭘 파먹고 사나. 자, 보아라. 머슴들은 짜위나 한 듯이 일하다 말고 후딱하면 금점으로들 내빼지 않는가. 일꾼이 없어서 올엔 농사를 질 수 없느니 마느니 하고 동리에서는 떠들썩하다. 그리고 번동 포농이 쫓아 호미를 내어 던지고 강변으로 개울로 사금을 캐러 달아난다. 그러나 며칠 뒤에는 다비신에다 옥당목[11]을 떨치고 히짜를 뽑는 것이 아닌가. 아내는 콩밭에서 금이 날 줄은 아주 꿈밖이었다. 놀라고도 또 기뻤다. 올해는 노냥 침만 삼키던 그놈 코다리(명태)를 짜장 먹어보겠구나, 생각만 하여도 속이 메질 듯이 짜릿하였다. 뒷집 양근댁은 금점 덕택에 남편이 사다준 흰 고무신을 신고 나릿나릿 걷는 것이 무척 부러웠다. 저도 얼른 금이나 펑펑 쏟아지면 흰 고무신도 신고 얼굴에 분도 바르고 하리라.

"그렇게 해보지 뭐. 저양반 하잔 대로만 하면 어련히 잘될라구."

얼뚤하여 앉았는 남편을 이렇게 추겼던 것이다.

동이 트기 무섭게 콩밭으로 모였다. 수재는 진언이나 하는 듯 이리대고 중얼거리고 저리대고 중얼거리고 하였다. 그리고 덤벙거리며 이리 왔다가 저리 왔다가 하였다. 제 딴은 땅속에 누운 줄맥을 어렴하여보는 맥이었다.

한참을 밭을 헤매다가 산 쪽으로 붙은 한구석에 딱 서며 손가락을 펴들고 설명한다. 큰 줄이란 본시 산운, 산을 끼고 도는 법이다.

---

11) 옥당목 : 품질이 낮은 옥양목.

이 줄이 노다지임에는 필시 이켠으로 버듬히 누웠으리라. 그러니 여기서부터 파들어가자는 것이었다.

영식이는 그말이 무슨 소린지 새기지는 못했다. 마는 금점에는 난다는 수재이니 그 말대로 하기만 하면 영락없이 금퇴야 나겠지 하고 그것만 꼭 믿었다. 군말없이 지시해 받은 곳에다 삽을 푹 꽂고 파헤치기 시작하였다.

금도 금이면 앨써 키워온 콩도 콩이었다. 거진 다 자란 허울 멀숙한 놈들이 삽끝에 으스러지고 흙에 묻히고 하는 것이다. 그걸 보는 것은 썩 속이 아팠다. 애틋한 생각이 물밀 때 가끔 삽을 놓고 허리를 구부려서 콩잎의 흙을 털어주기도 하였다.

"아, 이 사람아, 맥적게 그건 봐 뭘해, 금을 캐자니깐."

"아니야, 허리가 좀 아파서!"

핀잔을 얻어먹고는 좀 열쩍었다[12]. 하기는 금만 잘 터져나오면 이까진 콩밭쯤이야. 이 밭을 풀어 논도 만들 수 있을 것이다. 눈을 감아버리고 삽의 흙을 아무렇게나 콩잎 위로 홱홱 내어던진다.

"구구루 땅이나 파먹지 이게 무슨 지랄들이야!"

동리 노인은 뻔질[13] 찾아와서 귀거친 소리를 하고 하였다.

밭에 구멍을 셋이나 뚫었다. 그리고 대구 뚫는 길이었다. 금인가 난장을 맞을[14] 건가 그것 때문에 농꾼은 버렸다. 이게 필연코 세상이 망하려는 징조이리라. 그 소숭한 밭에다 구멍을 뚫고 이지랄이니 그놈이 온전할 겐가.

---

12) 열쩍었다 : 열없다, 조금 겸연쩍고 부끄럽다.

13) 뻔질 : 자주.

14) 난장을 맞을 : '난장을 맞을 만한' 뜻으로 몹시 못마땅하여 저주하는 말.

노인은 제물 화에 지팡이를 들어 삿대질을 아니할 수 없었다.

"벼락맞느니, 벼락맞어."

"염려 말아유. 누가 알래지유."

영식이는 그럴 적마다 데퉁스리 쏘았다. 골김에 흙을 되는대로 내꼰지고는 침을 탁 뱉고 구뎅이로 들어간다. 그러나 마음 한구석 에는 언제나 끄응하였다. 줄을 찾는다고 콩밭을 통히 뒤집어놓았 다. 그리고 줄이 언제나 나올지 아직 까맣다. 논도 못 매고 물도 못 보고 벼가 어이 되었는지 그것조차 모른다. 밤에는 잠이 안 와 멀 뚱하니 애를 태웠다.

수재는 낙담하는 기색도 없이 늘 하냥15)이었다. 땅에 웅숭그리 고16) 시적시적17) 노량으로 땅만 판다.

"줄이 꼭 나오겠나?" 하고 목이 말라서 물으면,

"이번에 안 나오거든 내 목을 비게." 서슴지 않고 장담을 하고는 꿋꿋하였다.

이걸 보면 영식이도 마음이 좀 뇌는 듯싶었다. 전들 금이 없다면 무슨 멋으로 이 고생을 하랴. 반드시 금은 나올 것이다. 그제서는 이왕 손해는 하릴없거니와 고만두리라는 절망이 스스로 사라지고 다시금 주먹이 쥐어지는 것이었다.

캄캄하게 밤은 어두웠다. 어디선가 뭇개가 요란히 짖어대인다.

남편은 진흙투성이를 하고 산에서 내려왔다. 풀이 죽어서 몸을 잘 가누지도 못하고 아랫묵에 축 늘어진다.

---

15) 하냥 : 한결같이 줄곧.

16) 웅숭그리고 : (추위나 두려움으로 몸을) 궁상스럽게 몹시 웅그리고.

17) 시적시적 : 시적거리는 모양. 마음에 없어 억지로 느릿느릿 말이나 행동을 하는 모양.

이꼴을 보니 아내는 맥이 다시 풀린다. 오늘도 또 글렀구나. 금이 터지며는 집을 한 채 사간다고 자랑을 하고 왔더니 이내 헛일이었다. 인제 좌지가 나서 낯을 들고 나아갈 염의[18]조차 없어졌다.

남편에게 저녁을 갖다주고 딱하게 바라본다.

"인젠 꿔온 양식도 다 먹었는데……"

"새벽에 산제를 좀 지낼 텐데 한 번만 더 꿔와."

남의 말에는 대답 없고 유하게 흘개늦은 소리뿐 그리고 드러누운 채 눈을 지그시 감아버린다.

"죽거리두 없는데 산제는 무슨……"

"듣기 싫어, 요망맞은 년 같으니."

이 호통에 아내는 고만 멈씰하였다. 요즘와서는 무턱대고 공연스리 골만 내는 남편이 역 딱하였다. 환장을 하는지 밤잠도 아니 자고 소리만 빽빽 지르며 덤벼들려고 든다. 심지어 어린것이 좀 울어도 이자식 갖다내꾼지라고 북새를 피는 것이다.

저녁을 아니 먹으므로 그냥 치워버렸다. 남편의 영을 거역키 어려워 양근댁한테로 또다시 안 갈 수 없다. 그간 양식은 줄곧 꾸어다먹고 갚지도 못하였는데 또 무슨 면목으로 입을 벌릴지 난처한 노릇이었다.

그는 생각다 끝에 있는 염치를 보째 쏟아던지고 다시한번 찾아가는 것이다. 마는 딱 맞닥뜨리어 입을 열고,

"낼 산제를 지낸다는데 쌀이 있어야지유." 하자니 역 낯이 화끈하고 모닥불이 날아든다.

그러나 그들은 어지간히 착한 사람이었다.

---

18) 염의 : 염치와 의리.

“암 그렇지요. 산신이 벗나면 죽도 글릅니다.” 하고 말을 받으며 그 남편은 빙그레 웃는다. 워낙 이 금점에 장구 닳아난 몸인 만치 이런 일에는 적잖이 속이 틔었다. 손수 쌀 닷 되를 떠다주며,

“산제란 안 지냄 몰라두 이왕 지낼려면 아주 정성껏 해야 됩니다. 산신이란 노하길 잘하니까유.”
하고 그 비방[19]까지 깨쳐 보낸다.

쌀을 받아들고 나며 영식이처는 고마움보다 먼저 미안에 질리어 얼굴이 다시 빨갰다. 그리고 그들 부부 살아가는 살림이 참으로 참으로 몹시 부러웠다. 양근댁남편은 날마다 금점으로 감돌며 버력더미를 뒤지고 토록을 줏어온다. 그걸 온종일 장판돌에다 갈면 수가 좋으면 이삼 원, 못해도 칠팔십 전 꼴은 매일 심이 되는 것이었다. 그러면 쌀을 산다, 피륙을 끊는다, 떡을 한다, 장리[20]를 놓는다 —— 그런데 우리는 왜 늘 요꼴인지 생각만 하여도 가슴이 메이는 듯 맥맥한 한숨이 연발을 하는 것이었다.

아내는 집에 돌아와 떡살을 담그었다. 낼은 뭘로 죽을 쑤어먹을는지. 윗목에 웅크리고 앉아서 맞은쪽에 자빠져 있는 남편을 곁눈으로 살짝 할퀴어본다. 남들은 돌아다니며 잘두 금을 줏어오련만 저 망나니, 제 밭 하나를 다 버려도 금 한 톨 못 주워오나. 에에, 변변치도 못한 사나이. 저도 모르게 얕은 한숨이 거푸 두 번을 터진다.

밤이 이슥하여 그들 양주는 떡을 하러 나왔다. 남편은 절구에 쿵쿵 빻았다. 그러나 체가 없다. 동네로 돌아다니며 빌려오느라고 아내는 다리에 불풍이 났다.

---

19) 비방 : 비밀한 방법, 비법.
20) 장리 : 곡식을 꾸어 주고 받을 때에 본디 곡식의 절반을 받는 변리.

"왜 이리 앉었수, 불 좀 지피지."

떡을 찧다가 얼이 빠져서 멍하니 앉았는 남편이 밉살스럽다. 남은 이래저래 애를 죄는데 저건 무슨 생각을 하고 저리 있는 건지. 낫으로 삭정이를 탁탁 조겨서 던져주며 아내는 은근히 혹닥이었다. 닭이 두 홰를 치고 나서야 떡은 되었다. 아내는 시루를 이고 남편은 겨드랑이에 자리때기를 꼈다. 그리고 캄캄한 산길을 올라간다.

비탈길을 얼마 올라가서야 콩밭은 놓였다. 전면이 우뚝한 검은 산에 둘리어 막힌 곳이었다. 가생이로 느티, 대추나무들은 머리를 풀었다. 밭머리 조금 못미처 남편은 걸음을 멈추자 뒤의 아내를 돌아본다.

"인내, 그리구 여기 가만히 섰어."

시루를 받아 한 팔로 껴안고 그는 혼자서 콩밭으로 올라섰다. 앞에 쌓인 것이 모두 흙더미, 그 흙더미를 마악 돌아설려 할 제 아마 돌을 챴나보다. 몸이 쓰러지려고 우찔끈하니 아내가 기겁을 하여 뛰어오르며 그를 부축하였다.

"부정타라구 왜 올라와, 요망맞은 년."

남편은 몸을 고루잡자 소리를 뻑 지르며 아내 얼뺨을 붙인다. 가뜩이나 죽으라 죽으라 하는데 불길하게도 계집년이. 그는 마뜩지 않게[21] 투덜거리며 밭으로 들어간다. 밭 한가운데다 자리를 펴고 그 위에 시루를 놓았다. 그리고 시루 앞에다 공손하고 정성스레 재배를 커다랗게 한다.

"우리를 살려줍시사. 산신께서 거들어주지 않으면 저희는 죽을 밖에 꼼짝할 수 없습니다유."

---

21) 마뜩지 않게 : 마음에 들지 않게.

그는 손을 모으고 이렇게 축원하였다.

아내는 이꼴을 바라보며 독이 뾰록같이 올랐다. 금점을 합네 하고 금 한 톨 못 캐는 것이 버릇만 점점 글러간다. 그전에는 없더니 요새로 건듯하면 탕탕 때리는 못된 버릇이 생긴 것이다. 금을 캐랬지 뺨을 치랬나. 제발 덕분에 고놈의 금 좀 나오지 말았으면. 그는 뺨 맞은 앙심으로 맘껏 방자하였다.

하긴 아내의 말 그대로 되었다. 열흘이 썩 넘어도 산신은 깜깜 무소식이었다. 남편은 밤낮으로 눈을 까뒤집고 구덩이에 묻혀 있었다. 어쩌다 집엘 내려오는 때이면 얼굴이 헐떡하고 어깨가 축 늘어지고 거반 병객이었다. 그리고서 잠자코 커단 몸집을 방고래에다 쿵, 하고 내던지고 하는 것이다.

"제이미붙을, 죽어나버렸으면."

혹은 이렇게 탄식하기도 하였다.

아내는 바가지에 점심을 이고서 집을 나섰다. 젖먹이는 등을 두드리며 좋다고 끽끽거린다.

이젠 흰 고무신이고 코다리고 생각조차 물렸다. 그리고 금 하는 소리만 들어도 입에 신물[22]이 날 만큼 되었다. 그건 고사하고 꿔다 먹은 양식에 졸리지나 말았으면 그만도 좋으리마는.

가을은 논으로 밭으로 누으렇게 내리었다. 농꾼들은 기꺼운 낯을 하고 서로 만나면 흥겨운 농담, 그러나 남편은 앰한 밭만 망치고 논조차 건살 못하였으니 이 가을에는 뭘 거둬들이고 뭘 즐겨할는지. 그는 동리 사람의 이목이 부끄러워 산길로 돌았다.

---

22) 신물 : 지긋지긋하고 진절머리가 나는 일.

솔숲을 나서서 멀리 밖에를 바라보니 둘이 다 나와 있다. 오늘도 또 싸운 모양. 하나는 이쪽 흙더미에 앉았고 하나는 저쪽에 앉았고. 서로들 외면하여 담배만 뻑뻑 피운다.

"점심들 잡숫게유."

남편 앞에 바가지를 내려놓으며 가만히 맥을 보았다.

남편은 적삼이 찢어지고 얼굴에 생채기를 내었다. 그리고 두 팔을 걷고 먼산을 향하여 묵묵히 앉았다.

수재는 흙에 박혔다 나왔는지 얼굴은커녕 귓속드리 흙투성이다. 코밑에는 피딱지가 말라붙었고 아직도 조금씩 피가 흘러내린다. 영식이처를 보더니 열쩍은 모양. 고개를 돌리어 모로 떨어치며 입맛만 쩍쩍 다신다.

금을 캐라니까 밤낮 피만 내다 말라는가. 빚에 졸리어 남은 속을 볶는데 무슨 호강에 이지랄들인구. 아내는 못마땅하여 눈가에 살을 모았다.

"산제 지낸다구 꿰온 것은 은제나 갚는다지유?"

뚱하고 있는 남편을 향하여 말끝을 꼬부린다. 그러나 남편은 눈썹 하나 까딱하지 않는다. 이번에는 어조를 좀 돋으며,

"갚지도 못할 걸 왜 꿰오라 했지유!" 하고 얼추 호령이었다.

이 말은 남편의 채 가라앉지도 못한 분통을 다시 건드린다. 그는 벌떡 일어서며 황밤주먹을 쥐어 창낭할 만치 아내의 골통을 후렸다.

"계집년이 방정맞게."

다른 것은 모르나 주먹에는 아찔이었다. 멋없이 덤비다간 골통이 부서진다. 암상을 참고 바르르 하다가 이윽고 아내는 등에 업은 언내[23]를 끌러들었다. 남편에게로 그대로 밀어던지니 아이는 까르륵 하고 숨모는 소리를 친다. 그리고 아내는 돌아서서 혼잣말로,

"콩밭에서 금을 딴다는 숭맥도 있담." 하고 빗대놓고 비양거린다.

"이년아, 뭐!"

남편은 대뜸 달겨들며 그 볼치에다 다시 올찬 황밤을 주었다. 저그나면 계집이니 위로도 하여 주련만 요건 분만 폭폭 질러놓려나. 예이, 빌어먹을 거, 이판사판이다.

"너허구 안 산다. 오늘루 가거라."

아내를 와락 떠다밀어 논뚝에 제켜놓고 그 허구리를 발길로 퍽 질렀다.

아내는 입을 헉 하고 벌린다.

"네가 허라구 옆구리를 쿡쿡 찌를 제는 은제냐, 요 집안망할년."

그리고 다시 퍽 질렀다. 연하여 또 퍽.

이꼴들을 보니 수재는 조바심이 일었다. 저러다가 그 분풀이가 다시 제게로 슬그머니 옮아올 것을 지레채었다. 인제 걸리면 죽는다. 그는 비슬비슬하다 어느틈엔가 구뎅이 속으로 시나브로[24] 없어져버린다. 볕은 다스로운 가을 향취를 풍긴다. 주인을 잃고 콩은 무거운 열매를 둥글둥글 흙에 굴린다. 맞은쪽 산밑에서 벼들을 베며 기뻐하는 농꾼의 노래.

"터졌네, 터져."

수재는 눈이 휘둥그렇게 굿문을 뛰어나오며 소리를 친다. 손에는 흙 한 줌이 잔뜩 쥐었다.

"뭐?" 하다가,

---

23) 언내 : '어린아이'의 강원도 방언.
24) 시나브로 : 모르는 사이에 조금씩 조금씩.

“금줄 잡았어, 금줄.”

“응!” 하고 외마디를 뒤남기자 영식이는 수재 앞으로 살같이 달려들었다. 허겁지겁 그 흙을 받아들고 샅샅이 헤쳐보니 딴은 재래에 보지 못하던 불그죽죽한 황토이었다. 그는 눈에 눈물이 핑 돌며,

“이게 원줄인가?”

“그럼 이것이 곱색줄이라네. 한 포에 댓 돈씩은 넉넉잡히대.”

영식이는 기쁨보다 먼지 기가 탁 막혔다. 웃어야 옳을지 울어야 옳을지. 다만 입을 반쯤 벌린 채 수재의 얼굴만 멍하니 바라본다.

“이리 와봐. 이게 금이래.”

이윽고 남편은 아내를 부른다. 그리고 내 뭐랬어, 그러게 해보라고 그랬지, 하고 설면설면[25] 덤벼오는 아내가 한결 어여뻤다. 그는 엄지손가락으로 아내의 눈물을 지워주고 그리고 나서 껑충거리며 구뎅이로 들어간다.

“그 흙속에 금이 있지요?”

영식이처가 너무 기뻐서 코다리에 고래등 같은 집까지 연상할 제 수재는 시원스러이,

“네, 한 포대에 오십 원씩 나와유.” 하고 대답하고 오늘밤에는 꼭 정녕코 꼭 달아나리라 생각하였다.

거짓말이란 오래 못 간다. 봉이 나서 뼉다귀도 못 추리기 전에 훨훨 벗어나는 게 상책이겠다.

---

25) 설면설면 : ‘설멍설멍’을 이름. 설멍한 다리로 걷는 모양. 허청허청 걷는 모습.

줄·거·리

1

영식이는 이놈의 줄이 언제나 잡힐는지 기가 찼다. 금을 캔다고 콩밭 하나를 다 잡쳤다. 수재란 놈이 풍치는 바람에 애꿎은 콩밭 하나만 결딴을 냈다. 뿐만 아니라 모두가 낭패라, 논도 못 매고, 논둑은 풀이 성큼 자랐다.

2

산에서 내려오는 마름과 맞닥뜨렸다. '콩밭에서 웬 금이 나온다구 이 지랄들이야.' '오늘로 이 구뎅이를 도로 묻어놔야지 낼로 당장 징역갈 줄 알게.' 잘되었던 콩포기는 버력더미에 깔려 버리고, 수재 이름만 들어도 영식이는 이가 갈렸다. 분명히 속은 것이다. 영식이는 금전에 이력이 없었으나 수재가 찾아와 이 넘어에 있는 금광의 금맥이 이 콩밭으로 뻗었다고 집에까지 찾아와 조르는 바람에 그러기로 하였다. 다음날부터 거진 다 자란 콩이 흙에 묻혔다. 동리 노인은 구구루 땅이나 파먹지 이게 무슨 짓이냐고 한다.

3

밤늦게 돌아온 남편은 아내에게 내일 산제를 지내겠다고 양식을 꿔오라 한다. 아내는 이제까지 꿔온 양식도 못 갚았다고 한다. 그러나 남편의 성화에 다시 양식을 꿔 온다. 밤새 떡을 쪄 캄캄한 산길을 올라간다. 콩밭에 오자 남편은 더욱 신경질적이 되어 공연히 아내에게 손찌검을 한다. 그리고 발길까지, 아내는 독이 오른다. 산제를 지내고 열흘이 지나도 소식이 없다.

4

아내는 바가지에 점심을 이고 집을 나섰다. 젖먹이는 등을 두드리며 좋다고 끽끽거린다. 가을이 되어 논밭이 누렇다. 여기저기 흥겨운 노랫소리가 나온다. 밭에 나오니 둘은 싸운 듯했다. 아내는 못마땅하여 꿔온 양식 이야기를 한다. 그러자 다시 남편의 주먹이 날라온다. 아내는 암상이 나서 등에 업은 언내를 끌러 남편에게 밀어던지고는 '콩밭에서 금을 딴다는 숙맥 있담' 한다. 남편은 달려들어 아내를 떠다밀고 발길로 허리를 질렀다. 이 꼴을 본 수재는 저 분풀이가 자기에게 올 것 같은 생각이 들었다.

5

수재는 '터졌다'고 소리를 지른다. 그리고는 황토흙을 한주먹 쥐고, 이것이 곱색줄이라고 한다. 영재는 기쁨보다 먼저 기가 찼다. 남편은 아내를 불러 '내 뭐랬어, 그렇게 해보라고 그랬지' 하며 다가오는 아내의 눈물을 지워주고 껑충거리며 구뎅이로 들어간다. 영식이처는 코다리에 고래등 같은 집을 생각하는데, 수재는 오늘밤에는 정녕코 달아나리라 생각하였다. 봉이 나서 뼈다귀도 못 추리기 전에 벗어나는 게 상책이라고 생각한다.

- 영식 : 착실한 농부였으나 수제의 꼬임에 넘어가 다 자란 자신의 콩밭을 파헤쳐 금맥을 찾겠다고 못쓰게 만든다. 뿐만 아니라 소작으로 벌린 논농사와 그동안 빌려 온 양식도 갚을 길이 없어 아내에게만 분풀이를 한다.
- 수제 : 금광 부근을 배회하던 청년으로 영식이의 콩밭에 산넘어 금광의 맥이 이곳으로 뻗었다고 꼬여 콩밭을 파헤치나 금은 보이지 않자 마지막으로 도망갈 궁리를 하고 있다.
- 영식아내 : 수제의 말을 곁에서 듣고 영식에게 한 번 파보라고 한다. 그러나 금은 나오지 않고 영식은 분풀이로 아내만 때린다.

이 작품은 《개벽》(1935)에 발표했다. 또 이 작품은 김유정의 다른 작품 〈동백꽃〉, 〈봄봄〉과 같이 1인칭 시점을 사용하지 않고 3인칭 시점으로 쓰여져 있다. 그러면서도 1인칭 소설에서와 같은 내적인 심리의 독백이 간간히 나타나 있다.

〈금따는 콩밭〉은 가난한 소작인인 영식이가 수재의 꼬임에 따라 콩이 한창 자라는 콩밭을 파기 시작한다. 이들 부부는 그간의 가난을 벗어나고 싶은 욕망 때문에, 그리고 그동안 억눌렸던 욕구 때문에 수재의 꼬임을 쉽게 받아들여 콩밭을 파기 시작하지만 금은 나오지 않자 막다른 골목에 빠진다. 이제 농사일까지 망치고 또 남의 밭을 다 망가뜨렸기에 징역을 갈지도 모른다는 공포는 영식이를 살기띤 감정으로 이끌어간다.

한편 수재는 금이 나올 가망이 없음을 알고는, 구덩이 속에서 불그죽죽한 황토 한 줌을 움켜내어 영식 부부에게 이것이 바로 한 포대에 오십 원씩 하는 금이라고 거짓말을 하고 그날 밤으로 줄행랑을 치려고 마음 먹는다.

깊이 읽기

1. 콩밭에서 금이 날 것이란 수재의 말을 영식이와 그의 처가 쉽게 믿
   게 된 이유는 무엇이라고 보는가?

   ____

2. 콩밭에서 금이 날 것이라고 구덩이를 사방 파헤치는 것을 본 마을
   사람들이, 그들을 어떻게 생각하겠는가 써라.

   ____

3. 다음은 영식이가 마름이에게 힐책을 듣는 장면이다. 힐책을 듣는
   영식이의 심정을 써라.

> "말라니까 왜 또 파는 게야." 하고 영식이의 바지게 뒤를 지팡
> 으로 콱 찌르더니,
> "갈아먹으라는 밭이지 흙 쓰고 들어가라는 거야, 이 미친것들
> 아. 콩밭에서 웬 금이 나온다구 이지랄들이야 그래." 하고 목에
> 핏대를 올린다. 밭을 버리면 간수 잘못한 자기 탓이다. 날마다 와
> 서 그 북새를 피고 금하여도 담날 보면 또 여전히 파는 것이다.
> "오늘로 이 구덩이를 도로 묻어놔야지 낼로 당장 징역갈 줄 알

게.”

  너무 감정에 격하여 말도 잘 안 나오고 떠듬떠듬거린다. 주먹은 곧 날아들 듯이 허구리께서 불불 떤다.

  “오늘만 좀 해보고 고만두겠어유.”

---

4. 다음 지문은 영식이가 절박한 상황에 쫓기고 있다. 그러나 이 절박한 상황에 쫓기는 생활은 비단 영식이네만은 아닐 것이다. 누가 이들을 이와 같은 상황으로 몰아 넣는가?

  예제없이 버력은 무데기무데기 쌓였다. 마치 사태 만난 공동묘지와도 같이 귀살쩍고 되우 을씨년스럽다. 그다지 잘되었던 콩포기는 거반 버력더미에 다아 깔려버리고 군데군데 어쩌다 남은 놈들만이 고개를 나풀거린다. 그꼴을 보는 것도 자식 죽는 걸 보는 게 낫지 차마 못할 경상이었다. 농토는 모조리 떨어질 것이다. 그러나 대관절 올 밭도지 벼 두 섬 반은 뭘로 해내야 좋을지. 게다 밭을 망쳤으니 자칫하면 징역을 갈는지도 모른다. 영식이가 구뎅이 안으로 들어왔을 때 동무는 땅에 주저앉아 쉬고 있었다. 태연부심히 남배만 뻑뻑 피는 것이다.

  “언제 줄을 잡는 거야.”

  “인제 차차 나오겠지.”

  “인제 나온다.” 하고 코웃음치고 엇먹더니 조금 지나매,

  “이새끼.”

흙덩이를 집어들고 골통을 내려친다.

수재는 어쿠 하고 그대로 폭 엎드린다. 그러다 벌떡 일어선다. 눈에 띄는 대로 곡괭이를 잡자 대뜸 달려들었다. 그러나 강약이 부동. 왁살스러운 팔뚝에 튕겨져 벽에 가서 쿵 하고 떨어졌다. 그 순간에 제가 빼앗긴 곡괭이가 정백이를 겨누고 날아드는 걸 보았다. 고개를 홱 돌린다. 곡괭이는 흙벽을 퍽 찍고 다시 나간다.

금 따는 콩밭

□ 깊이 읽기

1. 빈곤에서 탈출하고싶은 소망이, 확률이 아주 적은 복권을 사는 허황된 생각처럼.

2. 뜬구름 잡으려는 미친 짓이라고 여길 것이다.

3. 마름이의 이야기가 없이도 영식이는 그 사실을 잘 알고 있을 것이다. 이제 앞으로 나갈 수도, 뒤로 물러설 수도 없는 사정에서, 마름이의 이 같은 소리는 그를 더욱 절망 속으로 밀어 넣을 것이다.

4. 일제의 식민 정책이, 우리 민족을 절대 빈민으로 몰아가고 있음을 보인다.

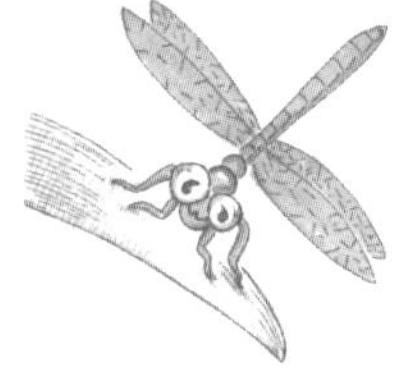

광염(狂炎)[1] 소나타

김 동 인

김 동 인

　독자는 이제 내가 쓰려는 이야기를, 유럽의 어떤 곳에 생긴 일이라고 생각하여도 좋다. 혹은 사오십 년 뒤에 조선을 무대로 생겨날 이야기라고 생각하여도 좋다. 다만, 이 지구상의 어떠한 곳에 이러한 일이 있었는지도 모르겠다, 있는지도 모르겠다, 혹은 있을지도 모르겠다, 가능성(可能性)뿐은 있다 —— 이만치 알아 두면 그만이다.

---

1) 광염(狂炎) : 미친듯 타오르는 불길.

그런지라, 내가 여기 쓰려는 이야기의 주인공 되는 백성수(白性洙)를, 혹은 알벨트라 생각하여도 좋을 것이요, 찜이라 생각하여도 좋을 것이요, 또는 호 모(胡某)나 기무라 모(木村某)로 생각하여도 괜찮다. 다만 사람이라는 동물을 주인공 삼아가지고, 사람의 세상에서 생겨난 일인 줄만 알면……

이러한 전제로서, 자 그러면 내 이야기를 시작하자.

"기회(찬스)라 하는 것이, 사람을 망하게도 하고 흥하게도 하는 것을 아시오?"

"네, 새삼스러이 연구할 문제도 아닐걸요."

"자, 여기 어떤 상점이 있다 합시다. 그런데 마침 주인도 없고 사환도 없고 온통 비었을 적에 우연히 그 앞을 지나가던 신사가 —— 그 신사는 재산도 있고 명망도 있는 점잖은 사람인데 —— 그 신사가 빈 상점을 들여다보고 혹은 이렇게 생각할 수도 있지 않어요? 통 비었으니깐 도적놈이라도 넉넉히 들어갈 게다. 들어가서 훔치면 아무도 모를 테다. 집을 왜 이렇게 비워둔담…… 이런 생각 끝에 혹은 그 —— 그 뭐랄까, 그 돌발적(突發的) 변태 심리로서 조그만 물건 하나(변변치도 않고 욕심도 안 나는)를 집어서 주머니에 넣는 경우가 있을지도 모르지 않겠습니까?"

"글쎄요."

"있습니다. 있어요."

어떤 여름날 저녁이었었다. 도회를 떠난 교외 어떤 강변에, 두 노인이 앉아서 이런 이야기를 하고 있었다. 그 기회론을 주장하는 사람은, 유명한 음악 비평가 K씨였었다. 듣는 사람은 사회 교화자의 모씨였었다.

“글쎄, 있을까요?”

“있어요. ── 좌우간 있다 가정하고, 그러한 경우에 그 책임은 어디 있습니까?”

“동양 속담 말에, 외밭서는 신 끈도 다시 매지 말랬으니, 그 신사가 책임을 질까요?”

“그래버리면 그뿐이지만, 그 신사는 점잖은 사람으로서, 그런 절대적 기묘한 찬스만 아니더라면 그런 마음은커녕 염도 내지도 않을 사람이라 생각하면 어찌됩니까?”

“……”

“말하자면 죄는 ‘기회’에 있는데 ‘기회’라는 무형물은 벌을 할 수가 없으니깐, 그 신사를 가해자로 인정할 수밖에는 지금은 없지요.”

“그렇습니다.”

“또 한 가지 ── 사람의 천재라 하는 것도, 경우에 따라서는 어떤 ‘기회’가 없으면 영구히 안 나타나고 마는 일이 있는데, 그 ‘기회’란 것이 어떤 사람에게서, 그 사람의 ‘천재’와 ‘범죄 본능’을 한꺼번에 끄을어내었다면 우리는 그 ‘기회’를 저주하여야겠습니까, 축복하여야겠습니까?”

“글쎄요.”

“선생은 백성수라는 사람을 아시오?”

“백성수? ── 자 ── 기억이 없는데요.”

“작곡가(作曲家)로서 그 ──”

“네, 그 사람이 지금 어디 있는지 아십니까?”

“모릅니다. ── 뭐 발광했단 말이 있었는데 ──”

“네, 지금 ××정신병원에 감금돼 있는데, 그 사람의 일대기를

이야기할게 들으시고, 사회 교화자(社會敎化者)로서의 의견을 말
씀해 주십쇼."

　—— 내가 이제 이야기하려는 백성수의 아버지도, 또한 천분 많
은 음악가였습니다. 나와는 동창생이었는데 학생시대부터 벌써
그의 천분은 넉넉히 볼 수가 있었습니다. 그는 작곡과(作曲科)를
전공하였는데, 때때로 스스로 작곡을 하여서는 밤중에 혼자서 피
아노를 두드리고 하여서, 우리들로 하여금 뜻하지 않고 일어나게
하고 하였습니다. 그리고 우리는 그 밤중에 울리어오는 야성(野
性)적 선율에 몸을 소스라치고 하였습니다.
　그는 야인(野人)이었습니다. 광포스런 야성은, 때때로 비위에
틀리면 선생을 두들기기가 예사이며, 우리 학교 근처의 술집이며
모든 상점 주인들은, 그에게 매깨나 안 얻어맞은 사람이 없었습니
다. 그러한 야성은 그의 음악 속에 풍부히 잠겨있어서, 오히려 그
야성적 힘이 그의 예술을 빛나게 하는 것이었습니다.
　그러나 그가 학교를 졸업하고 난 뒤에는 그 야성은 다른 곳으로
발전되고 말았습니다.
　술 —— 술 —— 무서운 술이었습니다. 아침부터 저녁까지, 저녁
부터 아침까지, 술잔이 그의 입에서 떠나지를 않았습니다. 그리고
술을 먹고는 여편네들에게 행패를 하고, 경찰서에 구류를 당하고,
나와서는 또 같은 일을 하고……
　작품? 작품이 다 무엇이외까? 술을 먹은 뒤에 취흥에 겨워, 때때
로 피아노에 앉아서 즉흥(卽興)으로 탄주를 하고 하였는데, 지금
생각하면 그 귀기(鬼氣)²⁾가 사람을 엄습하는 힘과 야성(베에토벤
이래로 근대 음악가에서 발견할 수 없던), 그건 —— 보물이라 하여

도 좋을 것이 많았지만, 우리들은 각각 제 길 닦기에 바쁜 사람이라, 주정군의 즉흥악을 일일이 베껴둔다든가 그런 일은 꿈에도 생각하지 않았습니다.

우리들은 그의 장래를 생각하여 때때로 술을 삼가기를 권고하였지만, 그런 야인에게 친구의 권고가 무슨 소용이 있겠습니까.

"술? 술은 음악이다!"

하고는 하하하하 웃어버리고 다시 술집으로 달아나고 합니다.

그러한 칠팔 년이 지난 뒤에 그는 아주 폐인이 되고 말았습니다. 술이 안 들어가면 그의 손은 떨렸습니다. 눈에는 눈꼽이 끼었습니다. 그리고 술이 들어가면 —— 술만 들어가면 그는 그 광포성을 발휘하였습니다. 누구를 물론하고 붙잡고는 입에 술을 부어넣어주었습니다. 그러다가는 장소를 불문하고 아무 데나 누워서 잡니다.

사실 아까운 천재였습니다. 우리들 사이에는 때때로 그의 천분을 생각하고 아깝게 여기는 한숨이 있었지만, 세상에서는 그 장래가 무서운 한 천재가 있었다는 것은 몰랐었습니다.

그러는 동안에 그는 어떤 양가의 처녀를 어떻게 관계를 맺어서 애까지 뱄습니다. 그러나 그 애의 출생을 보지 못하고, 아깝게도 심장마비로 죽어버리고 말았습니다.

그 유복자로 세상에 나온 것이 백성수였습니다.

그러나 우리는 백성수가 세상에 출생되었다는 풍문만 들었지, 그 애 아버지가 죽은 뒤부터는 그 애의 소식이며 그 애 어머니의 소식은 일체 몰랐습니다. 아니, 몰랐다는 것보다, 그 집안의 일은 우리의 머리에서 온전히 잊어버리우고 말았습니다.

---

2) 귀기(鬼氣) : 귀신이 나타날 것처럼 무시무시한 느낌.

삼십 년이라는 세월이 흘렀습니다.

십 년이면 산천도 변한다 하는데 삼십 년 사이의 변천을 어찌 이루 다 말하겠습니까. 좌우간 그동안에 나는 내 길을 닦아 놓았습니다. 아시다시피 지금 K라 하면 이 나라에서 첫손가락을 꼽는 음악 비평가가 아닙니까. 건실한 지도적 비평가 K라면, 이 나라의 음악계의 권위며, 이 나의 한마디는 음악가의 가치를 결정하는 판결문이라 하여도 옳을 만치 되었습니다. 많은 음악가가 내 손 아래에서 자랐으며, 많은 음악가가 내 지도로서 이름을 날렸습니다.

재작년 이른봄 어떤 날이었습니다.

그때 나는 조용한 밤중의 몇 시간씩을 ○○예배당에 가서, 명상으로 시간을 보내는 것이 습관이 되어 있었습니다. 언덕 위에 홀로 서 있는 집으로서, 조용한 밤중에 혼자 앉아 있노라면 때때로 들보에서, 놀라서 깨인 비둘기의 날개 소리와, 간간히 기둥에서 뚝뚝 하는 소리밖에는 아무 소리도 들리지 않는, 말하자면 나 같은 괴상한 성미를 가진 사람이 아니면 돈을 주면서 들어가래도 들어가지 않을 음침한 집이었습니다. 그러나 나 같은 명상을 즐기는 사람에게는, 다른 데서 구하기 힘들도록 온갖 것이 갖추어진 집이었습니다. 외따르고 조용하고 음침하며, 간간히 알지 못할 신비한 소리까지 들리며, 멀리서는 때때로 놀란 듯한 기적(汽笛) 소리도 들리는…… 이것뿐으로도 상당한데, 게다가 이 예배당에는 피아노도 한 대 있었습니다. 예배당에는 오르간은 있을지나 피아노가 있는 곳은 쉽지 않은 것으로서, 무슨 흥이나 날 때에는 피아노에 가서 한곡조 두드리는 재미도 또한 괜찮았습니다.

그날 밤도(아마 두 시는 지냈을 걸요) 그 예배당에서 혼자서 눈을 감고 조용한 맛을 즐기고 있노라는데, 갑자기 저편 아래에서 재재 하는 소리가 납디다. 그래서 눈을 번쩍 뜨니까 화광이 충천하였는데, 내다보니까 언덕 아래 어떤 집이 불이 붙으며 사람들이 왔다 갔다 야단이었습니다.

이렇게 말하면 어떨지 모르지만, 그다지 멀지 않은 곳에서 불붙는 것을 바라보는 맛도 괜찮은 것이었습니다. 일어나는 불길이며, 퍼져나가는 연기, 불씨의 날아나는 양, 그 가운데 거뭇거뭇 보이는 기둥, 집의 송장, 재재거리는 사람의 무리, 이런 것은 어떻게 생각하면 과연 시도 될지며 음악도 될 것이었습니다. 옛날에 '네로'[3]가 불붙는 것을 바라보면서 자기는 비파를 들고 노래를 하였다는 것도 음악가의 견지로 보면 그다지 나무랄 것이 아니었습니다.

나도 그때에 그 불을 보고 차차 흥이 났습니다.

…… '네로'를 본받아서 나도 즉흥으로 한곡조 두드려볼까. 어렴풋이 이런 생각을 하며, 나는 그 불을 정신없이 바라보고 있었습니다.

그때였습니다. 갑자기 덜컥덜컥 하는 소리가 들리더니 예배당 문이 열리며, 웬 젊은 사람이 하나 낭패한 듯이 뛰어들어왔습니다. 그리고 무엇에 놀란 사람같이 두리번두리번 사면을 살피더니, 그래도 내가 있는 것은 못 보았는지, 저편에 있는 창 안에 가서 숨어서, 아래서 붙는 불을 내려다봅니다.

나도 꼼짝을 못하였습니다. 좌우간 심상스런 사람은 아니요, 방화범이나 도적으로밖에는 인정할 수 없지 않겠습니까? 그래서 꼼

---

3) 네로 : 로마의 제5대 황제(37~68). 폭군으로 알려짐. 64년에 로마 시 화재의 죄를 크리스트교도에게 전가하여 대학살을 자행하고, 반란을 자초하여 자살함.

짝을 못하고 서 있노라니까 그 사람은 한참 정신없이 서 있다가 한숨을 쉽니다. 그리고 맥없이 두 팔을 느리우고 도로 나가려고 발을 떼려다가, 자기 곁에 피아노가 놓인 것을 보더니, 교의를 끌어다 놓고 그 앞에 주저앉고 말겠지요. 나도 거기는 그만 직업적 흥미가 끄을렸습니다. 그래서 무엇을 하나 보자 하고 있노라니까, 뚜껑을 열더니 한 뻔 뚱 하고 시험을 해보아요. 그리고 조금 있더니 다시 뚱뚱 하고 시험을 해보겠지요.

이때부터 그의 숨소리가 차차 높아가기 시작했습니다. 씩씩거리며 몹시 흥분된 사람같이 몸을 떨다가, 벼락같이 양손을 '키' 위에 갖다가 덮었습니다. 그 다음 순간 C#단음계(短音階)의 알레그로가 시작되었습니다.

처음에는 다만 흥미로서 그의 모양을 엿보고 있던 나는, 그 알레그로가 울리어나오는 순간 마음은 끝까지 긴장되고 흥분되었습니다.

그것은 순전한 야성적 음향이었습니다. 음악이라 하기에는 너무 힘있고 무기교(無技巧)이었습니다. 그러나 음악이 아니라기에는 거기는 너무 괴롭고도 무겁고 힘있는 '감정'이 들어있었습니다. 그것은 마치 야반의 종소리와도 같이, 사람의 마음을 무겁고 음침하게 하는 음향인 동시에, 맹수의 부르짖음과 같이 사람으로 하여금 소름돋히게 하는 무서운 감정의 발현이었습니다. 아아, 그 야성적 힘과 남성적 부르짖음, 그 아래 감추어 있는 침통한 주림과 아픔, 순박하고도 아무 기교가 없는 그 표현!

나는 덜석 그 자리에 주저앉고 말았습니다. 그리고 음악가의 본능으로서 뜻하지 않고 주머니에서 오선지(五線紙)와 연필을 꺼내었습니다. 피아노의 울리어나아가는 소리에 따라서 나의 연필은 오선지 위에서 뛰놀았습니다. 등불도 없는 지라, 손짐작으로.

……좀 급속도로 시작된 빈곤, 거기 연하여 주림, 꺼져가는 불꽃과 같은 목숨, 그러한 것을 지나서 한참 연속되는 완서조(緩徐調)[4]의 압축된 감정, 갑자기 튀어져나오는 광포(狂暴). 거기 연한 쾌미(快味), 홍소(哄笑) —— 이리하여 주화조(主和調)로서 탄주는 끝이 났습니다. 더구나 그 속에 나타나 있는 압축된 감정이며 주림, 또는 맹렬한 불길 등이 사람의 마음에 주는 그 처참함이며 광포성은, 나로 하여금 아직 '문명'이라 하는 것의 은택에 목욕하여 보지 못한 야인(野人)을 연상케 하였습니다.

탄주가 다 끝이 난 뒤에도 나는 정신을 못 차리고 망연히 앉아있었습니다. 물론 조금이라도 음악의 소양이 있는 사람일 것 같으면, 이제 그 소나타를, 음악에 대하여 정통(正統)으로 아무러한 수양도 받지 못한 사람이, 다만 자기의 천재적 즉흥뿐으로 탄주한 것임을 알 것입니다. 해결도 없이, 감칠도화현(減七度和絃)이며 증육도화현(增六度和絃)을 범벅으로 섞어 놓았으며, 금칙(禁飭)인 병행오팔도(幷行五八度)까지 집어넣은 것으로서, 더구나 스케르조는 온전히 뽑아먹은 —— 대담하다면 대담하고 무식하다면 무식하달 수도 있는 방분 자유한 소나타였습니다.

이때에 문득 내 머리에 떠오른 것은, 삼십 년 전에 심장마비로 죽은 백○○였습니다. 그의 음악으로서, 만약 전통적 훈련만 뽑고 거기다가 야성을 더 집어넣으면 지금 내 눈 앞에 있는 그 음악가의 것과 같은 것이 될 것이었습니다. 귀기(鬼氣)가 사람을 엄습하는 듯한 그 힘과 방분스런 표현과 야성 —— 이것은 근대 음악가에게 구하기 힘든 보물이었습니다.

---

4) 완서조 : 느릿한 박자의 곡조.

광염 소나타

그 소나타에 취하여 한참 정신이 어리둥절히 앉았던 나는, 고즈너기 일어서서 그 피아노 앞에 가서 그의 어깨에 가만히 손을 얹었습니다. 한 곡조를 타고 나서 아주 곤한 듯이 정신이 없이 앉아있던 그는, 펄떡 놀라며 일어서서 내 얼굴을 보았습니다.

"자네 몇 살 났나?"

나는 그에게 이렇게 첫말을 물었습니다. 가슴이 답답한 나로서는 이런 말밖에는 갑자기 다른 말이 생각 안 났습지다. 그는 높은 창에서 들어오는 달빛을 받고 있는 내 얼굴을 한 순간 쳐다보고, 머리를 돌이키고 말았습니다.

"배 고프나?"

나는 두 번째 그에게 물었습니다.

그는 시끄러운 듯이 벌떡 일어섰습니다. 그리고 달빛이 비친 내 얼굴을 정면으로 바라보다가,

"아, K 선생님 아니세요?"

하면서 나를 붙들었습니다. 그래서 그렇노라고 하니깐,

"사진으로는 늘 뵈었습니다마는……"

하면서 다시 맥없이 나를 놓으며 머리를 돌렸습니다.

그 순간 —— 그가 머리를 돌이키려는 순간, 달빛에 걸핏 나는 그의 얼굴을 처음으로 보았습니다. 그리고 나는 거기서 뜻밖에, 삼십 년 전에 죽은 벗 백○○의 모습을 발견하였습니다.

"아, 자네 이름이 뭐인가?"

"백성수……"

"백성수? 그 백○○의 아들이 아닌가? 삼십 년 전에 자네가 나오기 전에 세상 떠난……"

그는 머리를 번쩍 들었습니다.

“네? 선생님 어떻게 아세요?”

“백○○의 아들인가? 같이두 생겼다. 내가 자네의 어르신네와 동창이네. 아아 —— 역시 그 애비의 아들이다.”

그는 한숨을 길게 쉬며 머리를 숙여버렸습니다.

나는 그날 밤 그 백성수를 데리고 집으로 돌아왔습니다. 그리고 비록 작곡상 온갖 법칙에는 어그러진다 하나, 그만치 힘과 정열과 열성으로 찬 소나타를 거저 버리기가 아까워서 다시 한번 피아노에 올라앉기를 명하였습니다. 아까 예배당에서 내가 베낀 것은 알레그로가 거의 끝난 곳부터였으므로 그전 것을 베끼기 위해서였습니다.

그는 피아노를 향하여 앉아서 머리를 기울였습니다. 몇 번 손으로 ‘키’를 두드려보다가는 다시 머리를 기울이고 생각하고 하였습니다. 그러나 다섯 번, 여섯 번을 다시 하여보았으나 아무 효과도 없었습니다. 피아노에서 울려오는 음향은, 규칙 없고 되지 않은 한낱 소음(騷音)에 지나지 못하였습니다. 야성? 힘? 귀기? 그런 것은 없었습니다. 감정의 재뿐이었습니다.

“선생님 잘 안됩니다.”

그는 부끄러운 듯이 연하여 고개를 기울이며 이렇게 말하였습니다.

“두 시간도 못돼서 벌써 잊어버린담?”

나는 그를 밀어놓고 내가 대신하여 피아노 앞에 앉아서, 아까 베낀 그 음보를 펴놓았습니다. 그리고 내가 베낀 곳부터 타기 시작하였습니다.

화염(火焰)! 화염! 빈곤, 주림, 야성적 힘, 기괴한 감금당한 감

정! 음보를 보면서 타던 나는 스스로 흥분이 되었습니다. 미상불
그때는 내 눈은 미친 사람같이 번득였으며, 얼굴은 흥분으로 새빨
갛게 되었을 것이었습니다.

즉, 그때에 그가 갑자기 달려들더니 나를 떠밀쳐버렸습니다. 그
리고 자기가 대신하여 앉았습니다.

의자에서 떨어진 나는, 그 자리에 앉은 대로 그의 양을 쳐다보았
습니다. 그는 나를 밀쳐버린 다음에 그 음보를 들고서 읽기 시작하
였습니다. 아아 그의 얼굴! 그의 숨소리가 차차 높아지면서 눈은
미친 사람과 같이 빛을 내기 시작하였습니다. 그러더니 그 음보를
홱 내어던지며 문득 벼락같이 그의 두 손은 피아노 위에 덧엎였습
니다.

'C#단음계'의 광포스런 '소나타'는 다시 시작되었습니다. 폭
풍우같이, 또는 무서운 물결같이 사람으로 하여금 숨막히게 하는
그 힘, —— 그것은 베토벤 이래로 근대 음악가에서 보지 못하던
광포스런 야성이었습니다.

무섭고도 참담스런 주림, 빈곤, 압축된 감정, 거기서 튀어져나온
맹염(猛炎), 공포, 홍소 —— 아아, 나는 너무 숨이 답답하여, 뜻하
지 않고 두 손을 홱 내저었습니다.

"그날 밤이 새도록, 그는 흥분이 되어서 자기의 과거를 일일이
다 이야기하였습니다. 그 이야기에 의지하면 대략 그의 경력이 이
러하였습니다.

—— 그의 어머니는 그를 밴 뒤에 곧 자기의 친정에서 쫓겨나왔
습니다.

그때부터 그의 가난함은 시작되었습니다.

그러나 교양이 있고 어진 그의 어머니는 품팔이를 할지언정 성

수는 곱게 길렀습니다. 변변치는 않으나마 오르간 하나를 준비하여두고, 그가 잠잘 때에는 슈베르트의 '자장가'로서 그의 잠을 도왔으며, 아침에 깨일 때는 하루 종일을 유쾌히 지내게 하기 위하여, 도랜드의 '세컨드 발츠'로서 그의 원기를 돋구었습니다.

그는 세 살 났을 적에 어머니의 품에 안겨서 오르간을 장난하여 보았습니다. 이 오르간을 장난하는 것을 본 어머니는, 근근히 돈을 모아서 그가 여섯 살 나는 해에 피아노를 하나 샀습니다.

아침에는 새소리, 바람에 버석거리는 포플라잎, 어머니의 사랑, 부엌에서 국끓는 소리, 이러한 모든 것이 이 소년에게는 신비스럽고도 다정스러워, 그는 피아노에 향하여 앉아서 생각나는 대로 '키'를 두드리고 하였습니다.

이러한 가운데 고이 소학과 중학도 마쳤습니다. 그러는 동안에 음악에 대한 동경은 그의 가슴에 터질 듯이 쌓였습니다.

중학을 졸업한 뒤에는 이젠 어머니를 위하여, 그는 학업을 중지하지 않을 수가 없었습니다. 그는 어떤 공장의 직공이 되었습니다. 그러나 어진 어머니의 교육 아래서 길러난 그는, 비록 직공은 되었다 하나 아주 온량한 사람이었습니다.

그리고 음악에 대한 집착은 조금도 줄지 않았습니다. 비록 돈이 없어서 정식으로 음악 교육은 못 받을망정, 거리에서 손님을 끄느라고 틀어놓은 유성기 앞이며, 또는 일요일날 예배당에서 찬양대의 노래에, 젊은 가슴을 뛰놀리던 그였습니다. 집에서는 피아노 앞을 떠나본 일이 없었습니다.

때때로 비상한 감흥으로 오선지를 내어놓고, 음보를 그려본 적도 한두 번이 아니었습니다. 그러나 이상한 것은, 그만치 뛰놀던 열정과 터질 듯한 감격도, 음보로 그려놓으면 아무 긴장도 없는 싱

광염 소나타

거운 음계가 되어버리고 하였습니다. 왜? 그만치 천분이 있고 그만치 열정이 있던 그에게서, 왜 그런 재와 같은 음악만 나왔느냐고 물으실 테지요. 거기 대하여서는 이따가 설명하리다.

감격과 불만, 열정과 재, —— 비상한 흥분과 그 흥분에 반비례되는 시원치 않은 결과, 이러한 불만의 십 년이 지났습니다.

그의 어머니는 문득 몹쓸 병에 걸렸습니다.

자양과 약값, 그의 몇 해를 근근히 모았던 돈은 차차 줄기 시작하였습니다. 조금이라도 안락한 생활이 되기만 하면, 정식으로 음악에 대한 교육을 받으려고 모아두었던 지금은, 그의 어머니의 병에 다 들어갔습니다. 그러나 그의 어머니의 병은 차도가 보이지 않았습니다.

그리하여 그와 내가 그 예배당에서 만나기 전 해 여름 어떤 날 그의 어머니는 도저히 회복할 가망이 없는 중태에까지 빠지게 되었습니다. 그러나 그때는 벌써 그에게는 돈이라고는 다 떨어진 때였습니다.

그날 아침, 그는 위독한 어머니를 버려두고 역시 공장에를 갔습니다. 그러나 아무리 하여도 마음이 놓이지 않아서, 일을 중도에 그만두고 집으로 돌아왔습니다. 그때는 어머니는 벌써 혼수상태에 빠져있었습니다. 가슴이 덜컥 내려앉은 그는 황급히 다시 뛰어나갔습니다. 그러나 어디로? 무얼하러? 뜻없이 뛰어나와서 한참 달음박질하다가, 그는 문득 정신을 차리고 의사라도 청할 양으로 히끈 돌아섰습니다.

그때였습니다. 아까 내가 말한 바 '기회'라는 것이 그때에 그의 앞에 나타났습니다. 그것은 조그만 담배가게 앞이었는데, 가게와 안방과의 사이의 문은 닫겨있고 안에는 미상불 사람이 있을지나 가게를 보는 사람이 눈에 안 띄었습니다. 그리고 그 담배상자 위에는 오십 전짜리 은전 한 닢과 동전 몇 닢이 놓여있었습니다.

그는 자기로도 무엇을 하는지 몰랐습니다. 의사를 청하여 오려면 다만 몇 십 전이라도 돈이 있어야겠단 어렴풋한 생각만 가지고 있던 그는, 한 번 사면을 살핀 뒤에 벼락같이 그 돈을 쥐고 달아났습니다.

그러나 그는 이십 간도 뛰지 못하여 따라오는 그 집 사람에게 붙들렸습니다.

그는 몇 번을 사정하였습니다. 마지막에는 자기의 어머니가 명재경각[5]이니, 한 시간만 놓아주면 의사를 어머니에게 보내고 다시 오마고까지 하여보았습니다. 그러나 그런 말은 모두 헛소리로 돌아가고, 그는 마침내 경찰서로 가게 되었습니다.

경찰서에서 재판소로, 재판소에서 감옥으로, —— 이러한 여섯 달 동안에 그는 이를 갈면서 분해하였습니다. 자기 어머니의 운명이 어찌 되었나, 그는 손과 발을 동동 구르면서 안타까워했습니다. 만약 세상을 떠났다 하면, 떠나는 순간에 얼마나 자기를 찾았겠습니까. 임종에도 물 한 잔 떠넣어줄 사람이 없는 어머니였습니다. 애타하는 그 모양, 목말라하는 그 모양을 생각하고는, 그 어머니에게 지지 않게 자기도 애타하고 목말라했습니다.

반 년 뒤에 겨우 광명한 세상에 나와서 자기의 오막살이를 찾아가매, 거기는 벌써 다른 사람이 들어 있었으며, 어머니는 반 년 전에 아들을 찾으며 길에까지 기어나와서 죽었다 합니다.

---

5) 명재경각 : 곧 숨이 끊어질 지경에 이름.

공동묘지를 가보았으나 분묘조차 발견할 수가 없었습니다.

이리하여 갈 곳이 없이 헤매던 그는, 그날도 역시 잘 곳을 찾으러 헤매다가 그 예배당(나하고 만난)까지 뛰쳐들어온 것이었습니다.

—— 여기까지 이야기해오던 K씨는 문득 말을 끊었다. 그리고 마도로스 파이프를 꺼내어 담배를 피워가지고 빨면서 모씨에게 향하였다 ——

"선생은 이제 내가 이야기한 가운데 모순된 점을 발견 못하셨습니까?"

"글쎄요."

"그럼 내가 대신 물으리다. 백성수는 그만치 천분이 많은 음악가였었는데, 왜 그 광염 소나타(그날 밤의 그 소나타를 '광염 소나타'라고 그랬습니다)를 짓기 전에는 그만치 흥분되고 긴장됐다가도 일단 음보를 만들어놓으면 아주 힘없는 것이 되어버리고 했겠습니까?"

"그거야 미상불 그때의 흥분이 '광염 소나타'를 지을 때의 흥분만 못한 연고겠지요."

"그렇게 해석하세요? 듣고 보니 그것도 한 해석이 되기는 합니다. 그러나 나는 그렇게 해석 안하는데요."

"그럼 K씨는 어떻게 해석하십니까?"

"나는, —— 아니, 내 해석을 말하는 것보다, 그 백성수한테서 내게로 온 편지가 한 장 있는데, 그것을 보여드리리다. 선생은 오늘 바쁘시지 않으세요?"

"일은 없습니다."

"그러면 우리집까지 잠깐 같이 가보실까요?"

"가지요."

두 노인은 일어섰다.

도회와 교외의 경계에 딸린 K씨의 집에까지 두 노인이 이른 때는 오후 너덧 시쯤이었다.

두 노인은 K씨의 서재에 마주 앉았다.

"이것이 이삼 일 전에 백성수한테서 내게로 온 편지인데, 읽어보세요."

K씨는 서랍에서 커다란 편지뭉치를 꺼내어, 모씨에게 주었다. 모씨는 받아서 폈다.

"가만, 여기서부터 보세요. 그 전에는 쓸데없는 인사이니까."

—— (전략) 그리하여 그날도 또한 이제 밤을 지낼 집을 구하노라고 돌아다니던 저는, 우연히 그 집(제가 전에 돈 오십여 전을 훔친 집) 앞에까지 이르렀습니다. 깊은 밤 사면은 고요한데 그 집 앞에서 잘 곳을 구하노라고 헤매던 저는, 문득 마음속에 무서운 복수의 생각이 일어났습니다. 이 집만 아니었더라면, 이 집 주인이 조금만 인정이라는 것을 알았더면, 저는 그 불쌍한 제 어머니로서 길에까지 기어나와서 세상을 떠나게 하지는 않았겠습니다. 분묘가 어디인지조차 알지 못하여, 꽃 한 번 갖다가 꽂아보지 못한 이러한 불효도 이 집 때문이외다. 이러한 생각에 참지를 못하여, 그 집 앞에 가려있는 볏짚에다가 불을 놓았습니다. 그리고 거기 서서 불이 집으로 옮아가는 것을 다 본 뒤에 갑자기 무서운 생각이 나서 달아났습니다.

좀 달아나다 보매, 아래서는 벌써 사람이 꾀어들기 시작한 모양인데, 이때에 저의 머리에 타오르는 생각은 통쾌하다는 생각과 달

광염 소나타

아나려는 생각뿐이었습니다. 그리하여 저는 몸을 숨기기 위하여, 앞에 보이는 예배당으로 뛰어들어갔습니다.

거기서 불이 다 타도록 구경을 한 뒤에 나오려다가 피아노를 보고……

"이보세요."

K씨는 편지를 보는 모씨를 찾았다 ——

"비상한 열정과 감격은 있어두, 그것이 그대로 표현 안 된 것이 그것 때문이었습니다. 즉 성수의 어머니는 몹시 어진 사람으로서, 어렸을 때부터 성수의 교육을 몹시 힘을 들여서 착한 사람이 되도록, 이렇게 길렀습니다그려. 그 어진 교육 때문에 그가 하늘에서 타고난 광포성과 야성이 표면상에 나타나지를 못하였습니다. 그 타오르는 야성적 열정과 힘이, 음보(音譜)로 그려놓으면 아주 힘 없는, 말하자면 김빠진 술같이 되고 하는 것이 모두 그 때문이었습니다그려. 점잖고 어진 교훈이 그의 천분을 못 발휘하게 한 셈이지요."

"흠!"

"그것이, 그 사람 —— 성수가, 감옥생활을 할 동안에 한 번 씻기우기는 하였으나, 그러나 사람의 교양이라 하는 것은 온전히 씻지는 못하는 것이외다. 그러다가, 그 '원수'의 집 앞에서 갑자기, 말하자면 돌발적으로 야성과 광포성이 나타나서 불을 놓고 예배당 안에 숨어서서 그 야성적 광포적 쾌미를 한껏 즐긴 다음에, 그에게서 폭발하여 나온 것이, 그 '광염 소나타'였구려. 일어서는 불길, 사람의 비명, 온갖 것을 무시하고 퍼져나가는 불의 세력 —— 이런 것은 사실 야성적 쾌미 가운데 으뜸이 되는 것이니깐요."

"……"

"아셨습니까? 그러면 그 다음에 그 편지의 여기부터 또 보세요."

── (중략) 저는, 그날의 일이 아직 눈 앞에 어리는 듯하외다. 선생님이 저를 세상에 소개하시기 위하여, 늙으신 몸이 몸소 피아노에 앉으셔서, 초대한 여러 음악가들 앞에서 제 '광염 소나타'를 탄주하시던 그 광경은, 지금 생각하여도 제 눈에서 눈물이 나오려 합니다. 그때에 그 손님 가운데 부인 손님 두 분이 기절을 한 것은, 결코 '광염 소나타'의 힘뿐이 아니고, 선생님의 그 탄주의 힘이 많이 섞인 것을 뉘라서 부인하겠습니까. 그 뒤에 여러 사람 앞에 저를 내어세우고, "이 사람이 '광염 소나타'의 작자이며, 삼십 년 전에 우리를 버려두고 혼자 간 일대의 귀재 백○○의 아들이외다."고 소개를 하여주신 그때의 그 감격은 제 일생에 어찌 잊사오리까.

그 뒤에 선생님께서 저를 위하여 꾸며주신 방도, 또한 제 마음에 가장 맞는 방이었습니다. 널따란 북향 방에, 동남쪽 귀에 든든한 참나무 침대가 하나, 서북쪽 귀에 아무 장식없는 참나무 책상과 의자, 피아노가 하나씩, 그밖에는 방안에 장식이라고는 서남쪽 벽에 커다란 거울이 하나 있을 뿐, 덩그렇게 넓은 방은 사실 밤에 전등 아래 앉아있노라면 저절로 소름이 끼치도록 무시무시한 방이었습니다. 게다가 방안은 모두 검은 칠을 하고, 창 밖에는 늙은 홰나무의 고목이 한 그루 서 있는 것도 과연 귀기가 돌았습니다. 이러한 가운데서 선생님은 저로 하여금 방분스러운 음악을 낳도록 애써 주셨습니다.

저도 그런 환경 아래서 좋은 음악을 낳아보려고 얼마나 애를 썼겠습니까. 어떤 날 선생님께 작곡에 대한 계통적 훈련을 원할 때에

선생님은 이렇게 대답하셨습니다 ──

"자네에게는 그러한 교육이 필요가 없어. 마음대로 나오는 대로 하게. 자네 같은 사람에게 계통적 훈련이 들어가면 자네의 음악은 기계화해버리고 말어. 마음대로 온갖 규칙과 규범을 무시하고 가슴에서 터져나오는 대로……"

저는 이 말씀의 뜻을 똑똑히는 몰랐습니다. 그러나 대략 의미뿐은 통하였습니다. 그리하여 저는 마음대로 한껏 자유스러운 음악의 경지를 개척하려 하였습니다.

그러나 그동안에 제가 산출한 음악은 모두 이상히도 저의 이전(제 어머니가 아직 살아 계실 때)의 것과 마찬가지로, 아무러한 힘도 없는 음향의 유희에 지나지 못하였습니다.

저는 얼마나 초조하였겠습니까. 때때로 선생님께서 채근 비슷이 하시는 말씀은 저로 하여금 더욱 초조하게 하였습니다. 그리고 마음이 초조하면 초조할수록, 제게서 생겨나는 음악은 더욱 나약한 것이 되었습니다.

저는 때때로 그 불붙던 광경을 생각하여 보았습니다. 그리고 그 때에 통쾌하던 감정을 되풀이하여 보려 하였습니다. 그러나 그것 역시 실패에 돌아갔습니다.

때때로 비상한 열정으로 음보를 그려놓은 뒤에, 몇 시간을 지나서 다시 한번 읽어보면, 거기는 아무 힘이 없는 개념만 있고 하였습니다.

저의 마음은 차차 무거워지기 시작하였습니다. 그리고 큰 기대를 가지고 계신 선생님께도 미안하기가 짝이 없었습니다.

"음악은 공예품과 달라서, 마음대로 만들고 싶은 때에 되는 것이 아니니, 마음놓고 천천히 감흥이 생긴 때에……"

이러한 선생님의 위로의 말씀이 듣기가 제 살을 깎아내는 듯하였습니다. 그러나 제 마음상은, 이제는 제게서 다시 힘있는 음악이 나올 기회가 없는 것같이만 생각되었습니다.

이러는 동안에 무위의 몇 달이 지났습니다.

어떤 날 밤중, 가슴이 너무 무겁고 가슴속에 무엇이 가득찬 것같이 거북하여서, 저는 산보를 나섰습니다. 무거운 머리와 무거운 가슴과 무거운 다리를 지향없이 옮기면서 돌아다니다가, 저는 어떤 곳에서 커다란 볏짚 낟가리를 발견하였습니다.

이때의 저의 심리를 어떻게 형용하였으면 좋을지 저는 모르겠습니다. 저는 무슨 무서운 적(敵)을 만난 것같이 진장되고 흥분되었습니다. 저는 사면을 한번 살펴보고 그 낟가리에 달려가서 불을 그어서 놓았습니다. 그리고 갑자기 무서움증이 생겨서 돌아서서 달아나다가, 멀찌가니까지 달아나서 돌아보니까, 불길은 벌써 하늘을 찌를 듯이 일어났습니다. 와왁, 꺄, 꺄, 사람들의 부르짖는 소리도 들렸습니다.

저는 다시 그곳까지 가서, 그 무서운 불길에 날아 올라가는 볏짚이며, 그 낟가리에 연달아 있는 집을 헐어내는 광경을 구경하다가 문득 흥분되어서 집으로 돌아왔습니다.

그날 밤에 된 것이 '성난 파도(波濤)'였습니다.

그 뒤에 이 도회에서 일어난 알지 못할 몇 가지의 불은 모두 제가 질러놓은 것이었습니다. 그리고 불이 있던 날 밤마다 저는 한 가지의 음악을 얻었습니다. 며칠을 연하여 가슴이 몹시 무겁다가 그것이 마침내 식체와 같이 거북하고 답답하게 되는 때는, 저는 뜻없이 거리를 나갑니다. 그리고 그러한 날은 한 가지의 방화 사건이 생겨나며, 그날 밤에는 한 곡의 음악이 생겨났습니다.

그러나 그것도 번수가 차차 많아갈 동안, 저의 그 불에 대한 흥분은 반비례로 줄어졌습니다. 온갖 것을 용서하지 않는 불꽃의 잔혹함도, 그다지 제 마음을 긴장시키지 못하였습니다.
"차차, 힘이 적어져가네."
선생님께서 제 음악을 보시고 이렇게 말씀하신 것이 그러한 때였습니다.
그러나, 저는 게서 더할 도리가 없었습니다. 하는 수 없이 저는 한동안 음악을 온전히 잊어버린 듯이 내버려두었습니다.

모씨가 성수의 편지를 여기까지 읽었을 때, K씨가 찾았다.
"재작년 봄에서 가을에 걸쳐서, 원인 모를 불이 많지 않았습니까. 그것이 죄 성수의 장난이었습니다그려."
"K씨는 그것을 온전히 모르셨습니까?"
"나요? 몰랐지요. 그런데 —— 그 어떤날 밤이구려. 성수는 기대에 반해서, 우리집으로 온 지 여러 달이 됐지만. 한 번도 힘있는 것을 지어본 일이 없겠지요. 그래서 저 사람에게 무슨 흥분될 재료를 줄 수가 없나 하고 혼자 생각하며 있더랬는데, 그때에 저 – 편
——"
K씨는 손을 들어 남편쪽 창을 가리켰다.
"저 – 편 꽤 멀리서, 불붙는 것이 눈에 뜨입디다그려. 그래 저것을 성수에게 보이면, 혹 그때의 감정(그때는, 나는 그 담배장수네 집에 불이 일어난 것도 성수의 장난인 줄은 생각 안했구료) —— 그때의 감정을 부활시킬지도 모르겠다. 이렇게 생각하구 성수의 방

으로 올라가려는데, 문득 성수의 방에서 피아노 소리가 울려나옵
디다그려. 나는 올라가려던 발을 부지중 멈추고 말았지요. 역시
'C#단음계'로서, 제일곡은 뽑아먹고 '아다죠'에서 시작되는데,
고요하고 잔잔한 바다 수평선 위로 넘어가려는 저녁해, 이러한 온
화한 것이 차차 '스케르초'로 들어가서는 소낙비, 풍랑, 번개질,
무서운 바람 소리, 우뢰질, 전복되는 배, 곤해서 물에 떨어지는 갈
매기, 한 번 뒤집어지면서는 해일(海溢)에 쏠려나가는 동네 사람
의 부르짖음 —— 흥분에서 흥분, 광포에서 광포, 야성에서 야성,
온갖 공포와 포학한 광경이 눈 앞에 어릿거리는데, 이 늙은 내가
그만 흥분에 못 견디어, 뜻하지 않고, '그만두어 달라'고 고함친
것만으로도 짐작하시겠지요. 그리고 올라가서 보니깐, 그는 탄주
를 끝내버리고, 피곤한 듯이 피아노에 기대고 앉아있고, 이제 탄주
한 것은 벌써 '성난 파도(波濤)'라는 제목 아래 음보로 되어 있습
디다."

"그러면 성수는 불을 두 번 놓고, 두 음악을 낳았다는 말씀이지
요?"

"그렇지요. 그리고 그 뒤부터는 한 십여 일 건너서는 하나씩 지
었는데, 그것이 지금 보면, 한 가지의 방화사건이 생길 때마다 생
겨난 것이었습니다. 그러나 그의 편지마따나 얼마 지나서부터는
차차 그 힘과 야성이 적어지기 시작했지요. 그래서 ——"

"가만 계십쇼. 그 사람이 다음에도 '피의 선율'이나 그밖에 유
명한 곡조를 여러 개 만들지 않았습니까?"

"글쎄 말이외다. 거기 대한 설명은, 그 편지를 또 보십쇼. ——
여기서부터 또 보시면 알리다."

── (중략) ××다리 아래로서 나오려는데, 무엇이 발길에 채이는 것이 있었습니다. 성냥을 그어가지고 보니깐, 그것은 웬 늙은이의 송장이었습니다. 저는 그것이 무서워서 달아나려다가, 돌아서려던 발을 다시 돌이켰습니다. 그리고 ──

선생님은 이제 제가 쓰는 일을 이해하서 주실는지요. 그것은 너무도 기괴한 일이라, 저로서도 믿기워지지 않는 일이었습니다. 그 송장을 타고 앉았습니다. 그리고 그 송장의 옷을 모두 찢어서 사면을 내어던진 뒤에 그 발가벗은 송장을, (제 힘이라 생각되지 않는) 무서운 힘으로써 쳐들어서, 저편으로 내어던졌습니다. 그런 뒤에는 마치 고양이가 알을 가지고 놀 듯, 다시 뛰어가서 그 송장을 들어서 도루 이편으로 던졌습지다. 이렇게 몇 번을 하여 머리가 깨어지고 배가 터지고, ── 그 송장은 보기에도 참혹스러이 되었습니다. 그리하여 그 송장을 다시 만질 곳이 없이 된 뒤에 저는 그만 곤하여 그 자리에 앉아서 쉬려다가 갑자기 마음이 긴장되고 흥분되어서, 집으로 달려왔습니다. 그날 밤에 된 것이 '피의 선율'이었습니다.

"선생은 이러한 심리를 아시겠습니까?"
"글쎄요."
"아마, 모르실걸요. 그러나 예술가로서는 능히 머리를 끄떡일 수 있는 심리외다. ── 그리고 또 여기를 읽어보십시오."

── (중략) 그 여자가 죽었다는 것은, 제게는 너무도 뜻밖이었습니다.
저는, 그날 밤 혼자 몰래 그 여자의 무덤을 찾아갔습니다. 그리고 칠팔 시간 전에 묻어놓은 그의 무덤의 흙을 다시 파서 그의 시체를 꺼내어놓았습니다.

푸르른 달빛 아래 누워있는 아름다운 그의 모양은 과연 선녀와 같았습니다. 가브엽게 눈을 닫고 있는 창백한 얼굴, 곧은 콧날, 풀어헤친 검은 머리, —— 아무 표정도 없는 고요한 얼굴은 더욱 처염함을 도왔습니다. 이것을 정신이 없이 들여다보고 있다가, 저는 갑자기 흥분이 되어 —— 아아 선생님, 저는 이 아래를 쓸 용기가 없습니다. 재판소의 조서를 보시면, 저절로 아실 것이올시다.

그날 밤에 된 것이, '사령(死靈)'이었습니다.

"어떻습니까?"

"……"

"네?"

"……"

"언어도단[6]이에요? 선생의 눈으로는 그렇게 뵈시리다. 또 여기를 읽어보십쇼."

—— (중략) 이리하여 저는 마침내 사람을 죽인다 하는 경우에까지 이르렀습니다.

그리고 한 사람이 죽을 때마다, 한 개의 음악이 생겨났습니다. 그 뒤부터 제가 지은 그 모든 것은, 모두가 한 사람씩의 생명을 대표하는 것이었습니다. (하략)

"이젠 더 보실 것이 없습니다. 그런데 그만큼 보셨으면 성수에 대한 대략한 일은 아셨을 터인데, 거기 대한 의견이 어떻습니까?"

---

6) 언어도단 : 어이가 없어서 말하려 해도 말할 수 없음.

"......"

"네?"

"어떤 의견 말씀이오니까?"

"어떤 '기회'라는 것이 어떤 사람에게서, 그 사람의 가지고 있는 천재와 함께, 범죄 본능까지 끌어내었다 하면, 우리는 그 '기회'를 저주해야겠습니까, 혹은 축복하여야겠습니까? 이 성수의 일로 말하자면 방화, 사체 모욕, 시간, 살인, 온갖 죄를 다 범했어요. 우리 예술가협회에서 별 수단을 다 써서 정부에 탄원하고 재판소에 탄원하고 해서, 겨우 성수를 정신병자라 하는 명목 아래 정신병원에 감금했지, 그렇지 않으면 당장에 사형이 아닙니까. 그런데 이제 그 편지를 보셔도 짐작하시겠지만, 통상시에는 그 사람은 아주 명민하고 점잖고 온화한 청년입니다. 그러나, 때때로 그 —— 뭐랄까, 그 흥분 때문에 눈이 아득하여져서 무서운 죄를 범하고, 그 죄를 범한 다음에는 훌륭한 예술을 하나씩 산출합니다. 이런 경우에 우리는 범죄를 밉게 보아야 합니까, 혹은 범죄 때문에 생겨난 예술을 보아서 죄를 용서하여야 합니까?"

"그거야, 죄를 범치 않고 예술을 만들어냈으면 더 좋지 않습니까?"

"물론이지요. 그러나 성수 같은 사람도 있는 것이니깐, 이런 경우엔 어떻게 해결하렵니까?"

"죄를 벌해야지요. 죄악이 성하는 것을 그냥 볼 수는 없습니다."

K씨는 머리를 끄덕였다.

"그렇겠습니다. 그러나, 우리 예술가의 견지로는 또 이렇게 볼 수도 있습니다. 베토벤 이후로는 음악이라 하는 것이 차차 힘이 빠져가서, 꽃이나 계집이나 찬미할 줄 알고 연애나 칭송할 줄 알아서, 선이 굵은 것은 볼 수가 없이 되었습니다. 게다가 엄정한 작곡법이 있어서, 그것은 마치 수학의 방정식과 같이 작곡에 대한 온갖 자유스런 경지를 제한해 놓았으니깐, 이후에 생겨나는 음악은 새로운 길을 개척하기 전에는 한 기술이 될 것이지, 예술이 될 수는 없습니다. 예술가에게는 이것이 쓸쓸해요. 힘있는 예술, 선이 굵은 예술, 야성으로 충일된 예술, —— 우리는 이것을 기다린 지 오랬습니다. 그럴 때에 백성수가 나타났습니다. 사실 말이지, 백성수의 그의 예술은, 그 하나 하나가 모두 우리의 문화를 영구히 빛낼 보물입니다. 우리 문화의 기념탑입니다. 방화? 살인? 변변치 않은 집개, 변변치 않은 사람 개는, 그의 예술의 하나가 산출되는 데 희생하라면 결코 아깝지 않습니다. 천 년에 한 번, 만 년에 한 번 날지 못 날지 모르는 큰 천재를, 몇 개의 변변치 않은 범죄를 구실로, 이 세상에서 없이하여버린다 하는 것은 더 큰 죄악이 아닐까요. 적어도 우리 예술가에게는 그렇게 생각됩니다."

K씨는, 마주앉은 노인에게서 편지를 받아서 서랍에 집어넣었다. 새빨간 저녁해에 비치어서 그의 늙은 눈에는 눈물이 번득였다.

줄·거·리

1

   내가 이야기하려는 백성수의 아버지도 천분 많은 음악가였습니다. 그는 작곡과를 전공하였는데 피아노를 두드리는 것을 들으면 야성적 선율에 몸을 소스라치곤 하였습니다. 그러나 그가 학교를 졸업하고 난 뒤에는 그 야성은 다른 곳으로 발전되고 말았습니다. 술 – 술, 아침부터 저녁까지, 술잔이 그의 입에서 떠나지 않았습니다. 술을 먹고는 행패를 부리고, 경찰서에 구류를 당하고, 그러한 칠팔 년이 지난 뒤에 그는 아주 폐인이 되고 말았습니다. 그가 죽고 유복자로 태어난 것이 백성수였습니다. 그러나 우리는 백성수가 세상에 출생되었다는 소식만 듣고 그 애의 소식이며, 그 애 어머니의 소식을 일체 몰랐습니다.

   삼십 년이란 세월이 흘러 나는 나의 길을 갔으며, 지금은 음악 비평가로서의 입지를 굳혔습니다.

2

제작년 이른 봄 어떤 날이었습니다. 그때 나는 조용한 밤중의 몇 시간을 ○○예배당에 가서 명상으로 시간을 보내는 습관이 있었습니다. 그 집은 음침하였으며, 그리고 피아노도 한 대 있었습니다. 그날 밤도 그 예배당에서 눈을 감고 명상에 잠겼는데, 갑자기 저 아래서 화광이 충천하며, 불길이 솟아 사람들이 왔다갔다 야단이었습니다. 좀 무엇한 말이지만 난 그 불길을 즐겼습니다. 그때 갑자기 왠 청년 하나가 뛰어들어와 피아노를 발견하고는 그 곳에 앉아 단음계의 알레그로가 시작되었습니다. 그것은 순진한 야성적 음향이었습니다. 그것은 마치 야반의 종소리와도 같이, 사람의 마음을 무겁고 음침하게 하는 음향인 동시에, 맹수의 부르짖음과 같이 사람으로 하여금 소름돋게 하는 무서운 감정의 발현이었습니다. 그것은 대담하다면 대담하고 무식하다면 무식할 수도 있는 방분 자유한 소나타였습니다.

이때 문득 내 머리에 떠 오르는 것은 삼십 년 전에 심장마비로 죽은 백○○였습니다. 귀기가 사람을 엄습하는 듯한 그 힘과 방분스런 표현과 야성 – 이것은 근대 음악가에게서 구하기 힘든 보물이었습니다. 음악이 멎고 우리는 서로를 확인하는 순간 나는 삼십 년 전에 죽은 백○○의 모습을 그의 얼굴에서 발견했습니다. 나는 그날 밤 그 백성수를 데리고 집으로 돌아와, 다시 그 소나타를 연주해보라고 하였으나 그는 여러 번의 시도 끝에 다시 연주하기를 포기하고 말았습니다.

3

그날 밤에 백성수 그가 이야기한 과거의 이야기는 다음과 같았습니다. 그의 어머니는 그를 밴 뒤에 자기의 친정에서 쫓겨나왔습니다.

그 때부터 그의 가난함은 시작되었습니다. 그러나 교양이 있고 어진 그의 어머니는 품팔이를 할지언정 성수를 곱게 길렀습니다. 때로는 슈베르트의 '자장가'로서 그의 잠을 돕기도 하였습니다. 그런 가운데 소학교 중학교를 마치고, 공장의 직공이 되었으나 음악에 대한 집착은 조금도 줄지 않았습니다. 그 뒤, 그의 어머니는 몹쓸 병에 걸렸고, 마침내 도저히 회복할 가망이 없는 중태에까지 빠지게 되었을 때, 그는 의사를 부르러 갔다가 어느 가게에서 돈 약간을 훔쳤다가 잡혀 경찰서로, 그리고 여섯 달 동안의 징역살이를 하고 나왔습니다. 반 년 뒤 세상에 나와 자기의 집을 찾아가니 벌써 다른 사람이 들어 있었으며, 어머니의 산소도 찾지 못하였습니다.

여기까지 이야기를 해 오던 K씨는 모씨를 집으로 안내하여 그에게서 온 편지 일부를 보여줍니다. 백성수는 복수의 마음을 참지 못하여, 그 집 앞 볏집에 불을 질르고 거기서 불구경을 하다가 피아노를 보고 돌발적으로 야성과 광포성이 나타나 피아노를 쳤다는 것이며 그것이 '광염 소나타'입니다. 그러나 선생님께서 저를 위해 마련해 준 그 방, 침대와 장식이 있는 장, 거울이 있는 그런 곳에서는 도저히 그런 음악이 나오지 않더라는 것입니다.

4

이러는 동안에 무위의 몇 달이 지났습니다. 산보를 나섰다가 커다란 볏짚 낟가리를 발견하고 그 낟가리에 불을 그어 놓았습니다. 그 무서운 불길에 날아 올라가는 볏짚이며, 집을 헐어내는 광경을 구경하다가 흥분되어 집으로 돌아와 작곡한 것이 '성난 파도'라고 합니다. 그 뒤 불이 있던 날 밤이면 한 가지씩 작곡을 했다고 합니다. 그러나 그도 횟수가 차차 많아지자 그에 대한 흥분은 반비례로 줄어져 더욱 참혹한 경험을 찾았다는 것입니다. 송장이나 시체를 가지고 놀고, 그리하여 한 사람이 죽을 때마다 한 개의 음악이 생겨났다는 것입니다.

5

그 뒤 백성수는 방화, 사체 모욕, 살인 등의 범죄를 다 지절렀지요. 우리 예술가협회에서 정부에 탄원을 하여 겨우 정신병자라는 명목으로 정신병원에 감금했지요. 그러나 그는 편지에서 본 것처럼 흥분 때문에 눈이 아득하여져서 무서운 죄를 범하고 그 죄를 범한 다음에는 훌륭한 예술을 하나씩 산출합니다. 이런 경우에 우리는 범죄를 밉게 보아야 합니까, 혹은 범죄 때문에 생겨난 예술을 봐서 죄를 용서하여야 합니까? K씨는 이야기를 계속한다. 베초벤 이후로는 엄정한 작곡법이 있어서, 그것은 마치 수학의 방성식과 같이, 그래서 음악이 예술이 아니라 기술이 되었는데, 백성수의 그의 예술은 그 하나하나가 모두 우리의 문화를 영구히 빛낼 보물입니다. 방화? 살인? 변변치 않은 집 개, 변변치 않는 사람 개를, 그의 예술의 하나가 산출되는 데 대한 회생이라면 결코 아깝지 않습니다. 천 년에 한 번, 만 년에 한 번 날지 못 날지 모르는 큰 천재를, 몇 개의 변변치 않은 범죄를 구실로, 이 세상에서 없이헤어버린다 하는 것은 더 큰 죄악이 아닐까요.

K씨는, 마주앉은 노인에게서 편지를 받아서 서랍에 집어 넣으면서 눈에는 눈물이 번득였다.

- 백성수 : 천재적인 음악성을 지니고 있으나 작곡의 동기를 얻는 방법이 파괴적, 범죄적이어서 결국은 파멸에 이르는 인물.
- K씨 : 박성수의 후견인 노릇을 하는 음악 평론가. 그는 백성수의 천재성을 끌어내기 위해 은연중 백성수를 사주하기도 함.
- 사회 교화자 모씨 : K씨의 대답 상대역, 윤리 도덕을 앞세우는 사람을 대표함.

이 작품은 현재 시점에서 이루어지는 것이 아니라 과거에 생긴 사건을 전달하는 형식으로 되어 있다. 따라서 사건이 시간에 따라 엉키어 있다.

이를 정리하면 ① 백성수는 어머니의 약값을 구하기 위해 담배 가게에서 도둑질을 하다가 잡혀 감옥으로 가고, 어머니는 그 사이 죽음, ② 출옥 후 담배가게에 방화를 하고 나서 흥분하여 무의식 중에 작곡을 한다. ③ K씨를 만나 본격적인 작곡을 한다. ④ 범죄적인 행위에서만 악상을 찾아내는 백성수, ⑤ 그의 파괴적 행위는 자신을 파멸시킨다. 이러한 사건의 줄거리 가운데 백성수의 음악적 재능이 본격적으로 살아나게 된 동기부터가 비극적이다. 자기를 감옥에 보낸 가게에 불을 지르고 난 다음 끓어오르는 흥분을 감추지 못해 건반을 마구 두드린 것이 훌륭한 음악이 되었고 그것이 위대한 작곡가로 출발하게 된 동기가 된 것이다. 그러나 그는 이러한 광기를 계속할수록 더 큰 자극을 원하고, 마침내 살인까지 저질러 파멸하게 된다.

그러나 좀더 자세히 보면 백성수의 이러한 행동은 어머니의 임종을 보지 못하게 만든 가게 주인에 대한 복수의 감정이며, 어머니에 대한 윤리의 죄책감이 음악을 통해 나타나게 되는 것이다. 어머니의 품에 안기고 싶어하는 마음, 모성에 대한 본능이 그를 이렇게 이끌어 갔다고도 볼 수 있으며, 그는 꾸준히 음악을 통해 모성과 사회에 정상적으로 복귀하려다 파멸에 이르고 결국 사회에서 영원히 격리되는 주인공이 된다.

이 작품은 서술의 초점이 두 가지로 나누어진다. 하나는 K씨가 서술자가 되는 경우이고, 나머지 하나는 주인공 백성수가 서술자가 되

는 경우이다. 백성수가 K씨에게 보낸 서간문이 소개되는 부분은 일
인칭 주인공 시점이 되고, K씨가 서술자인 경우는 일인칭 관찰자 시
점이다.

연습문제

깊이 읽기

1. 백성수의 어릴적 가정환경에 대해 요약정리하여 써라.

2. 백성수가 작곡한 '광염 소나타, 성난 파도' 등은 어떻게 창작되었는가 지문을 찾아 써라.

3. 다음 지문을 읽고 작가의 예술관을 써라.

"그렇겠습니다. 그러나, 우리 예술가의 견지로는 또 이렇게 볼 수도 있습니다. 베토벤 이후로는 음악이라 하는 것이 차차 힘이 빠져가서, 꽃이나 계집이나 찬미할 줄 알고 연애나 칭송할 줄 알아서, 선이 굵은 것은 볼 수가 없이 되었습니다. 게다가 엄정한 작곡법이 있어서, 그것은 마치 수학의 방정식과 같이 작곡에 대한 온갖 자유스런 경지를 제한해 놓았으니깐, 이후에 생겨나는 음악은 새로운 길을 개척하기 전에는 한 기술이 될 것이지, 예술이 될 수는 없습니다. 예술가에게는 이것이 쓸쓸해요. 힘있는 예술, 선이 굵은 예술, 야성으로 충일된 예술, —— 우리는 이것을 기다린 지 오랬습니다. 그럴 때에 백성수가 나타났습니다. 사실 말이지, 백성수의 그의 예술은, 그 하나 하나가 모두 우리의 문화를 영구히 빛낼 보물입니다. 우리 문화의 기념탑입니다. 방화? 살인? 변변치 않은 집개, 변변치 않은 사람 개는, 그의 예술의 하나가 산출되는 데 희생하라면 결코 아깝지 않습니다. 천 년에 한 번, 만 년에 한 번 날지 못 날지 모르는 큰 천재를, 몇 개의 변변치 않은 범죄를 구실로, 이 세상에서 없이하여버린다 하는 것은 더 큰 죄악이 아닐까요. 적어도 우리 예술가에게는 그렇게 생각됩니다."

□ 깊이 읽기

1. 백성수의 아버지는 천분 많은 음악가였으나 그는 술주정꾼으로 전락하였다가 심장마비로 죽고, 유복자로 태어나게 되나, 가정은 경제적으로 어려웠고 어머니는 품팔이를 하며 백성수를 길렀다. 그러나 어머니가 몹쓸 병에 걸려 사경을 헤매자, 백성수는 어머니의 치료를 위해 의사를 부르러 가다 가게에서 돈을 몇 푼을 훔치다 잡혀 육개월의 감옥생활을 하게 된다.

2. 그때였습니다. 갑자기 덜컥덜컥 하는 소리가 들리더니 예배당 문이 열리며, 웬 젊은 사람이 하나 낭패한 듯이 뛰어들어왔습니다. 그리고 무엇에 놀란 사람같이 두리번두리번 사면을 살피더니, 그래도 내가 있는 것은 못 보았는지, 저편에 있는 창 안에 가서 숨어서서, 아래서 붙는 불을 내려다봅니다.

 나도 꼼짝을 못하였습니다. 좌우간 심상스런 사람은 아니요, 방화범이나 도적으로밖에는 인정할 수 없지 않겠습니까? 그래서 꼼짝을 못하고 서 있노라니까 그 사람은 한참 정신없이 서 있다가 한숨을 쉽니다. 그리고 맥없이 두 팔을 느리우고 도로 나가려고 발을 떼려다가, 자기 곁에 피아노가 놓인 것을 보더니, 교의를 끌어다 놓고 그 앞에 주저앉고 말겠지요. 나도 거기는 그만 직업적 흥미가 끄을렸습니다. 그래서 무엇을 하나 보자 하고 있노라니까, 뚜껑을 열더니 한 번 뚱 하고 시험을 해보아요. 그리고 조금 있더니 다시 뚱뚱 하고 시험을 해보겠지요.

 이때부터 그의 숨소리가 차차 높아가기 시작했습니다. 씩씩거리며 몹시 흥분된 사람같이 몸을 떨다가, 벼락같이 양손을 '키' 위에 갖다가 덮었습니다. 그다음 순간 C#단음계(短音階)의 알레그로가 시작되었습니다.

 처음에는 다만 흥미로서 그의 모양을 엿보고 있던 나는, 그 알레그로가 울리어나오는 순간 마음은 끝까지 긴장되고 흥분되었습니다.

 그것은 순전한 야성적 음향이었습니다. 음악이라 하기에는 너무 힘있고 무기교(無技巧)이었습니다. 그러나 음악이 아니라기에는 거기는 너무 괴롭고도 무겁고 힘있는 '감정'이 들어있었습니다. 그것은 마치 야반의 종소리와도 같이, 사람의 마음을 무겁고 음침하게 하는 음향인 동시에, 맹수의 부르짖음과 같이 사람으로 하여금 소름돋히게 하는 무서운 감정의 발현이었습니다. 아아, 그 야성적 힘과 남성적 부르짖음, 그 아래 감추어 있는 침통한 주림과 아픔, 순박하고도 아무 기교가 없는 그 표현!

　어떤 날 밤중, 가슴이 너무 무겁고 가슴속에 무엇이 가득찬 것같이 거북하여서, 저는 산보를 나섰습니다. 무거운 머리와 무거운 가슴과 무거운 다리를 지향없이 옮기면서 돌아다니다가, 저는 어떤 곳에서 커다란 볏짚 낟가리를 발견하였습니다.

　이때의 저의 심리를 어떻게 형용하였으면 좋을지 저는 모르겠습니다. 저는 무슨 무서운 적(敵)을 만난 것같이 진장되고 흥분되었습니다. 저는 사면을 한번 살펴보고 그 낟가리에 달려가서 불을 그어서 놓았습니다. 그리고 갑자기 무서움증이 생겨서 돌아서서 달아나다가, 멀찌가니까지 달아나서 돌아보니까, 불길은 벌써 하늘을 찌를 듯이 일어났습니다. 왁왁, 꺄, 꺄, 사람들의 부르짖는 소리도 들렸습니다.

　저는 다시 그곳까지 가서, 그 무서운 불길에 날아 올라가는 볏짚이며, 그 낟가리에 연달아 있는 집을 헐어내는 광경을 구경하다가 문득 흥분되어서 집으로 돌아왔습니다.

3. 예술 지상주의를 지향하는 예술관 (유미주의 또는 탐미주의)

달밤

이 태 준

작·가·소·개

1904년 강원도 철원 출생. 일본 죠오치 대학 수학. '시대일보'에 처녀작 '오몽녀'를 발표, 1920년대 후반부터 창작 활동을 시작했다. 장편으로 '제이의 운명'과 '불멸의 함성, 황진이' 등이 있고 단편 '해방 전후'가 있다. 특히 이태준은 탁월한 미문가(美文家)로 예술적 정취가 짙은 단편에 능하였다. 그는 또 허무와 서정의 작품 세계 속에서도 시대 정신의 호소력을 지니고 있다. '사냥, 영월 영감' 등에서 폐쇄된 상황으로부터의 탈출이 갈망되며, '농군'에 이르러서는 만주 이민의 비극적인 투쟁이 그려진다. '돌다리'는 한 농부의 성실과 토착 전통에 대한 외경이 이루고 있는 조선인으로서의 철학 세계가 일제 말까지 건재함을 그린 것으로 대표작이 될 만하다. 해방 후 월북했다.

성북동(城北洞)으로 이사 나와서 한 대엿새 되었을까, 그날 밤 나는 보던 신문을 머리맡에 밀어던지고 누워 새삼스럽게,

"여기도 정말 시골이로군!"

하였다.

무어 바깥이 컴컴한 걸 처음 보고 시냇물 소리와 쏴―하는 솔바람 소리를 처음 들어서가 아니라 황수건이라는 사람을 이날 저녁에 처음 보았기 때문이다.

그는 말 몇 마디 사귀지 않아서 곧 못난이란 것이 드러났다. 이 못난이는 성북동의 산들보다 물들보다, 조그만 지름길들보다, 더 나에게 성북동이 시골이란 느낌을 풍겨 주었다.

서울이라고 못난이가 없을 리야 없겠지만 대처에서는 못난이들이 거리에 나와 행세를 하지 못하고, 시골에선 아무리 못난이라도 마음놓고 나와 다니는 때문인지, 못난이는 시골에만 있는 것처럼 흔히 시골에서 잘 눈에 뜨인다. 그리고 또 흔히 그는 태고 때 사람처럼 그 우둔하면서도 천진스런 눈을 가지고, 자기 동리에 처음 들어서는 손에게 가장 순박한 시골의 정취를 돋워 주는 것이다.

그런데 그날 밤 황수건이는 열 시나 되어서 우리 집을 찾아왔다.

그는 어두운 마당에서 꽥 지르는 소리로,

"아, 이 댁이 문안서……"

하면서 들어섰다. 잡담 제하고 큰일이나 난 사람처럼 건넌방 문 앞으로 달려들더니,

"저, 저 문안 서대문 거리라나요. 어디선가 나오신 댁입쇼?"

한다.

보니 '합비'는 입었으되 신문을 들고 온 것이 신문 배달부다.

"그렇소, 신문이오?"

"아, 그런 걸 사흘이나 저, 저 건너쪽에만 가 찾었습죠. 제기……"

하더니 신문을 방에 들여뜨리며,

"그런뎁쇼, 왜 이렇게 죄꼬만 집을 사구 와곕쇼. 아, 내가 알었더면 이 아래 큰 개와집도 많은 걸입쇼……"

한다. 하 말이 황당스러 유심히 그의 생김을 내다보니 눈에 얼른 두드러지는 것이 빡빡 깎은 머리로되 보통 크다는 정도 이상으로

골이 크다. 그런데다 옆으로 보니 장구대가리다.

　“그렇소? 아무튼 집 찾노라고 수고했소.”

하니 그는 큰 눈과 큰 입이 일시에 히죽거리며,

　“뭘입쇼, 이게 제 업인뎁쇼.”

하고 날래 물러서지 않고 목을 길게 빼어 방 안을 살핀다. 그러더니 묻지도 않는데,

　“저는입쇼, 이 동네 사는 황수건이라 합니다……”

하고 인사를 붙인다. 나도 깍듯이 내 성명을 대었다. 그는 또 싱글벙글 하면서,

　“댁엔 개가 없구먼입쇼.”

한다.

　“아직 없소.”

하니,

　“개 그까짓 거 두지 마십쇼.”

한다.

　“왜 그렇소?”

물으니 그는 얼른 대답하는 말이,

　“신문 보는 집엔입쇼, 개를 두지 말아야 합니다.”

한다. 이것 재미있는 말이다 하고 나는,

　“왜 그렇소?”

하고 또 물었다.

　“아, 이 뒷동네 은행소에 댕기는 집엔입쇼, 망아지만한 개가 있는뎁쇼, 아, 신문을 배달할 수가 있어얍죠.”

　“왜?”

　“막 깨물랴고 덤비는 걸입쇼.”

달밤

한다. 말 같지 않아서 나는 웃기만 하니 그는 더욱 신을 낸다.

"그눔의 개, 그저 한번, 양떡을 멕여대야 할 턴데……"

하면서 주먹을 부르대는데 보니, 손과 팔목은 머리에 비기어 반비례로 작고 가느다랗다.

"어서 곤할 텐데 가 자시오."

하니 그는 마지못해 물러서며,

"선생님, 참 이 선생님 편안히 주뭅쇼. 저이 집은 여기서 얼마 안되는 걸입쇼."

하더니 돌아갔다.

그는 이틀날 저녁, 집을 알고 오는 데도 아홉 시가 지나서야,

"신문 배달해 왔습니다."

하고 소리를 치며 들어섰다.

"오늘은 왜 늦었소?"

물으니

"자연 그럽죠."

하고 다른 이야기를 꺼냈다.

자기는 워낙 이 아래 있는 삼산학교에서 일을 보다 어떤 선생하고 뜻이 덜 맞아 나왔다는 것, 지금은 신문 배달을 하나 원배달이아니라 보조배달이라는 것, 저희 집엔 양친과 형님 내외와 조카 하나와 저희 내외까지 식구가 일곱이란 것, 저희 아버지와 저희 형님의 이름은 무엇무엇이며, 자기 이름은 황가인데다가 복숨 수자하고 세울 건자로 황수건이기 때문에, 아이들이 노랑수건이라고 놀리어서 성북동에서는 가가호호에서 노랑수건 하면, 다 자긴 줄 알리라고 자랑스럽게 이야기하다가 이날도,

"어서 그만 다른 집에도 신문을 갖다 줘야 하지 않소?"

하니까 그때서야 마지못해 나갔다.

우리 집에서는 그까짓 반편과 무얼 대꾸를 해 가지고 그러느냐 하되, 나는 그와 지껄이기가 좋았다.

그는 아무것도 아닌 것을 가지고 열심스럽게 이야기하는 것이 좋았고, 그와는 아무리 오래 지껄이어도 힘이 들지 않고, 또 아무리 오래 지껄이고 나도 웃음밖에는 남는 것이 없어 기분이 거뜬해지는 것도 좋았다. 그래서 나는 무슨 일을 하는 중만 아니면 한참씩 그의 말을 받아주었다.

어떤 날은 서로 말이 막히기도 했다. 대답이 막히는 것이 아니라 무슨 말을 해야 할까 막히었다. 그러나 그는 늘 나보다 빠르게 이야깃거리를 잘 찾아냈다. 오뉴 월인데도 "꿩고기를 잘 먹느냐?"고도 묻고, "양복은 저고리를 먼저 입느냐, 바지를 먼저 입느냐?"고도 묻고 "소와 말과 싸움을 붙이면 어느 것이 이기겠느냐?"는 등, 아무튼 그가 애깃거리를 취재하는 방면은 기상천외로 여간 범위가 넓지 않은 데는 도저히 당할 수가 없었다. 하루는 나는 "평생 소원이 무엇이냐?"고 그에게 물어 보았다. 그는 "그까짓 것쯤 얼른 대답하기는 누워서 떡먹기"라고 하면서 평생 소원은 자기도 원배달이 한번 되었으면 좋겠다는 것이었다.

남이 혼자 배달하기 힘들어서 한 이십 부 떼어 주는 것을 배달하고, 월급이라고 원배달에게서 한 삼 원 받는 터이라 월급을 이십여 원을 받고, 신문사 옷을 입고, 방울을 차고 다니는 원배달이 제일 부럽노라 하였다. 그리고 방울만 차면 자기도 뛰어다니며 빨리 돌 뿐 아니라 그 은행소에 다니는 집 개도 조금도 무서울 것이 없겠노라 하였다.

그래서 나는 "그럴 것 없이 아주 신문사 사장쯤 되었으면 원배

달밤

달도 바랄 것 없고 그 은행소에 다니는 집 개도 상관할 배 없지 않 겠느냐?" 한즉 그는 뚱그래지는 눈알을 한참 굴리며 생각하더니 "딴은 그렇겠다"고 하면서, 자기는 경난이 없어 거기까지는 바랄 생각도 못하였다고 무릎을 치듯 가슴을 쳤다.

그러나 신문 사장은 이내 잊어버리고 원배달만 마음에 박혔던 듯, 하루는 바깥 마당에서부터 무어라고 떠들어대며 들어왔다.

"이 선생님? 이 선생님 곕쇼? 아, 저도 내일부턴 원배달이올시 다. 오늘 밤만 자면입쇼……"

한다. 자세히 물어 보니 성북동이 따로 한 구역이 되었는데, 자기 가 맡게 되었으니까 내일은 배달복을 입고 방울을 막 떨렁거리면 서 올 테니 보라고 한다. 그리고 "사람이란 게 그리게 무어든지 끝 을 바라고 붙들어야 한다"고 나에게 일러 주면서 신이 나서 돌아 갔다. 우리도 그가 원배달이 된 것이 좋은 친구가 큰 출세나 하는 것처럼 마음 속으로 진실로 즐거웠다. 어서 내일 저녁에 그가 배달 복을 입고 방울을 차고 와서 쭐럭거리는 것을 보리라 하였다.

그러나 이튿날 그는 오지 않았다. 밤이 늦도록 신문도 그도 오지 않았다. 그 다음날도 신문도 그도 오지 않다가 사흘째 되는 날에 야, 이날은 해도 지기 전인데 방울 소리가 요란스럽게 우리 집으로 뛰어들었다.

'어디 보자!'

하고 나는 방에서 뛰어나갔다.

그러나 웬일일까 정말 배달복에 방울을 차고 신문을 들고 들어 서는 사람은 황수건이가 아니라 처음 보는 사람이다.

"왜 전엣사람은 어디 가고 당신이오?"

물으니, 그는,

"제가 성북동을 맡았습니다."

한다.

"그럼, 전엣사람은 어디를 맡았소?"

하니 그는 픽 웃으며,

"그까짓 반편을 어딜 맡깁니까? 배달부로 쓸랴다가 똑똑치가 못하니까 안 쓰고 말았나 봅니다."

한다.

"그럼 보조 배달도 떨어졌소?"

하니,

"그럼요, 여기가 따루 한 구역이 된 걸이오."

하면서 방울을 울리며 나갔다.

이렇게 되었으니 황수건이가 우리 집에 올 길은 없어지고 말았다. 나도 가끔 문안엔 다니지만 그의 집은 내가 다니는 길 옆은 아닌 듯 길가에서도 잘 보이지 않았다.

나는 가까운 친구를 먼 곳에 보낸 것처럼, 아니 친구가 큰 사업에나 실패하는 것을 보는 것처럼, 못 만나는 섭섭뿐이 아니라 마음이 아프기도 하였다. 그 당자와 함께 세상의 야박함이 원망스럽기도 하였다.

한데 황수건은 그의 말대로 노랑수건이라면 온 동네에서 유명은 하였다. 노랑수건하면 누구나 성북동에서 오래 산 사람이면 먼저 웃고 대답하는 것을 나는 차츰 알았다.

내가 잠깐씩 며칠 보기에도 그랬거니와 그에겐 우스운 일화도 한두 가지가 아니었다.

달밤

삼산학교에 급사로 있을 시대에 삼산학교에다 남겨 놓고 나온 일화도 여러 가지라는데, 그중에 두어 가지를 동네 사람들의 말대로 옮겨 보면, 역시 그때부터도 이야기하기를 대단 즐기어 선생들이 교실에 들어간 새, 손님이 오면 으레 손님을 앉히고는 자기도 걸상을 갖다 떡 마주놓고 앉는 것은 물론, 마주 앉아서는 곧 자기류의 만담삼매로 빠지는 것인데 한번은 도 학무국에서 시학관이 나온 것을 이 따위로 대접하였다. 일본말을 못하니까 만담은 할 수 없고 마주 앉아서 자꾸 일본말을 연습하였다.

"센세이 히, 오하요 고사이마쓰까…… 히히 아메가 후리마쓰. 유끼가 후리마쓰까 히히……"

시학관도 인정이라 처음엔 웃었다. 그러나 열 번 스무 번을 되풀이하는 데는 성이 나고 말았다. 선생들은 아무리 기다려도 종 소리가 나지 않으니까, 한 선생이 나와 보니 종 칠 것도 잊어버리고 손님과 마주 앉아서 "오하요 유끼가 후리마쓰까……" 하는 판이다.

그날 수건이는 선생들에게 단단히 몰리고 다시는 안 그러겠노라고 했으나, 그 버릇을 고치지 못해서 그예 쫓겨나오고 만 것이다.

그는,

"너의 색시 달아난다."

하는 말을 제일 무서워했다 한다. 한번은 어느 선생이 장난엣말로,

"요즘 같은 따뜻한 봄날엔 옛날부터 색시들이 달아나기를 좋아하는데 어제도 저 아랫말에서 둘이나 달아났다니까 오늘은 이 동네에서 꼭 달아나는 색시가 있을걸……"

했더니 수건이는 점심을 먹다 말고 눈이 휘둥그래졌다 한다. 그리고 그날 오후에는 어서 바삐 하학을 시키고 집으로 갈 양으로 오십 분 만에 치는 종을 이십 분 만에, 삼십 분 만에 함부로 다가서 쳤다

는 이야기도 있다.

　하루는 거의 그를 잊어버리고 있을 때,

　"이 선생님 곕쇼?"

하고 수건이가 찾아왔다. 반가웠다.

　"선생님, 요즘 신문이 걸르지 않고 잘 옵쇼?"

하고 그는 배달 감독이나 되어 온 듯이 묻는다.

　"잘 오, 왜 그류?"

　한즉 또,

　"늦지도 않굽쇼, 일즉이 제때마다 꼭꼭 옵쇼?"

한다.

　"당신이 돌릴 때보다 세 시간은 일즉이 오고 날마다 꼭꼭 잘 오."

하니 그는 머리를 벅적벅적 긁으면서,

　"하루라도 걸르기만 해라, 신문사에 가서 대뜸 일러바치지……"

하고 그 빈약한 주먹을 부르댄다.

　"그런뎁쇼, 선생님?"

　"왜 그류?"

　"삼산학교에 말씀예요. 그 제 대신 들어온 급사가 저보다 근력이 세게 생겼습쇼?"

　"나는 그 사람을 보지 못해서 모르겠소."

하니 그는 은근한 말소리로 히죽거리며,

　"제가 거길 또 들어가 볼랴굽쇼, 운동을 합죠."

한다.

　"어떻게 운동을 하오?"

　"그까짓 거 날마다 사무실로 갑죠. 다시 써 달라고 졸라댑죠. 아

그랬더니 새 급사란 녀석이 저보다 크기도 무척 큰뎁쇼, 이 녀석이 막 불근댑니다그려. 그래 한번 쌈을 해야 할턴뎁쇼, 그 녀석이 근력이 얼마나 센지 알아야 뎀벼들 턴뎁쇼…… 허.”

“그렇지, 멋모르고 대들었단 매만 맞지.”

하니 그는 한 걸음 다가서며 또 은근한 말을 한다.

“그래섭쇼, 엊저녁엔 큰 돌멩이 하나를 굴려다 삼산학교 대문에다 놨습죠. 그리구 오늘 아침에 가 보니깐 없어졌는뎁쇼, 이 녀석이 나처럼 억지루 굴려다 버렸는지, 뻔쩍 들어다 버렸는지 그만 못 봤거든입쇼, 제-길……”

하고 머리를 긁는다. 그러더니 갑자기 무얼 생각한 듯 손뼉을 탁 치더니,

“그런뎁쇼, 제가 온 건입쇼, 댁에선 우두를 넣지 마시라구 왔습죠.”

한다.

“우두를 왜 넣지 말란 말이오?”

한즉,

“요즘 마마가 다닌다구 모두 우두들을 넣는뎁쇼, 우두를 넣으면 사람이 근력이 없어지는 법인뎁쇼.”

하고 자기 팔을 걷어 올려 우두 자리를 보이면서,

“이걸 봅쇼. 저두 우두를 이렇게 넣었기 때문에 근력이 줄업습죠.”

한다.

“우두를 넣으면 근력이 준다고 누가 그럽디까?”

물으니 그는 싱글거리며,

“아, 제가 생각해 냈습죠.”

한다.

"왜 그렇소?"

하고 캐니,

"뭘…… 저 아래 윤금보라고 있는데 기운이 장산뎁쇼. 아 삼산학교 그 녀석두 우두만 넣었다면 그까짓 것 무서울 것 없는뎁쇼, 그걸 모르겠거든입쇼……"

한다. 나는,

"그렇게 용한 생각을 하고 일러 주러 왔으니 아주 고맙소."

하였다. 그는 좋아서 벙긋거리며 머리를 긁었다.

"그래 삼산학교에 다시 들기만 기다리고 있소?"

물으니 그는,

"돈만 있으면 그까짓 거 누가 '고쓰까이' 노릇을 합쇼. 밑천만 있으면 삼산학교 앞에 가서 뻐젓이 장사를 할 턴뎁쇼."

한다.

"무슨 장사"

"아, 방학될 때까지 차미 장사도 하굽쇼, 가을부턴 군밤 장사, 왜떡장사, 습자지, 도화지 장사 막 합죠. 삼산학교 학생들이 저를 어떻게 좋아하겝쇼. 저를 선생들보다 낫게 치는뎁쇼."

한다.

나는 그날 그에게 돈 삼 원을 주었다. 그의 말대로 삼산학교 앞에 가서 뻐젓이 참외 장사라도 해 보라고. 그리고 돈은 남지 못하면 돌려오지 않아도 좋다 하였다.

그는 삼 원 돈에 덩실덩실 춤을 추다시피 뛰어나갔다. 그리고 그 이튿날,

"선생님 잡수시라굽쇼."

하고 나 없는 때 참외 세 개를 갖다 두고 갔다.

그리고는 온 여름 동안 그는 우리 집에 얼른하지 않았다.

들으니 참외 장사를 해 보긴 했는데 이내 장마가 들어 밑천만 까먹었고, 또 그까짓 것보다 한 가지 놀라운 소식은 그의 아내가 달아났단 것이다. 저희끼리 금슬은 괜찮았건만 동세가 못 견디게 굴어 달아난 것이라 한다. 남편만 남 같으면 따로 살림 나는 날이나 기다리고 살 것이나 평생 동세 밑에 살아야 할 신세를 생각하고 달아난 것이라 한다.

그런데 요 며칠 전이었다. 밤인데 달포 만에 수건이가 우리 집을 찾아왔다. 웬 포도를 큰 것으로 대여섯 송이를 종이에 싸지도 않고 맨손에 들고 들어왔다. 그는 벙긋거리며,

"선생님 잡수라고 사 왔습죠."

하는 때였다. 웬 사람 하나가 날쌔게 그의 뒤를 따라들어오더니 다짜고짜로 수건이의 멱살을 움켜쥐고 끌고 나갔다. 수건이는 그 우둔한 얼굴이 새하얗게 질리며 꼼짝 못하고 끌려 나갔다.

나는 수건이가 포도원에서 포도를 훔쳐온 것을 직각하였다. 쫓아나가 매를 말리고 포도 값을 물어 주었다. 포도 값을 물어 주고 보니 수건이는 어느 틈에 사라지고 보이지 않았다.

나는 그 다섯 송이의 포도를 탁자 위에 얹어 놓고 오래 바라보며 아껴 먹었다. 그의 은근한 순정의 열매를 먹듯 한 알을 가지고도 오래 입안에 굴려 보며 먹었다.

어제다. 문안에 들어갔다 늦어서 나오는데 불빛 없는 성북동 길 위에는 밝은 달빛이 깁을 깐 듯하였다.

그런데 포도원께를 올라오노라니까 누가 맑지도 못한 목청으

로,
　"사……게……와 나……미다까 다메이……끼……까……"
를 부르며 큰 길이 좁다는 듯이 휘적거리며 내려왔다. 보니까 수건
이 같았다. 나는,
　"수건인가?"
하고 아는 체 하려다 그가 나를 보면 무안해 할 일이 있는 것을 생
각하고, 휙 길 아래로 내려서 나무 그늘에 몸을 감추었다.
　그는 길은 보지도 않고 달만 쳐다보며, 노래는 이 이상은 외우지
도 못하는 듯 첫 줄 한 줄만 되풀이하면서 전에는 본 적이 없었는
데 담배를 다 퍽퍽 빨면서 지나갔다.
　달밤은 그에게도 유감한 듯하였다.

달밤

줄·거·리

1

성북동으로 이사 나온 날 밤 나는 여기도 정말 시골임을 느꼈다. 그
것은 황수건이란 사람을 보았기 때문이기도 하다. 그는 우둔하면서
도 천진스런 눈을 가지고 순박한 시골의 정취를 느끼게 한다. 그는
왜 개와집을 두고 쬐꼬만 집을 사왔느냐, 신문 보는 집에 큰 개를 기
르지 않는 것이 좋다. 개가 막 깨물라고 덤비면 그 개의 양떡을 먹여
야 할 텐데…… 하며 보이는 주먹은 작고 가느다랗다.

2

그 이튿날 저녁은 아홉 시가 지나서야 신문 배달을 해 왔다. 그리고
자기는 이 아래 삼산학교에서 일을 보다 그만두고 신문배달을 하는
데, 원배달이 아니라 보조 배달이며, 식구는 아버지와 형님을 포함하
여 일곱 식구라는 것, 별명은 '노랑 수건'이라는 등 그는 아무하구와

이야기 하기를 좋아하는 것 같았다. 나는 그에게 평생 소원이 무엇이냐고 묻자, 그는 원배달이 되어 돈도 더 받고, 신문사 옷을 입고, 방울을 차고 다니는 것이라고 했다. 그리고 내일부터는 자기도 원배달이 된다고 하였다. 그러나 다음날도 그 다음날도 그는 보이지 않고 사흘째 되는 날 다른 사람이 새로 받은 원배달원이라고 하며 신문을 배달하였고, 그는 똘똘치가 못해 떨어졌다고 한다. 나는 친구가 사업에 실패하여 먼 곳에 보낸 것처럼 섭섭함을 느끼며, 세상의 야박함이 원망스러웠다.

3

황수건은 그의 말대로 노랑수건이라는 별명으로 유명하였다. 또 그는 삼산학교 급사로 있을 때 남겨놓은 일화도 많다. 그는 선생들이 교실에 들어간 새 손님이 오면 마주앉아 이야기꽃을 피운다. 한 번은 도 학무국에서 시학관이 나온 것을 그 앞에 마주앉아 일본말로 지절대다 종치는 것도 잊은 일이 있어 쫓겨나고 말았다. 또 그 전에 한 선생이 오늘은 이 동리에 색시가 도망갈 듯하다고 하였더니, 종을 20분 만에 치고는 집으로 달려간 일도 있었다. 하루는 거의 잊어버리고 있을 때 그가 찾아왔다. 그는 신문이 안 올 때가 있으면 신문사에 연락하여 떨어지게 하고 자기가 그 자리에 들어오고 싶다는 둥, 삼산학교 급사를 내 몰아내고 자기가 들어가고 싶다는 둥 하다가 그보다는 학교 앞에서 차미 장사를 하고 싶다고 한다. 나는 그에게 돈 삼 원을 주었다. 그는 덩실덩실 춤을 추며 나갔다가 이튿날 나 없을 때 참외 세 개를 갖다두고 갔다.

4

그리고는 올 여름 동안 그는 우리집에 얼른하지 않았다. 들으니 참외 장사를 해 보긴 했는데 이내 장마가 들어 밑천만 까먹고, 또 그의 아내가 달아났다는 것이다. 그가 무능하여 평생 동서 밑에서 살아야 하는데 동서가 못 견디게 굴어 달아난 것이라고 한다. 그런데 그 며칠 전 웬 포도를 큰 것으로 대여섯 송이를 종이에 싸지도 않고 맨손으로 들고 왔다. 그런데 웬 사람 하나가 날쎄게 뒤를 따라 들어오더니 다짜고짜로 수건이의 멱살을 움켜주고 끌고나갔다. 나는 수건이가 포도를 훔쳐온 것임을 짐작하고 그 남자에게 포도 값을 물어주고 나니 수건이는 어느 틈에 사라지고 보이지 않았다. 나는 그 포도 다섯 송이를 탁자 위에 놓고 그의 은근한 순정의 열매를 먹듯 한 알을 가지고도 오래 입 안에 굴려 보며 먹었다.

5

어제다. 문안에 들어갔다 늦어서 나오는데 불빛 없는 성북동 길 위에 밝은 달빛이 깁을 깐 듯하였다. 그런데 포도원께를 올라오는데 누가 맑지도 못한 목청으로 "시…게…와나…미다까…"를 부르며 휘적거리며 내려왔다. 나는 수건인 듯하여 숨어서 보니, 그는 길은 보지도 않고 달만 쳐다보며, 노래를 첫줄만 되풀이하며, 전에는 본 적이 없는 담배를 퍽퍽 빨면서 지나갔다. 달밤은 그에게도 유감한 듯하였다.

- 황수건 : 우둔하지만 순진 무구한 품성을 지닌 남자로, 학교 급사, 신문 보조 배달원, 참외 장사 등을 하지만 모두 실패한다. 끝내 아내마저 도망가자 달을 쳐다보며 우수에 젖는다.
- 나 : 황수건을 동정어린 눈길로 바라보는 소설 속의 화자.

　‘달밤’은 1933년 11월 《중앙》에 발표된 단편 소설로, 이 작품은 〈가마귀〉와 함께 허무와 서정의 세계 속에서 시대 정신에 호소하는 그의 대표작이다. 〈달밤〉은 1930년 서울 성북동을 배경으로 우둔하고 친근한 품성을 지닌 황수건이 각박한 세상에 부딪혀 괴로움을 겪는 모습을 ‘나’가 1인칭 관찰자 시점으로 서술하고 있다. 주인공 황수건은 ‘우둔하면서도 천진스런 눈을 가지고, 자기 동리에 처음 들어오는 손에게 가장 소박한 시골의 정취를 돋워주는’ 인물이다. 황수건의 소원은 보조배달원에서 ‘원배달원’이 되어 신문사 제복을 입고 방울을 차고 다니며 월급을 이십 원을 받는 것이다. 그러나 그의 됨됨이가 똘똘치 못해 보조배달원의 일마저 떨어진다. 그는 삼산학교 급사일을 볼 때도 그와 비슷한 일로 급사일을 못하고 쫓겨났었다. 그는 ‘나’의 호의로 참외 장사를 시작하나 장마로 그도 못하고 밑천은 다 까먹는다. 그런데다 아내마저 달아나고……. 어느 늦은밤 그는 달빛 아래 맑지도 못한 목청으로 노래를 부르며 휘적거리며 담배를 빨면서 내려온다.

　이렇듯 모자라지만 순박한 황수건이, 현실에서는 똘똘치 못하다고 낙오되는 사회를 우회적으로 비판하고 있다. 작가는 비록 보잘 것 없는 인간이지만 순박한 인물을 애정어린 눈길로 보여주고 있다. 또 일제라는 시대적 상황과 그것이 빚어내는 고통을 암시하고 있기도 하다.

연습문제

1. 다음 지문을 읽고 황수건이 어떤 사람인지 말하라.

> "아, 이 댁이 문안서……"
> 하면서 들어섰다. 잡담 제하고 큰일이나 난 사람처럼 건넌방 문 앞으로 달려들더니,
> "저, 저 문안 서대문 거리라나요. 어디선가 나오신 댁입쇼?"
> 한다.
> 보니 '합비'는 안 입었으되 신문을 들고 온 것이 신문 배달부다.
> "그렇소, 신문이오?"
> "아, 그런 걸 사흘이나 저, 저 건너쪽에만 가 찾았습죠. 제기……"
> 하더니 신문을 방에 들여뜨리며,
> "그런뎁쇼, 왜 이렇게 죄꼬만 집을 사구 와겝쇼. 아, 내가 알았더면 이 아래 큰 개와집도 많은 걸입쇼……"
> 한다. 하 말이 황당스러 유심히 그의 생김을 내다보니 눈에 얼른 두드러지는 것이 빡빡 깎은 머리로되 보통 크다는 정도 이상으로 골이 크다. 그런데다 옆으로 보니 장구대가리다.
> "그렇소? 아무튼 집 찾노라고 수고했소."
> 하니 그는 큰 눈과 큰 입이 일시에 히죽거리며.

117

달밤

“뭘입쇼, 이게 제 업인뎁쇼.”

하고 날래 물러서지 않고 목을 길게 빼어 방 안을 살핀다. 그러더니 묻지도 않는데,

“저는입쇼, 이 동네 사는 황수건이라 합니다……”

하고 인사를 붙인다. 나도 깍듯이 내 성명을 대었다. 그는 또 싱글벙글하면서,

“댁엔 개가 없구먼입쇼.”

한다.

“아직 없소.”

하니,

“개 그까짓 거 두지 마십쇼.”

한다.

“왜 그렇소?”

물으니 그는 얼른 대답하는 말이,

“신문 보는 집엔입쇼, 개를 두지 말아야 합니다.”

---

2. 다음 글을 읽고 황수건의 현실 인식이 어떠한지 말하라.

“그런뎁쇼, 왜 이렇게 쬐꼬만 집을 사구 와겝쇼. 아, 내가 알았더라면 이 아래 큰 개와집도 많은 걸입쇼……”

---

3. 다음 글을 읽고 황수건의 인간성에 대해 말하라.

> 하루는 나는 "평생 소원이 무엇이냐?"고 그에게 물어 보았다. 그는 "그까짓 것쯤 얼른 대답하기는 누워서 떡먹기"라고 하면서 평생 소원은 자기도 원배달이 한번 되었으면 좋겠다는 것이었다.
>
> 남이 혼자 배달하기 힘들어서 한 이십 부 떼어 주는 것을 배달하고, 월급이라고 원배달에게서 한 삼 원 받는 터이라 월급을 이십여 원을 받고, 신문사 옷을 입고, 방울을 차고 다니는 원배달이 제일 부럽노라 하였다. 그리고 방울만 차면 자기도 뛰어다니며 빨리 돌 뿐 아니라 그 은행소에 다니는 집 개도 조금도 무서울 것이 없겠노라 하였다.

4. 다음 예문 1은 황수건의 한 행동을 묘사한 글이며, 예문 2는 황수건의 행동을 본 '나'의 감정을 나타내고 있다. '나'는 황수건에 대해 어떻게 생각하고 있는지 써라.

예문1

> 그런데 요 며칠 전이었다. 밤인데 달포 만에 수건이가 우리 집을 찾아왔다. 웬 포도를 큰 것으로 대여섯 송이를 종이에 싸지도 않고 맨손에 들고 들어왔다. 그는 벙긋거리며,
> "선생님 잡수라고 사 왔습죠."
> 하는 때였다. 웬 사람 하나가 날쌔게 그의 뒤를 따라들어오더니 다짜고짜로 수건이의 멱살을 움켜쥐고 끌고 나갔다. 수건이는 그

우둔한 얼굴이 새하얗게 질리며 꼼짝 못하고 끌려 나갔다.
　나는 수건이가 포도원에서 포도를 훔쳐온 것을 직각하였다. 쫓아나가 매를 말리고 포도 값을 물어 주었다. 포도 값을 물어 주고 보니 수건이는 어느 틈에 사라지고 보이지 않았다.

　나는 그 다섯 송이의 포도를 탁자 위에 얹어 놓고 오래 바라보며 아껴 먹었다. 그의 은근한 순정의 열매를 먹듯 한 알을 가지고도 오래 입안에 굴려 보며 먹었다.

5. 다음 글에서 '황수건'과 '달밤'은 어떤 의미를 갖는가?

　어제다. 문안에 들어갔다 늦어서 나오는데 불빛 없는 성북동 길 위에는 밝은 달빛이 깁을 깐 듯하였다.
　그런데 포도원께를 올라오노라니까 누가 맑지도 못한 목청으로,
　"사……게……와 나……미다까 다메이……끼……까……"
를 부르며 큰 길이 좁다는 듯이 휘적거리며 내려왔다. 보니까 수건이 같았다. 나는,

“수건인가?”

하고 아는 체 하려다 그가 나를 보면 무안해할 일이 있는 것을 생각하고, 휙 길 아래로 내려서 나무 그늘에 몸을 감추었다.

그는 길은 보지도 않고 달만 쳐다보며, 노래는 이 이상은 외우지도 못하는 듯 첫줄 한 줄만 되풀이하면서 전에는 본 적이 없었는데 담배를 다 퍽퍽 빨면서 지나갔다.

달밤은 그에게도 유감한 듯하였다.

비판적으로 읽기

1. 다음 글을 읽고 ‘나’의 태도에 대해 비판하라.

“이 선생님? 이 선생님 곕쇼? 아, 저도 내일부턴 원배달이올시다. 오늘 밤만 자면입쇼……”

한다. 자세히 물어 보니 성북동이 따로 한 구역이 되었는데, 자기가 맡게 되었으니까 내일은 배달복을 입고 방울을 막 떨렁거리면서 올 테니 보라고 한다. 그리고 “사람이란 게 그리게 무어든지 끝을 바라고 붙들어야 한다”고 나에게 일러 주면서 신이 나서 돌아갔다. 우리도 그가 원배달이 된 것이 좋은 친구가 큰 출세나 하는 것처럼 마음 속으로 진실로 즐거웠다. 어서 내일 저녁에 그

가 배달복을 입고 방울을 차고 와서 쭐럭거리는 것을 보리라 하
였다.

　그러나 이튿날 그는 오지 않았다. 밤이 늦도록 신문도 그도 오
지 않았다. 그 다음날도 신문도 그도 오지 않다가 사흘째 되는 날
에야, 이날은 해도 지기 전인데 방울 소리가 요란스럽게 우리 집
으로 뛰어들었다.
　‘어디 보자!’
하고 나는 방에서 뛰어나갔다.
　그러나 웬일일까 정말 배달복에 방울을 차고 신문을 들고 들
어서는 사람은 황수건이가 아니라 처음 보는 사람이다.
　“왜 전엣사람은 어디 가고 당신이오?”
　물으니, 그는,
　“제가 성북동을 맡았습니다.”
한다.
　“그럼, 전엣사람은 어디를 맡았소?”
하니 그는 픽 웃으며,
　“그까짓 반편을 어딜 맡깁니까? 배달부로 쓸랴다가 똑똑치가
못하니까 안 쓰고 말았나 봅니다.”
한다.
　“그럼 보조 배달도 떨어졌소?”
하니,
　“그럼요, 여기가 따루 한 구역이 된 걸이오.”
하면서 방울을 울리며 나갔다.
　이렇게 되었으니 황수건이가 우리 집에 올 길은 없어지고 말
았다. 나도 가끔 문안엔 다니지만 그의 집은 내가 다니는 길 옆은
아닌 듯 길가에서도 잘 보이지 않았다.

　나는 가까운 친구를 먼 곳에 보낸 것처럼, 아니 친구가 큰 사업에나 실패하는 것을 보는 것처럼, 못 만나는 섭섭뿐이 아니라 마음이 아프기도 하였다. 그 당자와 함께 세상의 야박함이 원망스럽기도 하였다.

□ 깊이 읽기

1. 황수건은 생각이 부족하고, 덤벙대며, 수선스런 사람이다.

2. 집이란 경제적인 장애 없이 갖고 싶은 집을 가질 수 있다고 생각하고 있다.

3. 큰 욕심도, 출세욕도 없다. 다만 눈 앞에 보이는 작은 목표만 얻는다면 만족하는 성격이다.

4. '나' 에게 얼마나 포도를 드리고 싶었으면 남의 포도 밭에서 훔쳐 포도를 가져왔을까 하는 마음을 보면서, 그 손에 담긴 황수건의 '순수한 정' 을 느끼는 것 같다.

5. 황수건의 움직임은 달빛 속에서 마치 그림자처럼 보인다. 그것은 '황수건' 과 '달밤' 이 어우러져, 이 소설의 배경을 만들고 있다.

□ 비판적으로읽기

1. (해답 생략)

▪ 거리

거리는 등장 인물과 독자 사이에 느끼는 간격을 말한다. 그러므로 거리가 1인칭 시점에서 가장 짧아지고 관찰자 시점에서는 멀어지며, 전지적 시점에서는 작가가 어떤 태도를 취하느냐에 따라 거리는 좁혀지기도 하고 멀어지기도 한다.

"도꼬마데 오이테 데스까?(어디까지 가십니까?)"
하고 첫 마디를 걸더니만, 도꾜가 어떠니, 오사까가 어떠니, 조선 사람은 고추를 끔찍히 많이 먹는다는 둥, 일본 음식은 너무 싱거워서 처음에는 속이 뉘엿거린다는 둥, 횡설수설 지껄이다가 일본 사람이 엄지와 검지 손가락으로 짧게 끊은 꼿꼿한 윗수염을 비비면서 마지못해 까땍까땍하는 고개와 함께 '소데스까(그렇습니까).'란 한 마디로 코대답을 할 따름이요, 잘 받아 주지 않으매, 그는 또 중국인을 붙들고서 실랑이를 하였다. "니상나얼취 —— ""니심심마" 하고 덤벼 보았으나 중국인 또한 그 기름낀 뚜우한 얼굴에 수수께끼 같은 웃음을 띨 뿐이요, 별로 대꾸를 하지 않았건만, 그래도 무어라고 연해 응얼거리면서 나를 보고 웃어 보였다.
그것은 마치 짐승을 놀리는 요술쟁이가 구경꾼을 바라볼 때처럼 훌륭한 제 재주를 갈채해 달라는 웃음이었다. 나는 쌀쌀하게 그의 시선을 피해 버렸다. 그 주적대는 꼴이 어줍지 않고 밉살스러웠다. 그는 잠깐 입을 닫치고 무료한 듯이 머리를 덕억덕억 긁기도 하며, 손톱을 이로 물어뜯기도 하고, 멀거니 창 밖으로 내다보기도 하다가, 암만해도 중절대지 않고는 못 참겠던지 문득 나에게로 향하며, "어디꺼정 가는 기오?"라고 경상도 사투리로 말을 붙인다.
"서울까지 가요."

"그런기오. 참 반갑구마. 나도 서울꺼정 가는데. 그러면 우리 동행이 되겠구마."

나는 이 지나치게 반가워하는 말씨에 대하여 무어라고 대답할 말도 없고, 또 굳이 대답하기도 싫기에 덤덤히 입을 닫쳐 버렸다.

"서울에 오래 살았는기요?"

그는 또 물었다.

"육칠 년이나 됩니다."

조금 성가시다 싶었으되, 대꾸 않을 수도 없었다.

"에이구, 오래 살았구마. 나는 처음길인데 우리 같은 막벌잇군이 차를 내려서 어디로 찾아가야 되겠는기오? 일본으로 말하면 기진야도 같은 것이 있는기오?"

하고 그는 답답한 제 신세를 생각했던지 찡그려 보였다. 그때 나는 그의 얼굴이 웃기보다 찡그리기에 가장 적당한 얼굴임을 발견하였다. 군데군데 찢어진 경성드뭇한 눈썹이 올올이 일어서며, 아래로 축 처지는 서슬에 양미간에는 여러 가닥 주름이 잡히고, 광대뼈 위로 뺨살이 실룩실룩 보이자 두 볼은 쪽 빨아든다.

〈고향—현진건〉

'그'가 이야기하는 것, 그의 모습을 '나'가 전달하는 '액자소설'인 때문에 '나'의 이야기와 독자와는 거리가 있다. '나'는 일정한 거리를 유지하며 '그'의 태도와 말을 독자에게 전달하고 있다.

"암만 사람이 변하기로 어째 그렇게도 변하는기오? 그 숱 많던 머리가 훌렁 다 벗어졌더마. 눈은 폭 들어가고. 그 이들이들하던 얼굴빛도 마치 유산을 끼얹은 듯하더마."

"서로 붙잡고 많이 우셨겠지요."

"눈물도 안 나오더마. 일본 우동집에 들어가서 둘이서 정종만 열 병 따라 뉘고 헤어졌구마.”
하고 가슴을 짜는 듯한 괴로운 한숨을 쉬더니만 그는 지난 슬픔을
새록새록이 자아내어 마음을 새기기에 지쳤음이더라.
　“이야기를 다하면 무얼 하는기오.”
하고 쓸쓸하게 입을 다문다. 나 또한 너무도 참혹한 사람살이를 듣
기에 쓴물이 났다.
　“자, 우리 술이나 마자 먹읍시다.” 하고 우리는 주거니받거니 한
되 병을 다 말리고 말았다. 그는 취흥에 겨워서 우리가 어릴 때 멋
모르고 부르던 노래를 읊조렸다.

〈고향–현진건〉

그러나 이야기가 여기에 이르자 ‘나’도 울분을 참을 수 없었던지
‘그’의 태도에 ‘감정이 이입’되어 거리는 좁아졌다.

　“이놈의 닭! 죽어라, 죽어라.” 요렇게 암팡스리 패주는 것이 아
닌가. 그것도 대가리나 치면 모른다마는 아주 알도 못 낳라고 그
볼기짝께를 주먹으로 콕콕 쥐어박는 것이다.
　나는 눈에 쌍심지가 오르고 사지가 부르르 떨렸으나 사방을 한
번 휘돌아보고야 그제서 점순이 집에 아무도 없음을 알았다. 잡은
참 지게막대기를 들어 울타리의 중턱을 후려치며,
　“이놈의 계집애! 남의 닭 알 못 낳라구 그러니?”
하고, 소리를 빽 질렀다.
　그러나 점순이는 조금도 놀라는 기색이 없고 그대로 의젓이 앉
아서 제 닭 가지고 하듯이 또 죽어라, 죽어라, 하고 패는 것이다. 이
걸 보면 내가 산에서 내려올 때를 겨냥해가지고 미리부터 닭을 잡
아가지고 있다가 네 보란 듯이 내 앞에 쥐지르고 있음이 확실하다.
그러나 나는 그렇다고 남의 집에 뛰어들어가 계집애하고 싸울 수

127

도 없는 노릇이고, 형편이 썩 불리함을 알았다. 그래 닭이 맞을 적마다 지게막대기로 울타리를 후려칠 수밖에 별 도리가 없다. 왜냐하면 울타리를 치면 칠수록 울섶이 물러앉으며 뼈대만 남기 때문이다. 허나 아무리 생각하여도 나만 밑지는 노릇이다.

"아 이년아! 남의 닭 아주 죽일 터이냐?" 내가 도끼눈을 뜨고 다시 꽥 호령을 하니까 그제서야 울타리께로 쪼루루 오더니 밖에 섰는 나의 머리를 겨누고 닭을 내팽개친다.

"에이 더럽다! 더럽다!"

"더러운 걸 널더러 입때 끼고 있으랬니? 망할 계집애년 같으니."

하고, 나도 더럽단 듯이 울타리께를 힝하게 돌아내리며 약이 오를 대로 다 올랐다, 라고 하는 것은 암탉이 풍기는 서슬에 나의 이마빼기에다 물찌똥을 찍 갈겼는데 그걸 본다면 알집만 터졌을 뿐 아니라 골병은 단단히 든 듯싶다.

〈동백꽃–김유정〉

여기서 '나'는 독자와 거리가 별로 없다. 그래서 독자는 마치 나의 입장이 된 듯하다. 이처럼 '거리'는 등장 인물과 독자와의 간격이 어떤가를 보여준다.

술 권하는 사회(社會)

현 진 건

작·가·소·개

1900년 대구에서 태어나 열한 살 때(1910년) 생모를 여의고, 열여섯에 대구 부초인 경주 이씨 집안 딸인 순득과 결혼하고, 이어 일본으로 건너가 외국어학교에서 공부했으며, 그 이전에는 고향에서 한문공부를 했다. 그는 독립운동을 하던 형 정건이 있던 중국 상하이의 추정대학 독일어 전문 학교에서 공부하다가 1919년 귀국했다.

1920년 조선일보사에 입사해 '개벽' 5호에 첫 작품 '희생화'를 발표했으며, 1921년 '개벽'에 '빈처'를 발표함으로써 문단의 주목을 받기 시작했다. 1925년 '동아일보'에 입사했던 그는 많은 시련을 겪게 된다. '동아일보'의 정간, 양조모의 별세, 형의 죽음, 형수의 죽음, 양모의 죽음 등, 그리고 1936년 베를린 올림픽의 마라톤 종목에서 우승한 손기정 선수의 사진을 신문에 실으며 가슴에 있던 일장기를 지운 사건으로 구속되어 1년 남짓 감옥살이를 했다.

1937년 동아일보를 그만두고 글쓰기를 계속하다 1943년 4월 만성과음과 폐결핵 악화로 생을 마감했다.

"아이그, 아야."

홀로 바느질을 하고 있던 아내는 얼굴을 살짝 찌푸리고 가늘고 날카로운 소리로 부르짖었다. 바늘 끝이 왼손 엄지 손가락 손톱 밑을 찔렀음이다. 그 손가락은 가늘게 떨고 하얀 손톱 밑으로 앵두

(櫻挑)빛 같은 피가 비친다. 그것을 볼 사이도 없이 아내는 얼른 바늘을 빼고 다른 손 엄지손가락으로 그 상처를 누르고 있다. 그러면서 하던 일가지를 팔꿈치로 고이고이 밀어 내려놓았다. 이윽고 눌렀던 손을 떼어 보았다. 그 언저리는 인제 다시 피가 아니 나려는 것처럼 혈색(血色)이 없다. 하더니, 그 희던 꺼풀 밑에 다시금 꽃물이 차츰차츰 밀려온다. 보일 듯 말 듯한 그 상처로부터 좁쌀 낟 같은 핏방울이 송송 숫는다. 또 아니 누를 수 없다. 이만하면 그 구멍이 아물었으려니 하고 손을 떼면 또 얼마 아니되어 피가 비치어 나온다.

인제 헝겊 오락지로 처매는 수밖에 없다. 그 상처를 누른 채 그는 바느질고리에 눈을 주었다. 거기 쓸만한 오락지는 실패 밑에 있다. 그 실패를 밀어내고 그 오락지를 두 새끼손가락 사이에 집어올리려고 한동안 애를 썼다. 그 오락지는 마치 풀로 붙여둔 것 같이 고리 밑에 착 달라붙어 세상 잡혀지지 않는다. 그 두 손가락은 헛되이 그 오락지 위를 긁적거리고 있을 뿐이다.

"왜 집혀지지를 않아!"

그는 마침내 울 듯이 부르짖었다. 그리고 그것을 집어 줄 사람이 없나 하는 듯이 방안을 둘러보았다. 방안은 텅 비어 있다. 어느 뉘 하나 없다. 호젓한 허영(虛影)[1]만 그를 휩싸고 있다. 바깥도 죽은 듯이 고요하다. 시시로 퐁퐁 하고 떨어지는 수도의 물방울 소리가 쓸쓸하게 들릴 뿐, 문득 전등불이 광채(光彩)를 더하는 듯하였다. 벽상(壁上)에 걸린 괘종(掛鍾)의 거울이 번들하며, 새로 한 점을 가리키려는 시침(時針)이 위협하는 듯이 그의 눈을 쏜다. 그의 남

---

1) 허영(虛影) : 헛그림자.

편은 그때껏 돌아오지 않았었다.

아내가 되고 남편이 된 지는 벌써 오랜 일이다. 어느덧 7, 8년이 지냈으리라. 하건만 같이 있어 본 날을 헤아리면 단 일 년이 될락 말락 한다. 막 그의 남편이 서울서 중학을 마쳤을 제 그와 결혼하였고, 그러자마자 고만 동경(東京)에 부급(負笈)²⁾한 까닭이다. 거기서 대학까지 졸업을 하였다. 이 길고 긴 세월에 아내는 얼마나 괴로왔으며 외로왔으랴! 봄이면 봄, 겨울이면 겨울, 웃는 꽃을 한숨으로 맞았고 얼음 같은 베개를 뜨거운 눈물로 덮히었다. 몸이 아플 때, 마음이 쓸쓸할 제, 얼마나 그가 그리웠으랴! 하건만 아내는 이 모든 고생을 이를 악물고 참았었다. 참을 뿐이 아니라 달게 받았었다. 그것은 남편이 돌아오기만 하면! 하는 생각이 그에게 위로를 주고 용기를 준 까닭이었다. 남편이 동경에서 무엇을 하고 있나? 공부를 하고 있다. 공부가 무엇인가? 자세히 모른다. 또 알려고 애쓸 필요도 없다. 어찌하였든지 이 세상에 제일 좋고 제일 귀한 무엇이라 한다. 마치 옛날 이야기에 있는 도깨비의 부자(富者) 방망이 같은 것이어니 한다. 옷 나오라면 옷 나오고, 밥 나오라면 밥 나오고, 돈 나오라면 돈 나오고 …… 저 하고 싶은 무엇이든지 청해서 아니되는 것이 없는 무엇을, 동경에서 얻어가지고 나오려니 하였었다. 가끔 놀러오는 친척들이 비단 옷 입은 것과 금지환(金指環) 낀 것을 볼 때에 그 당장엔 마음 그윽히 부러워도 하였지만 나중엔 ‘남편만 돌아오면――’ 하고 그것에 경멸하는 시선을 던지었다.

남편이 돌아왔다. 한 달이 지나가고 두 달이 지나간다. 남편의

---

2) 부급(負笈) : 타향으로 공부하러 가는 것.

술 권하는 사회

하는 행동이 자기의 기대하던 바와 조금 배치(背馳)[3]되는 듯하였다. 공부 아니한 사람보다 조금도 다른 것이 없었다. 아니다, 다르다면 다른 점도 있다. 남은 돈벌이를 하는데 그의 남편은 도리어 집안 돈을 쓴다. 그러면서도 어디인지 분주히 돌아다닌다. 집에 들면 정신 없이 무슨 책을 보기도 하고 또는 밤새도록 무엇을 쓰기도 하였다.

'저러는 것이 참말 부자 방망이를 맨드는 것인가 보다.'

아내는 스스로 이렇게 해석한다.

또 두어 달 지나갔다. 남편의 하는 일은 늘 한 모양이었다. 한 가지 더한 것은 때때로 깊은 한숨을 쉬는 것 뿐이었다. 그리고 무슨 근심이 있는 듯이 얼굴을 펴지 않았다. 몸은 나날이 축이 나 간다.

'무슨 걱정이 있는고?'

아내는 따라서 근심을 하게 되었다. 하고는 그 여윈 것을 보충하려고 갖가지로 애를 썼다. 곧 될 수 있는 대로 그의 밥상에 맛난 반찬가지를 붙게하며 또 고음 같은 것도 만들었다. 그런 보람도 없이 남편은 입맛이 없다 하며 그것을 잘 먹지도 않았다.

또 몇 달이 지나갔다. 인제 출입을 뚝 끊고 늘 집에 붙어 있다. 걸핏하면 성을 낸다. 입버릇 모양으로 화난다, 화난다 하였다.

어느 날 새벽, 아내가 어렴풋이 잠을 깨어, 남편의 누웠던 자리를 더듬어 보았다. 쥐이는 것은 이불자락뿐이다. 잠결에도 조금 실망을 아니 느낄 수 없었다. 잃은 것을 찾으려는 것처럼, 눈을 부시시 떴다. 책상 위에 머리를 쓰러뜨리고 두 손으로 그것을 움켜쥐고 있는 남편을 보았다. 흐릿한 의식이 돌아옴에 따라, 남편의 어깨가

---

3) 배치(背馳) : 서로 반대로 되어 어긋나는 것.

덜석덜석 움직임도 깨달았다. 흑 흑 느끼는 소리가 귀를 울린다. 아내는 정신을 바짝 차리었다. 불현듯이 몸을 일으켰다. 이윽고 아내의 손은 가볍게 남편의 등을 흔들며 목에 걸리고 나오지 않은 소리로,

"왜 이러고 계셔요."
라고 물어 보았다.

"……"

남편은 아무 대답이 없다. 아내는 손으로 남편의 얼굴을 괴어들려고 할 즈음에, 그것이 뜨뜻하게 눈물에 젖는 것을 깨달았다.

또 한 두어 달 지나갔다. 처음처럼 다시 출입이 자주로왔다. 구역이 날 듯한 술냄새가 밤늦게 돌아오는 남편의 입에서 나게 되었다. 그것은 요사이 일이다. 오늘 밤에도 지금까지 돌아오지 않았다. 초저녁부터 아내는 별별 생각을 다 하면서 남편을 고대고대하고 있었다. 지리한 시간을 속히 보내려고 치웠던 일가지를 또 꺼내었다. 그것조차 뜻같이 아니되었다. 때때로 바늘이 헛되이 움직이었다. 마침내 그것에 찔리고 말았다.

"어데를 가서 이때껏 오시지 않아!"

아내는 이제 아픈 것도 잊어버리고 짜증을 내었다. 잠깐 그를 떠났던 공상과 환영이 다시금 그의 머리에 떠돌기 시작하였다. 이상한 꽃을 수놓은, 흰 보(褓) 위에 맛난 요리를 담은 접시가 번쩍인다. 여러 친구와 술을 권커니 잡거니 하는 광경이 보인다. 그의 남편은 미친 듯이 껄껄 웃는다. 나중에는 검은 휘장이 스르르 하는 듯이 그 모든 것이 사라져 버리더니 낭자(狼藉)⁴⁾한 요리상만이 보

---

4) 낭자(狼藉) : 여기저기 흩어져 어지러운 것.

이기도 하고, 술병만 희게 빛나기도 하고, 아까 그 기생이 한 팔로 땅을 짚고 진저리를 쳐가며 웃는 꼴이 보이기도 하였다. 또한 남편이 길바닥에 쓰러져 우는 것도 보이었다.

"문 열어라!"

문득 대문이 덜컥하고 혀가 꼬부라진 소리로 부르는 듯하였다.

"네."

저도 모르게 대답을 하고 급히 마루로 나왔다. 잘못 신은, 발에 아니 맞는 신을 질질 끌면서 대문으로 달렸다. 중문은 아직 잠그지도 않았고 행랑방[5]에 사람이 없지 않지마는 으례히 깊은 잠에 떨어졌을 줄 알고 자기가 뛰어 나감이었다. 가느름한 손이 어둠 속에서 희게 빗장을 잡고 한참 실랑이를 한다. 대문은 열렸다.

밤바람이 선득하게 얼굴에 안친다. 문 밖에는 아무도 없다! 온 골목에 사람의 그림자도 볼 수 없다. 검푸른 밤 빛이 허연 길 위에 그믈그믈 깃들었을 뿐이었다.

아내는 무엇에 놀란 사람 모양으로 한참 멀거니 서 있었다. 문득 급거히 대문을 닫친다. 마치 그 열린 사이로 악마나 들어올 것처럼.

"그러면 바람 소리였구먼."

하고 싸늘한 뺨을 쓰다듬으며 해쭉 웃고 발길을 돌리었다.

"아니 내가 분명히 들었는데……혹 내가 잘못 보기를 않았나?……길바닥에나 쓰러져 있었으면 보이지도 않을 터야……."

중간문까지 다다르자 벼란간 이런 생각이 그의 걸음을 멈추게 하였다.

---

5) 행랑방 : 대문의 양쪽이나 문간 옆에 있는 방.

“대문을 또 좀 열어볼까?……아니야, 내가 헛들었지. 그래도 혹……아니야, 내가 헛들었지.”

망설거리면서도 꿈꾸는 사람 모양으로 저도 모를 사이에 마루까지 올라왔다. 매우 기묘한 생각이 번개같이 그의 머리에 번쩍인다.

“내가 대문을 열었을 제 나 몰래 들어오지나 않았나?……”

과연 방안에 무슨 소리가 나는 것 같았다. 확실히 사람의 기척이 있다. 어른에게 꾸중 모시러 가는 어린애처럼 조심조심 방문 앞에 왔다. 그리고 문간 아래로 손을 대며 하염없이 웃는다. 그것은 제 잘못을 용서해 줍시사 하는 어린애 같은 웃음이었다. 조심조심 방문을 열었다. 이불이 어째 움직움직 하는 듯하였다.

‘나를 속이랴고 이불을 쓰고 누웠구먼.’

하고 마음속으로 소곤거렸다. 가만히 내려 앉는다. 그 모양이 이것을 건드려서는 큰일이 나지요 하는 듯하였다. 이불을 펄쩍 쳐들었다. 비인 요가 하얗게 드러난다. 그제야 확실히 아니 온 줄 안 것처럼,

“아니 왔구먼, 안 왔어!”

라고 울 듯이 부르짖었다.

남편이 돌아오기는 새로 두 점이 훨씬 지난 뒤였다. 무엇이 털썩 하는 소리가 들리고 잇달아,

“아씨, 아씨!”

라고 부르는 소리가 귀를 때릴 때에야 아내는 비로소 아직도 앉았을 자기가 이불 위에 쓰러져 있음을 깨달았다. 기실, 잠귀 어두운 할멈이 대문을 열었으리만큼 아내는 깜박 잠이 깊이 들었었다. 하건만 그는 몽경(夢境)[6]에서 방황하는 정신을 당장에 수습하였다.

술 권하는 사회

두어 번 얼굴을 쓰다듬자 마자 불현듯 밖으로 나왔다.

　남편은 한 다리를 마루 끝에 걸치고 한 팔을 베고 옆으로 누워있다. 숨소리가 씨근씨근 한다. 막 구두를 벗기고 일어나 할멈은 검붉은 상을 찡그려 붙이며,

　"어서 일어나 방으로 들어가세요."
라고 한다.

　"응, 일어나지."

　나리는 혀를 억지로 돌리어 코와 입으로 대답을 하였다. 그래도 몸은 꿈적도 않는다. 도리어 그 개개 풀린 눈을 자려는 것처럼 스르르 감는다. 아내는 눈만 비비고 서 있다.

　"어서 일어나셔요. 방으로 들어가시라니까."

　이번에는 대답조차 아니한다. 그 대신 무엇을 잡으려는 것처럼 손을 내어젓더니,

　"물, 물, 냉수를 좀 주어."
라고 중얼거렸다.

　할멈은 얼른 물을 따라 이취자(泥醉者)의 코밑에 놓았건만, 그 사이에 벌써 아까 청(請)을 잊은 것같이 취한 이는 물을 먹으려고도 않는다.

　"왜 물을 아니 잡수셔요."

　곁에서 할멈이 깨우쳤다.

　"응 먹지 먹어."
하고, 그제야 주인은 한 팔을 짚고 고개를 든다. 한꺼번에 물 한 대접을 다 들이켜 버렸다. 그리고는 또 쓰러진다.

---

6) 몽경(夢境) : 꿈의 지경.

"에그, 또 눕네."

하고, 할멈은 우물로 기어드는 어린애를 안으려는 모양으로 두 손을 내어민다.

"할멈은 고만 가 자게."

주인은 귀치않다는 듯이 말을 한다.

이를 어찌해, 하는 듯이 멀거니 서 있는 아내도, 할멈이 고만 갔으면 하였다. 남편을 붙들어 일으킬 생각이야 간절하였지마는, 할멈이 보는데 어찌 그럴 수 없는 것 같았다. 혼인한 지가 7, 8년이 되었으니 그런 파수(破羞)⁷⁾야 되었으련만 같이 있어 본 날을 꼽아보며, 그는 아직 갓 시집 온 색시였다.

'할멈은 가 자게.'

란 말이 목까지 올라왔지만 입술에서 사라지고 말았다. 마음 그윽히 할멈이 돌아가기만 기다릴 뿐이었다.

"좀 일으켜 드려야지."

가기는커녕, 이런 말을 하고, 할멈은 선웃음을 치면서 마루로 부득부득 올라온다. 그 모양은 마치, 주인 나리가 약주가 취하시거든, 방에까지 모셔다 드려야 제 도리에 옳지요, 하는 듯하였다.

"자아, 자아."

할멈은 아씨를 보고 히히 웃어가며, 나리의 등 밑으로 손을 넣는다.

"왜 이래, 왜 이래. 내가 일어날 테야."

하고, 몸을 움직이더니, 정말 주인이 부시시 일어난다. 마루를 쾅쾅 눌러 디디며, 비틀비틀, 곧 쓰러질 듯한 보조(步調)로 방문을 향

---

7) 파수(破羞) : 수치스러움을 깬 것, 여기서는 새색시로서 부끄러워할 시기를 넘긴 것을 가리킴.

술 권하는 사회

하여 걸어간다. 와지끈하며 문을 열어 젖히고는 방안으로 들어간다. 아내도 뒤따라 들어왔다. 할멈은 중간턱을 넘어설 제, 몇 번 혀를 차고는, 저 갈 데로 가 버렸다.

벽에 엇비슷하게 기대어 있는 남편은 무엇을 생각하는 듯이 고개를 숙이고 있다. 그의 말라붙은 관자놀이에 펄떡거리는 푸른 맥(脈)을 아내는 걱정스럽게 바라보면서 남편 곁으로 다가온다. 아내의 한 손은 양복 깃을, 또 한 손은 그 소매를 잡으며 화(和)한 목성으로,

"자아, 벗으셔요."

하였다.

남편은 문득 미끄러지는 듯이 벽을 타고 내려 앉는다. 그의 쭉 뻗친 발끝에 이불자락이 저리로 밀려간다.

"에그, 왜 이리 하셔요. 벗자는 옷은 아니 벗으시고."

그 서슬에 넘어질 뻔한 아내는 애닲게 부르짖었다. 그러면서도 같이 따라 앉는다. 그의 손은 또 옷을 잡았다.

"옷이 구겨집니다. 제발 좀 벗으셔요."

라고 아내는 애원을 하며, 옷을 벗기려고 애를 쓴다. 하나, 취한 이의 등이 천근(千斤)같이 벽에 척 들러붙었으니 벗겨질 리(理)가 없다. 애를 쓰다쓰다 옷을 놓고 물러앉으며,

"원 참, 누가 술을 이처럼 권하였노."

라고 짜증을 낸다.

"누가 권하였노? 누가 권하였노? 흥 흥."

남편은 그 말이 몹시 귀에 거슬리는 것처럼 곱삶는다.

"그래, 누가 권했는지 마누라가 좀 알아내겠소?"

하고 낄낄 웃는다. 그것은 절망의 가락을 띤, 쓸쓸한 웃음이었다.

아내도 따라 방긋 웃고는 또 옷을 잡으며,

"자아, 옷이나 먼저 벗으셔요. 이야기는 나중에 하지요. 오늘 밤에 잘 주무시면 내일 아침에 아르켜 드리지요."

"무슨 말이야, 무슨 말이야. 왜 오늘 일을 내일로 미루어. 할 말이 있거든 지금 해!"

"지금은 약주가 취하셨으니, 내일 약주가 깨시거든 하지요."

"무엇? 약주가 취해서."

하고 고개를 쩔레쩔레 흔들며,

"천만에, 누가 술이 취했단 말이요. 내가 공연히 이러지, 정신은 말뚱말뚱하오. 꼭 이야기하기 좋을만해. 무슨 말이든지……자아."

"글쎄, 왜 못 잡수시는 약주를 잡수셔요. 그러면 몸에 축이 나지 않아요."

하고 아내는 남편의 이마에 흐르는 진땀을 씻는다.

이취자(泥醉者)는 머리를 흔들며,

"아니야, 아니야, 그런 말을 듣자는 것이 아니야."

하고 아까 일을 추상하는 것처럼, 말을 끊었다가 다시금 말을 이어,

"옳지, 누가 나에게 술을 권했단 말이요? 내가 술이 먹고 싶어서 먹었단 말이요?"

"자시고 싶어 잡수신 건 아니지요. 누가 당신께 약주를 권하는지 내가 알아낼까요? 저…… 첫째는 홧증이 술을 권하고 둘째는 하이칼라가 약주를 권하지요."

아내는 살짝 웃는다. 내가 어지간히 알아맞혔지요 하는 모양이었다.

남편은 고소(苦笑)[8] 한다.

"틀렸소, 잘못 알았소. 홧증이 술을 권하는 것도 아니고, 하이칼

술 권하는 사회

라가 술을 권하는 것도 아니요. 나에게 술을 권하는 것은 따로 있어. 마누라가, 내가 어떤 하이칼라⁹⁾한테나 흘려다니거나, 그 하이칼라가 늘 내게 술을 권하거니 하고 근심을 했으면 그것은 헛걱정이지. 나에게 하이칼라는 아무 소용도 없소. 나의 소용은 술뿐이요. 술이 창자를 휘돌아, 이것저것을 잊게 맨드는 것을 나는 취(取)할 뿐이요."

하더니, 홀연 어조(語調)를 고쳐 감개무량하게,

"아아, 유위유망(有爲有望)¹⁰⁾한 머리를 알콜로 마비 아니 시킬 수 없게 하는 그것이 무엇이란 말이요."

하고, 긴 한숨을 내어 쉰다. 물큰물큰한 술 냄새가 방안에 흩어진다.

아내에게는 그 말이 너무 어려웠다. 고만 묵묵히 입을 다물었다. 눈에 보이지 않는 무슨 벽이 자기와 남편 사이에 깔리는 듯하였다. 남편의 말이 길어질 때마다 아내는 이런 쓰디쓴 경험을 맛보았다. 이런 일은 한두 번이 아니었다. 이윽고 남편은 기막힌 듯이 웃는다.

"흥 또 못 알아 듣는군. 묻는 내가 그르지, 마누라야 그런 말을 알 수 있겠소. 내가 설명해 드리지. 자세히 들어요. 내게 술을 권하는 것은 홧증도 아니고 하이칼라도 아니요, 이 사회란 것이 내게 술을 권한다오. 이 조선 사회란 것이 내게 술을 권한다오. 알았소? 팔자가 좋아서 조선에 태어났지, 딴 나라에 났더면 술이나 얻어 먹을 수 있나……."

사회란 무엇인가? 아내는 또 알 수가 없었다. 어찌하였든 딴 나

---

8) 고소(苦笑) : 쓴 웃음.

9) 하이칼라 : 남자의 서양식 헤어스타일, 여기서는 지식인, 정신 노동자 등을 가리키는 말임.

10) 유위유망(有爲有望) : 여러 인연으로 말미암아 생기는 생명무상 현상이 잘 될 것 같음.

라에는 없고 조선에만 있는 요리집 이름이어니 한다.

"조선에 있어도 아니 다니면 그만이지요."

남편은 또 아까 웃음을 재우친다. 술이 정말 아니 취한 것같이 또렷또렷한 어조로,

"허허, 기막혀. 그 한 분자(分子)11)된 이상에야 다니고 아니 다니는 게 무슨 상관이야. 집에 있으면 아니 권하고, 밖에 나가야 권하는 줄 아는가 보아. 그런게 아니야. 무슨 사회란 사람이 있어서 밖에만 나가면 나를 꼭 붙들고 술을 권하는 게 아니야⋯⋯무어라 할까⋯⋯저 우리 조선 사람으로 성립된 이 사회란 것이, 내게 술을 아니 못 먹게 한단 말이요. ⋯⋯어째 그렇소?⋯⋯또 내가 설명을 해 드리지. 여기 회를 하나 꾸민다 합시다. 거기 모이는 사람놈 치고 처음은 민족을 위하느니, 사회를 위하느니 그러는데, 제 목숨을 바쳐도 아깝지 않으니 아니하는 놈이 하나도 없어. 하다가 단 이틀이 못 되어 단 이틀이 못되어⋯⋯."

한층 소리를 높이며 손가락을 하나씩 둘씩 꼽으며,

"되지 못한 명예싸움, 쓸데없는 지위 다툼질, 내가 옳으니 네가 그르니, 내 권리가 많으니 네 권리 적으니⋯⋯밤낮으로 서로 찢고 뜯고 하지, 그러니 무슨 일이 되겠소. 회(會)뿐이 아니라, 회사이고 조합이고⋯⋯우리 조선놈들이 조직한 사회는 다 그 조각이지. 이런 사회에서 무슨 일을 한단 말이요. 하려는 놈이 어리석은 놈이야. 적이 정신이 바루 박힌 놈은 피를 토하고 죽을 수 밖에 없지. 그렇지 않으면 술밖에 먹을 게 도무지 없지. 나도 전자에는 무엇을 좀 해 보겠다고 애도 써보았어. 그것이 모다 수포야. 내가 어리석

___

11) 그 한 분자(分子) : 사회 속의 한 분자를 가리킴. 그러므로 개인, 또는 가족을 가리킴.

은 놈이었지. 내가 술을 먹고 싶어 먹는 게 아니야. 요사이는 좀 낫지마는 처음 배울 때에는 마누라도 아다시피 죽을 애를 썼지. 그 먹고 난 뒤에 괴로운 것이야 겪어 본 사람이 아니면 알 수 없지. 머리가 지끈지끈 아프고 먹은 것이 다 돌아 올라오고……그래도 아니 먹은 것 보담 나았어. 몸은 괴로와도 마음은 괴롭지 않았으니까. 그저 이 사회에서 할 것은 주정군 노릇밖에 없어……."

"공연히 그런 말 말아요. 무슨 노릇을 못해서 주정군 노릇을 해요! 남이라서……."

아내는 부지불식간(不知不識間)[12]에 흥분이 되어 열기(熱氣)있는 눈으로 남편을 바라보고 불쑥 이런 말을 하였다. 그는 제 남편이 이 세상에 가장 거룩한 사람이어니 한다. 따라서 어느 뉘보다 제일 잘 될 줄 믿는다. 몽롱하나마 그의 목적이 원대하고 고상한 것도 알았다. 얌전하던 그가 술을 먹게 된 것은 무슨 일이 맘대로 아니되어 화풀이로 그러는 줄도 어렴풋이 깨달았다. 그러나 술은 노상 먹을 것이 아니다. 그러면 패가망신하고 만다. 그러므로 하루 바삐 그 화가 풀리었으면, 또다시 얌전하게 되었으면 하는 생각이 그의 머리를 떠날 때가 없었다. 그리고 그날이 꼭 올 줄 믿었다. 오늘부터는, 내일부터는……하건만, 남편은 어제도 술이 취하였다. 오늘도 한 모양이다. 자기의 기대는 나날이 틀려간다. 좇아서 기대에 대한 자신도 엷어간다. 애닳고 원(寃)한 생각이 가끔 그의 가슴을 누른다. 더구나 수척해 가는 남편의 얼굴을 볼 때에 그런 감정을 걷잡을 수 없었다. 지금 저도 모르게 흥분한 것이 또한 무리가 아니었다.

---

12) 부지불식간(不知不識間) : 생각지도 못하는 사이.

“그래도 못 알아듣네그려. 참, 사람 기막혀. 본 정신 가지고는 피를 토하고 죽든지, 물에 빠져 죽든지 하지, 하루라도 살 수가 없단 말이야. 흉장(胸腸)[13]이 막혀서 못 산단 말이야. 에엣, 가슴 답답해.” 라고 남편은 소리를 지르고 괴로와서 못 견디는 것처럼 얼굴을 찌푸리며 미친 듯이 제 가슴을 쥐어 뜯는다.”

“술 아니 먹는 다고 흉장이 막혀요?”

남편의 하는 짓은 본체만체하고 아내는 얼굴을 더욱 붉히며 부르짖었다.

그 말에 몹시 놀랜 것처럼 남편은 어이없이 아내의 얼굴을 바라보더니 그 다음 순간에는 말할 수 없는 고뇌(苦惱)의 그림자가 그의 눈을 거쳐 간다.

“그르지, 내가 그르지. 너 같은 숙맥(菽麥)[14]더러 그런 말을 하는 내가 그르지. 너한테 조금이라도 위로를 얻으려는 내가 그르지. 후후.”

스스로 탄식한다.

“아아 답답해!”

문득 기막힌 듯이 외마디 소리를 치고는 벌떡 몸을 일으킨다. 방문을 열고 나가려 한다. 왜 내가 그런 말을 하였던고? 아내는 불시에 후회하였다. 남편의 저고리 뒷자락을 잡으며 안타까운 소리로,

“왜 어디로 가셔요. 이 밤중에 어디를 나가셔요. 내가 잘못하였읍니다. 인제는 다시 그런 말을 아니하겠읍니다. ……그러게 내일 아침에 말을 하자니까…….”

---

13) 흉장(胸腸) : 가슴과 장.

14) 숙맥(菽麥) : 콩인지 보리인지 불간하지 못할 만큼 어리석다는 뜻으로, 사리분별을 못
    하는 어리석은 사람을 이르는 말.

“듣기 싫어, 놓아, 놓아요.”

하고 남편은 아내를 떠다밀치고 밖으로 나간다. 비틀비틀 마루 끝까지 가서는 털썩 주저앉아 구두를 신기 시작한다.

“에그, 왜 이리 하셔요. 인제 다시 그런 말을 아니한대도…….”

아내는 뒤에서 구두 신으려는 남편의 팔을 잡으며 말을 하였다. 그의 손은 떨고 있었다. 그의 눈에는 담박에 눈물이 쏟아질 듯하였다.

“이건 왜 이래, 저리고 가!”

배앝는 듯이 말을 하고 휙 뿌리친다. 남편의 발길이 뚜벅뚜벅 중문에 다다랐다. 어느덧 그 밖으로 사라졌다. 대문 빗장소리가 덜컥하고 난다. 마루 끝에 떨어진 아내는 헛되어 몇 번,

“할멈! 할멈!”

하고 불렀다. 고요한 밤공기를 울리는 구두소리는 점점 멀어간다. 발자취는 어느덧 골목 끝으로 사라져 버렸다. 다시금 밤은 적적히 깊어간다.

“가버렸구면, 가버렸어!”

그 구두 소리를 영구히 아니 잃으려는 것처럼 귀를 기울이고 있는 아내는 모든 것을 잃었다 하는 듯이 부르짖었다. 그 소리가 사라짐과 함께 자기의 마음도 사라지고, 정신도 사라진 듯하였다. 심신(心身)이 텅 비어진 듯하였다. 그의 눈은 하염없이 검은 밤안개를 물끄러미 바라보고 있다. 그 사회란 독(毒)한 꼴을 그려보는 것같이.

쏠쏠한 새벽 바람이 싸늘하게 가슴에 부딪친다. 그 부딪치는 서슬에 잠 못자고 피곤한 몸이 부서질 듯이 지긋하였다.

죽은 사람에게서나 볼 수 있는 해쓱한 얼굴이 경련적으로 떨며 절망한 어조로 소근거렸다.

“그 몹쓸 사회가, 왜 술을 권하는고!”

줄·거·리

1

홀로 바느질을 하고 있던 아내는 가늘고 날카로운 소리를 질렀다. 바늘끝이 왼손 엄지손가락 손톱 밑을 찔렸기 때문이다. 결혼한 지는 7, 8년이나 되었으나 같이 있어 본 날은 일 년이 될락말락한다. 결혼하자 동경에 가서 대학까지 졸업을 하다보니 아내는 홀로 있게 되었다. 공부가 무엇인지, 자세히는 모른다. 그러나 알고 싶지도 않다. 남편만 돌아오면 된다.

2

남편이 돌아왔다. 그러나 남편의 행동은 기대와 다른 듯했다. 남편은 오히려 집안 돈을 쓰고, 때로는 깊은 한숨을 쉬며, 바깥 출입을 끊기도 하였다. 아내가 왜 그런가를 물으나 남편은 대답이 없다. 다시 두어 달이 지나자 남편은 밤늦게 돌아오며 입에서 술 냄새를 풍겼다.

술 권하는 사회

초저녁부터 아내는 별별 생각을 다하다 바늘로 손가락을 찔린 것이다. 밖에서 문 열라는 소리가 들려 달려 나갔으나 문밖에는 아무도 없었다. 별별 생각을 다하다 방 안으로 들어왔다.

3

남편이 돌아오기는 새로 두 점이 훨씬 지난 뒤였다. 남편은 마루에 누워 물을 찾는다. 물 한 대접을 다 먹은 뒤, 힘들게 일어나 비틀거리며 안 방으로 들어간다. 그리고는 다시 벽에 기대 앉는다. 아내는 답답하다. '누가 술을 이처럼 권하였노', 남편은 내게 술을 권한 사람은 '사회'라고 하나, 아내는 그 말을 알아듣지 못한다. 무슨 모임이나 조직을 만든 때, 처음에는 민족을 위하느니, 사회를 위하느니 하던 그들이 되지 못한 명예싸움, 지위다툼, 내 권리가 많으니 네 권리가 적으니 하며 싸우니, 술밖에 먹을 게 없다고 한다.

4

아내는 제 남편이 이 세상에 가장 거룩한 사람이어니 한다. 얌전하던 그가 술을 먹게 된 것은 무슨 일이 맘대로 아니되어 화풀이로 그러는 줄로 어렴풋이 깨닫는다. 그러나 술을 노상 먹는 것이다. 하루바삐 화가 풀리었으면, 다시 얌전하게 되었으면 하는 생각이 떠날 때가 없다. 그리고 꼭 올 줄 믿었다. 아내는 남편의 하는 것은 본체만체하고 '술 아니 먹는다고 흉장이 막혀요?' 라고 했다. 남편은 '아아 답답해' 외마디 소리를 지르며 몸을 일으켜 밖으로 나간다. 구두를 신고, 대문 빗장소리가 나고, 골목 끝으로 사라져 버렸다.

5

아내는 '가버렸구면, 가버렸어!' 하며 모든 것을 잃었다는 듯이 부르짖었다. 그 소리가 사라지면서 마음과 정신이 모두 사라진 듯하였다. 쓸쓸한 새벽바람이 가슴에 부딪친다
"그 몹쓸 사회가, 왜 술을 권하는고!"

- 남편 : 동경서 대학까지 나온 인텔리이나 돌아와 밤마다 술이나 잔뜩 취해 돌아온다. 그리고 '사회가 술을 권한다'고 한다. 사회의 부조리한 면과 타협하지 못하지만, 그렇다고 그에 적극적으로 대응하지도 못한다.
- 아내 : 남편을 하늘같이 알지만, 그의 하는 행동에는 의문이 간다. 왜 그처럼 늘 술만 먹는지 알 수 없다. 남편은 사회가 술을 권한다고 하나, 그 사회란 것이 무엇인지, 그리고, 그 사회가 왜 술을 권하는지도 이해하지 못한다.

　'술권하는 사회'를 쓴 작가 현진건은 1920년 조선일보에 입사한 뒤, 동아일보 사회부 기자를 거쳐 1937년 동아일보를 그만두기까지 줄곧 기자생활을 했었으며, 1936년 베를린 올림픽의 마라톤에서 우승한 손기정 선수의 가슴에 단 일장기를 지우고 신문에 보도한 당사자이기도 하다. 그만큼 조선의 독립을 열망했으며, 따라서 일제의 압제에 대해 꾸준히 저항하기도 한 사람이다.

　'술권하는 사회' 역시 동경까지 유학하고 돌아온 인테리가 조선 사회에서 왜 배운 것을 활용하여 사회에 공헌하지 못하고 술만 먹지 않으면 안 되는가에 대한 질문과 그에 대해 이유를 소설화한 것이다.

　'처음에는 민족을 위하느니, 사회를 위하느니, 목숨을 바쳐도 아깝지 않으니 하지 않는 놈이 하나도 없다가 단 이틀이 못 되어⋯⋯. 되지 못한 명예 싸움, 쓸데없는 지위 다툼질, 내가 옳으니 네가 그르니 내 권리가 많으니 네 권리가 적으니⋯⋯ 그저 이 사회에서 할 것은 주정군 노릇밖에 없어⋯⋯.' 하는 남편의 자조 섞인 말은 당시 사회가 얼마나 철저하게 조선인을 억압하고 통제하였는가를 말하고 있다. 현진건의 작품은 이 밖에도 〈고향〉〈운수 좋은 날〉 등의 작품이 모두 사실주의적으로 당시 조선인이 처한 고통을 그려내고 있다.

깊이 읽기

1. 공간적 배경을 나타낸 지문을 찾아 써라.

2. 시간적 배경을 나타낸 지문을 찾아 써라.

3. 남편은 무엇이 그처럼 '술'을 권한다고 말하는가?

□ 깊이 읽기

1. 서울서 중학을 마쳤을 제 그와 결혼하러 왔고,

　→ 서울

2. 저 우리 조선 사람으로 성립된 이 사회란 것이, 내게 술을 아니 못 먹게 한
　단 말이요. ……어째 그렇소?……또 내가 설명을 해 드리지. 여기 회를 하
　나 꾸민다 합시다. 거기 모이는 사람놈 치고 처음은 민족을 위하느니, 사회
　를 위하느니 그러는데, 제 목숨을 바쳐도 아깝지 않으니 아니하는 놈이 하
　나도 없어. 하다가 단 이틀이 못 되어 단 이틀이 못되어……."

3. 당시의 조선 사회

요람기

오 영 수

작·가·소·개

1914년 2월 11일 경남 울산군 언양에서 오시영 씨의 장남으로 출생. 9세까지 서당에서 한문을 수학하였다. 1932년 일본 오오사카에서 나니와 중학 속성과 수료, 1940년 도쿄 국민 예술원을 졸업 해방후 경남 여고에서 교편을 잡은 일이 있다. 1949년 《신천지》 7월호에 〈남이와 엿장수〉〈고무신〉이 추천되고 1950년 〈서울신문〉 신춘문예에 단편 〈머루〉가 당선되어 문단에 등장했다. 주요 작품으로 〈갯마을〉, 〈명암〉 등이 있으며, 작품은 주로 한국적인 소박한 리리시즘을 기초로 하고 있다. 그의 작품세계는 애정을 가지고 서민층을 즐겨 다룬 것이 대부분이다. 읽기 쉬운 맑은 문체와 서정적인 흥취, 그리고 소시민적인 따뜻한 정감이 특색이며, 각박하고 생기없는 현실 속에 온화한 인정의 입김을 불어 넣어서 애환의 인생을 그려내는 것이, 작가의 문학적 지론이다. 그는 많은 작품을 발표하여 문학업적의 공로로 1955년 한국문학가협회상과 1959년 아시아 자유문학상을 받았다.

기차도 전기도 없었다.

라디오도 영화도 몰랐다.

그래도 소년은 고장 아이들과 함께 마냥 즐겁기만 했다.

봄이면 뻐꾸기 울음과 함께 진달래가 지천[1]으로 피고 가을이면 단풍과 감이 풍성하게 익는 물 맑고 바람 시원한 산간 마을이었다.

먼 산골짜기에 얼룩얼룩 눈이 녹기 시작하고 흙바람이 불어오면, 양지쪽에 몰려앉아 해바라기를 하던 고장 아이들은 들로 뛰쳐나가 불놀이를 시작했다.

잔디가 고운 개울둑이나 논밭 두렁에 불을 놓는 것을 아이들은 〈들불놀이〉라고 했다.

겨우내 움츠리고 무료에 지친 아이들에게, 아직도 바람끝이 매운 이른 봄, 이 들불놀이만큼 신명나는 장난도 없었다.

바람 없는 날, 불꽃은 잘 보이지 않으면서도 마치 흡수지가 물을 빨 듯 꺼멓게 번져가는 잔디 언덕이나, 큰 먹구렁이가 굼실굼실 기어가듯 타들어가는 논밭 두렁이를 바라보고 있노라면 아지랑이는 온통 현기증이 나도록 하늘로만 피어올랐다.

이런 날일수록 산에는 안개가 짙고, 산발치[2] 초가집 삭정이[3] 울타리에는 빨래가 유난히도 희었다.

불탄 두렁에는 유독 살찐 쑥이 뽀오얗게 돋았고 쑥을 캐는 가시내들은 불탄 두렁으로만 옹기종기 모여들었다.

성터 돌무더기 밑으로 너구리굴이 있었다.

이 굴속에는 오래전부터 늙은 너구리가 살고 있다고 했다.

아이들은 들불놀이를 하고 돌아갈 때는 으레 이 너구리굴에다 불을 지폈다.

너구리가 연기를 먹고 목이 막혀서 기어나오면 산 채로 잡자는 것이었다.

---

1) 지천 : 너무 많아서 귀하지 않는 것.
2) 산발치 : 산의 아랫부분이 되는 곳.
3) 삭정이 : 산 나무에 붙은 채 말라 죽은 가지.

이래서 아이들은 마른 나무와 함께 청솔가지를 꺾어다가 불을 붙이고 눈꼬리가 빨개지도록 불을 불었다. 그러나 너구리보다도 아이들이 먼저 연기를 먹고 물러났다.

윗도리를 벗어 부채 대신 휘둘러보기도 하나 너구리는 쉽사리 나오지 않았다.

너구리는 연기가 스며드니까 더 굴속 깊숙이 들어가버렸는지, 아니면 굴속이 훈훈해지니까 사지를 뻗고 늘어지게 낮잠이라도 자고 있는지도 몰랐다.

아무튼 늙은 너구리가 조무래기들에게 그리 호락호락 잡힐 것 같지는 않았다.

진달래가 피고 잔디에 물이 들기 시작하면 아이들은 약속이나 한 듯 〈밤밭골〉로 모여들었다.

이 밤밭골은 산도 아니고 들도 아닌 평퍼짐한 구릉[4]으로서 이 고장 아이들의 놀이터로 돼 있었다.

둘레에는 잡목과 가시덩굴들이 얽혔지만 등성이[5]로는 오솔길이 나 있고 군데군데 잔디를 곱게 입은 무덤들이 도래솔[6]에 둘려 있었다.

여기에서 아이들은 패를 갈라 씨름도 하고 말타기도 했다.

씨름에도 지치고 말타기도 싫증이 나면 산을 향해 고함을 질러 돌아오는 메아리에 귀를 기울여보기도 하고 만만한 나무를 휘어 잡아 까닭없이 흔들어보기도 했다.

잔디에 배를 깔고 삘기[7]를 까 씹기도 하고 왕개미를 잡아 다리

---

4) 구릉 : 언덕.
5) 등성이 : '산등성이'의 준말.
6) 도래솔 : 무덤의 가에 죽 둘러선 소나무.
7) 삘기 : '띠'의 어린 순.

를 하나씩 떼가다가 나중에는 수염까지 잘라 손바닥에 굴려보기
도 했다.

  춘돌이라는 김 초시네 전 머슴이 있었다. 나이는 아이들보다 배
나 먹었어도 늘 조무래기 아이들과만 어울려 놀았다.
  씨름이나 말타기를 하면 으레 이 춘돌이가 심판을 했고, 어떤 때
는 아이들에게 쇠꼴을 베게 해놓고 저는 고의춤에 손을 넣은 채 묏
등에 번듯이 자빠져 누웠기도 했다.
  어떻게 해선지는 몰라도 아이들은 춘돌이 말을 고분고분 잘 들
었고, 또 잘 듣지 않으면 이 밤밭골에 오지 못하는 걸로 돼 있었다.
  언젠가 아이들이 물까마귀 한 마리를 잡은 적이 있었다.
  그것도 날개를 다쳐 날지 못하는 것을 아이들이 몰아 덮친 것이
었다.
  아이들은 이 물까마귀를 어떻게 할까부냐고 한동안 태태거리다
가 결국 구워먹기로 했다.
  마른 나무를 주워다 쌓고 그 위에다 물까마귀를 통째로 얹어 불
을 지폈다.
  지지지이 노린내와 함께 금세 털이 홀랑 타버리고 알몸만 남았다.
  배를 갈라 속을 내야겠으나 칼이 없어 그대로 굽기로 했다.
  까투리보다는 좀 작은 알몸에서는 자글자글 기름이 끓고 구수
한 냄새와 함께 살이 노리게하니 익어가는 참인데, 이때 춘돌이가
나무지게를 받쳐놓고 어슬렁어슬렁 다가왔다.
  "이거 머꼬?"
  "물까마구다!"
  "운기고?"

“잡았다!”

“누가?”

“우리가!”

춘돌이는 아이들이 터주는 자리에 비집고 들면서,

“이거 우짤끼고?”

“꿉어 묵는다!”

그러자 춘돌이는 아이들을 하나하나 선보듯 하고는,

“니거, 요새 물까마구 묵으면 어짜는지 알기나 아나?”

“몰라. 와 어째?”

“끼이룩 하고 뛴다!”

“와?”

“몰라. 그런대!”

“봤나?”

“어른들이 그러더라!”

“참말?”

“그래!”

아이들은 서로 얼굴만 쳐다보고 말이 없자, 춘돌이는 한 꼬마에게 제 지게에서 낫을 가져오라고 했다.

꼬마는 냉큼 달려가 낫을 가져왔다.

춘돌이는 낫으로 거진 다 익은 물까마귀 배를 갈라 김이 모락모락 나는 뱃속을 몽땅 꺼내고는 다시 불 위에 얹었다.

아이들은 그저 지켜만 볼 뿐 어느 한 아이도 말이 없었다.

춘돌이는 불을 솟구치고 고기를 이리저리 뒤지고 하다가 한 다리를 북 찢어가지고 바로 옆에 아이 입에다 불쑥 디밀고는,

“아나, 묵어바라!”

요람기

그러나 아이가 움찔 뒤로 물러나서 손등으로 입술을 훔치자,
"그러면 니가 하문 묵어바라!"
하고 그 다음 아이에게 또 디밀었다.
다음 아이 역시 고개를 돌리고 물러났다.
"그러면 니?"
"싫에, 안 묵어!"
"니는?"
"나도 안 묵어!"
"니도?"
"그래!"
그제서야 춘돌이는,
"그러면 내가 하문 묵어보까."
그러고는 살점을 한입 찢어 질겅질겅 씹다가 꿀꺽 삼켜버렸다.
"히야아……"
춘돌이 눈에서 흰자위가 한편으로 몰리는 것 같았다.
조마조마하니 바라보고 있던 아이들 중에는 벌써 양손에 한 짝씩 신을 벗어 쥐는 아이도 있었다.
춘돌이는 엉거주춤해서 흰자위를 두어 번 굴리다가 갑자기 끼이룩! 하고 껑충 솟구쳐 뛰었다.
아이들이 궁둥이부터 미적미적 달아날 작정을 하자, 춘돌이는 더 큰소리로 끼이룩 끼루욱 하고 껑충껑충 뛰기 시작했다.
아이들은 그만 등성이를 향해 줄달음을 쳤다. 미처 따라오지 못해 우는 아이도 한둘 있었다.
이런 뒤로 아이들은 춘돌이를 보고 비실비실했으나 춘돌이는 아무렇지도 않았다.

아카시아꽃이 지고 밤꽃이 피면 보리가 누렇게 익고 무논[8]에는 모내기가 한창이다.

보리를 거둬들이고 모내기도 끝나면 고장은 산도 들도 마을도 온통 푸르름으로 싸여버린다.

이 푸르름 속에서 뻐꾸기는 진종일을 지겹도록 울어대고, 마을 앞 느티나무 그늘에는 노인들이 장기판도 벌렸다.

해가 서쪽으로 한발쯤만 기울면 아이들은 소를 앞세우고 밤밭 골로 모여들었다.

고장 아이들은 소를 좋아했고, 소 뜯기기를 더 좋아했다.

소년은 소가 없었다. 소 한 마리 먹이기를 소년은 늘 소원이었다.

소는 어질고 순해서 어린아이들에게도 순순히 따르고 말도 잘 들었다.

고삐를 걷어 뿔따귀에 감아 놓아주면 소들은 여기저기 흩어져서 제멋대로 풀을 뜯어먹었다.

실컷 풀을 먹고 난 소들은 나무 밑이나 잔디밭에 배를 깔고 졸면서 천천히 새김질을 하거나, 젖먹이를 달고 온 어미소면 혓바닥으로 새끼 몸뚱어리를 핥아주기도 했다.

젖먹이 새끼소는 참 귀엽다. 새끼때 귀엽지 않은 짐승도 없겠지마는 갓난 송아지만큼 귀여운 짐승도 없을 것 같았다.

젖먹이 송아지를 안고 얼굴을 비벼대보면 털은 비단결보다도 더 보드랍고 매끈했다.

속눈썹이 그늘진 둥글고 큰 눈망울에는 한오리의 불평도 의심도 없이 언제나 맑고 조용하기만 했다. 그러나 송아지는 개나 고양

이 새끼와는 달리 안기기만 하면 뛰쳐나가려고 잘바당거렸다. 바둥거려도 놓아주지 않으면 매에에 하고 울기도 했다.

송아지가 메에에 울면 어미소가 무우우 하고 어슬렁어슬렁 다가오기도 했다.

이런때 제 새끼를 놓아주지 않으면 어미소는 푸우푸우우 숨결이 거칠어지고 때로는 받기도 한단다.

멧새집을 찾아 뒤지고 꿩 새끼를 쫓고 하는 동안 해가 뉘엿이 넘어가면 아이들은 제가끔 소를 찾아 앞세우고 마을로 내려왔다.

고장의 여름은 어디를 봐도 산과 논들과 콩밭과 수수밭뿐이었다.

이 산과 논들과 콩밭과 수수밭을 동서로 갈라 남천강이 허리띠처럼 돌아가고 강기슭으로 띄엄띄엄 원두막이 섰다.

아이들은 강에서 멱을 감다가도 참외밭을 넘겨다보면서 몹시 군침도 삼켰다.

원두막 주인에 〈돌래 영감〉이 있었다.

등너머 돌래라는 마을에 살기 때문에 돌래 영감이라고 부르는 이 영감은 잔귀가 좀 먹었다.

이 돌래 영감은 멱감는 아이들이 영 질색이었다. 멱만 감는 게 아니라 둑에 올라와서 외순을 다치기 때문이었다.

그러나 아이들은 물장구와 자맥질에 지치면 돌을 뒤져서 게나 징거미를 잡기가 일쑤였고, 그도 싫증이 나면 살금살금 원두막 쪽으로 올라갔다.

날이 더운 한낮이면 영감은 대개 낮잠을 자기 마련이었다.

그러나 아이들이 참외밭 가까이 얼씬도 하기 전에 영감은 고래고래 고함을 지르고 막을 내려왔다. 잔귀는 먹었으나 신통하게도 잠귀는 밝았다.

“네 요놈들 게서 머 하노오?”

“방아깨비 잡아요!”

“응, 머시가 어째?”

아이들은 입가에 손나팔을 하고,

“방아깨비요!”

영감은 그제서야 알아듣고,

“왜 하필이면 남의 외밭에서 방아깨비야. 방아깨비가 어데 외밭에만 있긴가. 빨랑 나오지 못해애.”

이렇게 목에 가래가 걸린 쉰 소리를 지르면서 허우적허우적 밭두렁을 돌아온다. 그러나 아이들은 겁을 먹거나 달아나기는커녕 되레,

“방아깨비도 할아버지네 끼요?”

하고 배실배실 약을 올린다.

“아니, 요놈 새끼들이 머이 어짜고 어……”

하다가 그만 기침에 자지러진다.

한동안 쿨룩거리다가 간신히 기침을 달랜 영감은,

“오냐, 한놈 잡기만 해봐라……”

마치 술래잡기라도 하듯 두 팔을 벌리고 한발 앞까지 다가오는 영감을 아이들은 이리 빠지고 저리 뛰고 하는 것이 더 재미가 있었다.

영감이 아무리 버둥거리고 몰아봐도 검잡을 것이 없는 알몸뚱이 아이놈들은 쉬 잡혀주지 않았다.

영감이 지쳐 숨을 헐떡이고 풀밭에 엉덩방아를 찧어버리면 그제서야 아이들은 영감 코앞까지 다가와서,

“할아버지네 참외 지린내 나네요!”

하고는 둑으로 몰려가 퐁당퐁당 물속으로 뛰어들었다.

바람 한점 없이 쨍한 대낮, 원두막 너머로는 일쑤 뭉게구름이 솟아올랐다.

이런 날은 또 소나기가 오기 마련이었다.

장독대 옆, 감나무 밑에 두어 평 가량의 평상9)이 놓여 있었다.

여름 한낮 그늘이 짙은 이 평상에 누워 매미소리를 듣는 것이 퍽도 즐겁고 시원했다.

지이지이이 우는 왕매미, 새에릉새에르응 우는 참매미, 시옷시오오옷 하고 우는 무당매미, 맴맴맴맴부랑라앙 하고 끝을 맺는 무슨 매미…….

이런 때 누나는 수틀을 받쳐들고 송학(松鶴)에 달을 놓고 있었다.

해가 지기 전에 산 그늘이 먼저 내려왔다.

벼포기에 물방울이 맺히고 모깃불에 타는 향긋한 풀냄새에 쫓기듯 반딧불이 날았다.

"누야?"

"응!"

"박꽃은 왜 밤에만 피지?"

"낮에는 부끄러워서 그렇대!"

"와 머가 부끄러워?"

"건 나도 몰라!"

"…………"

"누야?"

"응!"

---

9) 평상 : 밖에다 내어 앉거나 드러누워서 쉴 수 있도록 만든, 나무로 된 침상의 한 가지.

“별똥 참말 맛나나?”

“그렇대!”

“묵어봤나?”

“아니!”

“우리집에 별똥 하나 떨어지면 좋겠제?”

“별똥은 이런 집에는 안 떨어진대!”

“와?”

“몰라. 먼 먼 산너머 아무도 못 가는 그런 데만 떨어진대!”

누나 동무들이 모인다. 다림질감을 가지고도 오고, 옥수수와 감자를 가지고도 왔다.

추석 옷감 이야기며, 누구는 어디 혼사말이 있고 누구는 시집이 고되다는 그런 이야기…….

소년은 누나 옆에 누워 별똥을 헤면서, 어른이 되면 별똥을 주우러갈 다짐을 하다가 잠이 들곤 했다.

콩이 누렁누렁 익으면 고장 아이들은 〈콩서리〉를 잘 해먹었다.

마른 나무를 주워다가 불을 지피고 콩가지를 꺾어다 올려놓면 콩은 피이 피이 김을 뿜고 익는다.

가지에서 콩꼬투리가 떨어지 까뭇까뭇해지면 불을 헤집고 콩을 주워 까먹는다. 참 구수하고 달큰하다.

한동안 이렇게 콩서리를 먹고 나면 입가장은 꼭 굴뚝족제비같이 까맣게 돼가지고 서로 바라보면서 웃어댔다.

초가을 무렵부터 밤밭골에는 콩서리 연기가 모락모락 피어오르지 않는 날이 별로 없었다.

혹 마을 어른들이 지나가도 ‘이놈들 한 밭에서만 너무 많이 꺾

요람기

지 마라!' 할뿐 별로 나무라지는 않았다. 그것은 어른 자신들도 아이때는 밀서리, 콩서리를 하고 컸기 때문이었다.

한번은 콩을 푸짐하게 꺾어다 한창 콩서리를 하는 참인데, 언제 왔는지 춘돌이가 불을 둘러싼 아이들 뒤에서 지켜보고 있었다.

아이들이 자리를 터주자 춘돌이는 아무 말도 없이 비집고 들어와 막대기로 불을 솟구고 연기를 불고 하다가 나무를 더 주워오라고 했다.

그러나 아이들이 나무를 더 주워왔을 때는 콩은 거진 다 익어 춘돌이는 불을 헤치고 있었다.

아이들이 주워온 나무를 팽개쳐버리고 삥 둘러앉자, 춘돌이는 아이들에게 꼬챙이를 하나씩 가지라고 했다.

꼬챙이를 하나씩 가지니까 이번에는 그걸로 땅바닥을 치면서, 범버꾸, 범버꾸우를 해보라고 했다.

아이들은 시키는 대로 땅을 치면서, 범버꾸 범버꾸우 하니까 춘돌이는 됐다면서,

"니거는 그렇게, 범버꾸 범버꾸 하고 묵어라. 나는 냥냥 하고 묵을게."

아이들은 콩을 두어 알씩 입속에 까넣고는 하라는 대로,

"범버꾸 범버꾸우."

"꼬챙이로 땅도 뚜디리야지이."

이래서 아이들은 또 꼬챙이로 땅을 치면서 범버꾸 범버꾸우 하는 동안 춘돌이는 냥냥 하고 냉큼냉큼 잘도 주워먹었다.

꼬챙이로 땅을 치다보니 언제 콩을 주울 새도 없었고, 입속에 두어 알씩 까넣은 콩마저 범버꾸 범버꾸우 하다 보니 씹을 수도 씹히지도 않았다.

그래도 아이들은 서로 얼굴을 바라보고 꼬챙이로 장단을 맞추듯 땅을 치면서 범버꾸를 하는 것이 재미있었다.

큰댁 머슴에, 전라도가 고향이라는 이대롱이 있었다.

이대롱은 더벅머리 총각으로 통소를 잘 불었다. 더구나 억새밭인 동산 뫼에 달이 밝은 밤이면 이대롱은, 어린 과부가 나이 많은 딸을 찾아 금강산으로 간다는 곡조를 청승맞도록 구슬프게 불었다.

미나리꽝 둑에 사는 곱단이 무당네 딸 득이는 어느해 봄, 배꽃이 눈보라처럼 지는 날 밤 이대롱과 함께 고장을 달아나버렸다.

옷 다듬는 방망이 소리가 요란하고 지붕에 서리가 하얗게 내리는 밤, 소년은 바느질에 여념이 없는 누나 옆에서 이대롱과 득이를 생각했다.

이대롱은 마음씨가 좋았다. 일쑤 까치집을 뒤져 까치 새끼도 내려주고, 박달나무로 팽이도 다듬어주었다.

얼음판에서는 지게 위에 올려앉히고 밀어주기도 했다.

득이는 더 마음씨 좋고 인물도 고왔다.

언젠가 득이네 집 뒤 울타리에서 찔레순을 꺾다가 가시에 찔려운 적이 있었다.

그때 득이는 피나는 손가락을 제 입으로 빨고 빨고 하다가 쑥잎을 뜯어붙이고 저고리 안섶[10]에서 실을 뽑아 처매주었다.

실을 뽑는 득이 안가슴이 눈물 속으로 뽀오얗게 어렸다.

소년이 눈을 깜짝이고 고인 눈물을 짜버리자, 득이는 얼굴을 붉히고 옆으로 몸을 돌려버렸다.

---

10) 안섶 : 두루마기나 저고리의 안으로 들어간 섶.

큰댁에 큰일이 있을 때마다 득이 모녀는 일을 잘 왔다.

이대룡과 득이 소식은 누구도 아는 사람이 없었다.

다만 지붕에 박이 영글고 동산 뫼에 달이 밝은 밤이나, 배꽃이 지고 찔레가 피는 철이 되면 소년은 불현듯 이대룡과 득이를 생각하고 웬지, 또 뭔지도 모를 아쉬움과 애상[11]에 잠기곤 했다.

높새가 불기 시작하면 아이들은 기를 쓰고 연을 날렸다.

이 고장에는 유독 연날리기가 심했다.

아이들뿐만이 아니라 어른들도 연을 무척 좋아했고 많이 날렸다.

한말로 연이라지만 연에도 여러 가지가 있었다.

가오리연, 문어연, 솔개연, 방구연 —— 방구연에는 홍연과 상주연이 있다.

홍연은 종이에 물을 들인 붉은 연이고, 상주연은 흰 종이 그대로 발라 만든 연이다.

연의 재미는 역시 연싸움에 있었다.

당사(唐絲)[12]에다 아교를 먹여 유리가루를 묻힌 것을 〈사〉라고 했다.

사가 잘 먹은 실에는 손을 베기가 일쑤였다.

이렇게 사를 먹인 실을 자새가 두툼하게 감고 홍연을 높직이 바람을 태워가지고 싸움에 나설 때는 마치 전장에 나가는 장수 같은 기세였다.

이런 것은 주로 어른들의 연이고 아이들은 꽁지가 긴 가오리연

---

11) 애상 : 슬픈 생각.
12) 당사 : 중국에서 들여오던 명주실.

이나 솔개연이 고작이었다.

멀리서 싸움연이 거만하게, 또는 위풍이 당당하게 싸움을 걸어오면 아이들은 재빨리 연을 감아버리거나 달아나버려야 했다. 그러나 싸움연이 워낙 빨라서 미처 피하기도 전에 얽히고보면 영락없이 떼이고 만다.

떼인 연이 가까운 곳에 내려앉으면 주워오기도 하지만 개울이나 무논에 떨어지면 그만이었다.

연을 떼이고 발버둥을 치면서 우는 아이도 많았다.

연도 정월 보름까지였다. 보름이 지난 뒤에도 연을 날리면 쌍놈이라고 했다.

그래서 정월 보름날이면 어른 아이 할 것 없이 연을 날려보내기로 돼 있었다.

숯가루를 꼭 궐련[13] 모양으로 한지에 말아가지고 연에서 두어 자 앞 실에다 매달고 꽁무니에 불을 붙여 연을 올린다.

이때는 실이 닿는 한 멀리 높게높게 올린다.

숯가루 궐련이 점점 타들어가서 실에 닿으면 연은 실과 자새와 주인만을 남기고 팔랑 떠나가버린다.

어쩌면 새처럼 어쩌면 나뭇잎처럼 까마득히 떠나가는 연을 바라보면서 아이들은 제 연이 멀리멀리 떠나가기를 마음속으로 바랐다.

언제나 가보고 싶으면서도 가보지 못하는 산과 강과 마을, 어쩌면 무지개가 진다는 늪, 이빨 없는 호랑이가 담배를 피우고 산다는 산속, 집채보다도 더 큰 고래가 헤어다닌다는 바다, 별똥이 떨어지

---

13) 궐련 : 종이로 말아 놓은 담배.

는 어디메쯤 —— 소년은 이렇게 떠가는 연에다 수많은 꿈과 소망을 띄워보내면서 어느새 인생의 희비애환과 이비(理非)[14]를 가릴 줄 아는 나이를 먹어버렸다.

---

14) 이비(理非) : 옳음과 그름.

줄·거·리

1

봄이면 뻐꾸기 울음과 함께 진달래가 지천으로 피고 가을이면 단풍과 감이 풍성하게 익는 물 맑고 시원한 산간 마을이었다.

봄－먼 산골짜기에 눈이 녹기 시작하고 흙바람이 불어오면, 양지쪽에 몰려앉아 해바라기를 하던 고장 아이들은 들로 뛰쳐나가 불놀이를 시작한다. 이른 봄 불놀이만큼 신나는 장난도 없다. 성터 돌무더기 밑으로 너구리굴이 있었다. 이 굴 속에는 오래전부터 늙은 너구리가 살고 있다고 했다. 아이들은 들불놀이를 하고 돌아갈 때는 으례 이 너구리굴에다 불을 지폈다. 그러나 늙은 너구리는 조무래기들에게 호락호락 잡힐 것 같지 않았다. 아이들은 밤밭골에 나가 패를 갈라 씨름도 하고 말타기도 했다.

춘돌이란 김 초시네 머슴이 있었다. 나이는 아이들보다 배나 먹었어도 늘 조무래기 아이들과 어울려 놀았다. 그러다 한번은 아이들이 잡아온 물까마귀를 불에 굽고 있을 때 능청스런 짓으로 아이들은 따돌리고 물까마귀를 혼자 다 먹어치운 일이 있다. 또, 아이들은 소를 좋아했고 소 뜯기기를 좋아했으나 소년은 소가 없었다. 소 한 마리 먹이기를 소년은 늘 소원이었다.

2

여름―고장의 여름은 어디를 봐도 산과 논과 콩밭과 수수밭뿐이었다. 산과 논과 밭을 동서로 갈라 남천강이 허리띠처럼 돌아가고 강기슭으로 띄엄띄엄 원두막이 섰다. 아이들은 강에서 멱을 감다가도 참외밭을 넘겨다보면서 군침을 삼켰다. 그럴수록 원두막 주인인 '돌래영감' 은 아이들을 쫓느라고 정신이 없었다. 그러면 아이들은 오히려 돌래영감을 놀리고 달아난다.

장독대 옆, 감나무 밑에 두어 평 가량의 평상이 놓여 있었다. 누나는 거기 송학에 달을 놓고 있었다. 소년은 누나에게 묻는다. 박꽃은 왜 밤에만 피냐고, 또 별똥이 참말 맛이 있냐고. 누나 동무들이 모인다. 다림질감이나 옥수수와 감자를 가지고, 그리고 추석 이야기와 누구누구의 혼삿말, 누구는 시집이 고되다는 등의 이야기를 나눈다. 소년은 누나 옆에 누워 별똥을 헤면서 어른이 되면 별똥을 주으러 갈 다짐을 하다가 잠이 들곤했다.

3

가을―콩이 익으면 고장 아이들은 '콩서리'를 잘 해 먹었다. 그리고는 입언저리가 굴뚝족제비 같이 까맣게 되어 가지고 서로 바라보면서 웃는다. 지나가던 마을 어른들이 보고는 오히려 한 밭에서만 너무 많이 하지 말라고 하신다. 그것은 어른 자신도 아이들 때 밀서리,

중학생 한국단편소설④

콩서리를 하고 컸기 때문이다. 아이들이 콩을 푸짐하게 꺾어다 한참 콩서리를 할 때, 춘돌이가 어느새 와서 또 능청스런 방법으로 콩을 거의 혼자만 먹어치운다.

큰댁 머슴에, 이대롱이 있었다. 무당네 딸 득이는 어느해 봄 이대롱과 함께 고장을 달아나버렸다. 방망이 소리가 요란하고 지붕에 서리가 내리는 밤, 소년은 바느질하는 누나 옆에서 이대롱과 득이를 생각했다. 득이는 마음씨가 좋다. 언젠가 소년이 집뒤 울타리의 찔레순에 찔렸을 때 득이는 소년의 손을 입으로 빨고, 솔잎을 붙인 뒤 안섶에서 실을 뽑아 처매주었다. 실을 뽑는 득이 안가슴이 뽀얗게 어렸다. 소년이 눈을 깜짝이자 득이는 얼굴을 붉히며 몸을 돌렸다. 박이 영글고 달이 밝은 밤이다. 찔레가 피는 철이 되면 소년은 불현듯 이대롱과 득이를 생각하고 웬지 모를 아쉬움과 애상에 잠기곤 했다.

4

겨울─높새가 불기 시작하면 아이들은 기를 쓰고 연을 날렸다. 이 고장에는 유독 연날리기가 심했다. 연의 재미는 연의 싸움에 있었다. 당사에다 아교를 먹여 유리가루를 묻힌 것을 '사'라고 했다. 이렇게 사를 먹인 실로 높직히 떠올린다. 이것은 주로 마을 어른의 연이였고, 이런 연이 뜨면 아이들은 재빨리 연을 감아버리거나 달아났다. 미처 피하기도 전에 얽히면 영락없이 떼이고 만다. 연도 정월보름날까지이다. 보름이 지난 뒤에도 연을 날리면 쌍놈이라고 했다. 그래서 정월 보름날이면 어른 아이 할 것 없이 연을 날려보내기로 되어 있었다. 숯가루를 궐련처럼 한지에 말아 불을 붙여 연의 실을 끊어 날린다. 나뭇잎처럼 까마득히 떠나가는 연을 바라보면서 아이들은 제 연이 멀리멀리 떠나가기를 마음 속으로 바랐다. 가보고 싶어도 가 볼

수 없는 산과 강, 마을, 무지개가 산다는 늪, 이빨없는 호랑이가 담배
를 피우고 산다는 산속, 고래가 사는 바다, 별똥이 떨어지는 어디메
쯤——. 소년은 연에다 수 많은 꿈과 소망을 띄어보내면서 어느새 인
생의 희비애환과 이치의 옳고 그름을 가릴 줄 아는 나이를 먹어 버
렸다.

- 소년 : 소년은 그 '고장' 아이들과 함께 어울려 노는 아이다. 그러나 적극
  적인 참여자는 아니다. 반은 그 아이들의 무리 속에, 반은 방관자적 입장
  이다. 그래서 때로는 외톨이처럼, 때로는 외로움을 타는 아이처럼 보인다.
  이 입장이 때로 자기 자신을 바로 보게 한다. 때로는 누나 곁에 누워서 누
  나의 이야기도 듣고, 또 다친 손을 치료해 주는 득이의 삐져나온 가슴을
  엿보기도 한다. 그리고 동네서 연을 날려 보낼 때 수 많은 꿈과 소망을 띄
  어보내며 희비애환과 옳고 그름을 가릴 줄 아는 어른이 된다.
- 춘돌 : 김 초시네 전 머슴이며, 나이는 아이보다 더 먹었지만 자주 어린이
  들과 어울려 논다. 그러나 아이의 중심에서 벗어나 이야기를 재미있게 만
  드는 역할을 한다.

〈요람기〉는 어느 시골의 사계를 보내는 소년과 아이들의 모습을 그린 이야기다. 기차도 전기도 없는 시골. 봄이 오면 양지쪽에 몰려 해바라기를 하던 아이들이 들불놀이를 하고, 또 너구리굴에 청솔가지를 태워넣고, 진달래가 피기 시작하면 밤밭골에 모여 씨름과 말타기도 하고 논다.

여기에 춘돌이가 뛰어드나 그는 언제나 어린이들의 변두리에 있다. 이야기 속에서는 어린이의 중심에 앉아 어린이들을 이끌어 나가지만, 이 작품 속에서 그는 한낱 재미를 더해주는 존재일 뿐이다. 이 작품 속에서 중심에 있는 아이는 소년이지만 그는 이야기 속에서는 늘 방관자적 입장이다. 그래서 그는 이 작품 속에서 시골의 사계를 객관적으로 볼 수 있다. 그러나 소년은 화자나 관찰자의 역할을 도맡아 하지도 않는다. 소년은 말이 없다. 소년이 본 사실들은 소년의 내면 깊이 간직된다. 소년은 이 시골의 사계를 겪고 보면서 때로는 그의 누이 곁에 누워 마을 속에 간직해 왔던 의문들을 묻곤 한다. 자연의 신비에 대해, 별똥에 정체와 행방에 대해, 또 누이의 동무들의 이야기에 귀를 기울이기도 한다.

그러다 마음씨 좋은 득이의 생각을 한다. 찔레꽃 피는 어느 시기에 찔레가지에 찔린 손에 난 상처를 입으로 빨고 옷 섶의 실을 풀어 감싸주었던 기억. 그때 삐져나온 가슴을 보고 눈을 껌벅거렸던 기억. 그리고 겨울이 되어 연날리기를 하고 마지막날 연을 띄어보낼 때 그 연에 담아 날렸던 많은 소원들. 이런 소년기를 보내고 어느덧 어른이 되어 인생의 희비와 애환, 그리고 세상의 이치와 불합리를 가릴 줄 아는 나이가 되었을 때, 옛날 그가 소년으로서 성장할 때 가슴 속에

담아 두었던 많은 경험들이 나이가 들어 세상의 이치를 알게 되는 밑
걸음이 되었을 것이라는 내용을 읽기 쉬운 문체와 서정적인 흥취로
그려낸 성장 소설이다.

　성장 소설은 아직 성인이 되지 못한 유소년기에 겪은 경험과 그 때
받은 아픔이 어른이 되었을 때 중요한 자양분이 된다는 것이다. 유소
년기에는 실수와 잘못이 어느 정도는 용납된다. 그것은 사회로 진입
하기 전에 실수와 오류를 거쳐, 그를 바로잡고 그리하여 사회의 한
일원이 되었을 때 교훈이 된다는, '사회화의 한 과정'으로 보고 있기
때문이다. 그 사회화의 과정이 반드시 '어떤 죽음에 의한 고통'만이
아니라 고향에서 보고 느낀 많은 것도 사회화의 중요한 과정이 됨을
보여주고 있다.

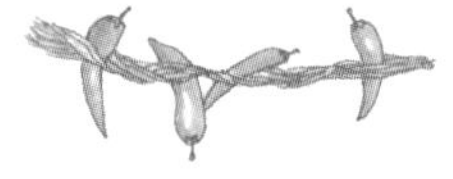

깊이 읽기

1. 이 작품의 화자는 누구인가 써라.

2. 이 작품에서 소년은 적극적인 역할을 하지 않으면서 주인공으로
   존재한다. 소년의 역할이 드러난 문장을 찾아 써라.

3. 소설에 등장하는 '춘돌이'는 작품 속에서 어떤 역할을 하나 써라.

1. 이 소설에서는 시골 농민의 어려움이나 생활의 고통 같은 것이라
   고는 조금도 느껴지지 않는다. 다만 서정적인 문체로 농촌의 사계
   를 그려나가고 있다. 이 소설과 현진건의 사실주의적인 소설('고
   향'이나 '운수좋은 날' '술권하는 사회')과 비교하면서 무엇이 다른
   지 말해봐라.

중학생 한국단편소설④

□ 깊이 읽기

1. 작가

2.

　①

"누야?"

"응!"

"박꽃은 왜 밤에만 피지?"

"낮에는 부끄러워서 그렇대!"

"와 머가 부끄러워?"

"건 나도 몰라!"

"…………"

"누야?"

"응!"

"별똥 참말 맛나나?"

"그렇대!"

"묵어봤나?"

"아니!"

"우리집에 별똥 하나 떨어지면 좋겠제?"

"별똥은 이런 집에는 안 떨어진대!"

"와?"

"몰라. 먼 먼 산너머 아무도 못 가는 그런 데만 떨어진대!"

누나 동무들이 모인다. 다림질감을 가지고도 오고, 옥수수와 감자를 가지고도 왔다.

추석 옷감 이야기며, 누구는 어디 혼사말이 있고 누구는 시집이 고되다는 그런 이야기…….

소년은 누나 옆에 누워 별똥을 헤면서, 어른이 되면 별똥을 주우러갈 다짐을 하다가 잠이 들곤 했다.

②

　옷 다듬는 방망이 소리가 요란하고 지붕에 서리가 하얗게 내리는 밤, 소년은 바느질에 여념이 없는 누나 옆에서 이대롱과 득이를 생각했다.

　이대롱은 마음씨가 좋았다. 일쑤 까치집을 뒤져 까치 새끼도 내려주고, 박달나무로 팽이도 다듬어주었다.

　얼음판에서는 지게 위에 올려앉히고 밀어주기도 했다.

　득이는 더 마음씨 좋고 인물도 고왔다.

　언젠가 득이네 집 뒤 울타리에서 찔레순을 꺾다가 가시에 찔려 운 적이 있었다.

　그때 득이는 피나는 손가락을 제 입으로 빨고 빨고 하다가 쑥잎을 뜯어 붙이고 저고리 안섶에서 실을 뽑아 처매주었다.

　실을 뽑는 득이 안가슴이 눈물 속으로 뽀오얗게 어렸다.

　소년이 눈을 깜짝이고 고인 눈물을 짜버리자, 득이는 얼굴을 붉히고 옆으로 몸을 돌려버렸다.

　큰댁에 큰일이 있을 때마다 득이 모녀는 일을 잘 왔다.

　이대롱과 득이 소식은 누구도 아는 사람이 없었다.

　다만 지붕에 박이 영글고 동산 뫼에 달이 밝은 밤이나, 배꽃이 지고 찔레가 피는 철이 되면 소년은 불현듯 이대롱과 득이를 생각하고 웬지, 또 뭔지도 모를 아쉬움과 애상에 잠기곤 했다.

③

　어쩌면 새처럼 어쩌면 나뭇잎처럼 까마득히 떠나가는 연을 바라보면서 아이들은 제 연이 멀리멀리 떠나 가기를 마음속으로 바랐다.

　언제나 가보고 싶으면서도 가보지 못하는 산과 강과 마을, 어쩌면 무지개가 진다는 늪, 이빨 없는 호랑이가 담배를 피우고 산다는 산속, 집채보다도 더 큰 고래가 헤어다닌다는 바다, 별똥이 떨어지는 어디메쯤 —— 소년은 이렇게 떠가는 연에다 수많은 꿈과 소망을 띄워보내면서 어느새 인생의 희비애환과 이비(理非)를 가릴 줄 아는 나이를 먹어버렸다.

중학생 한국단편소설④

3. 소년 다음으로 큰 역할을 하는 듯 보이나, 사실은 작품에 흥미를 더하는 역
   할을 할 뿐이다.

□ 비판적으로 읽기
1. (해답 생략)

▪ 결말

    현대 소설은 대개 ① 발단 ② 전개 ③ 위기 ④ 절정 ⑤ 결말의 5단 구성으로 되어 있다. 발단에서는 이야기가 시작되거나, 이야기의 시작을 위해 상황을 말한다. 전개에서는 그 시작된 이야기, 혹은 설명해 놓은 상황에서부터 이야기가 뻗어나가 얼클어지기 시작한다. 위기에서는 이 얼클어진 이야기가 갈등을 중심으로 복잡하게 만들어지고, 절정에서는 그 갈등이 최고조에 이르렀다가 결말에서는 갈등이 해소되면서 이야기도 끝이나고 더 이상의 사건은 생기지 않는다.

    그들의 분향이 거의 끝난 듯하였을 때
“에헴.”
하고 얼굴이 시뻘건 서 참의도 나섰다. 향을 한 움큼이나 집어 놓아 연기가 시커멓게 올려 솟더니 불이 일어났다. 후— 후— 불어 불을 끄고, 수염을 한 번 쓰다듬고 절을 했다. 그리고 다시
“헴…….”
하더니 조사(弔辭)를 하였다.
    “나 서 참의일세. 알겠나? 흥……자네 참 호사(豪奢)야…… 호살세. 잘 죽었느니 자네 살았으문 이런 호살 해보겠나? 인전 안경다리 고칠 걱정두 없구…… 아무턴지…….”
하는데 박희완 영감이 들어서더니
    “이 사람 취했네그려.”
하며 서 참의를 밀어냈다.
    박희완 영감도 가슴이 답답하였다. 분향을 하고 무슨 소리를 한 마디 했으면 속이 후련히 트일 것 같아서 잠깐 멈칫하고 서 있어

보았으나,

"으흐윽……."

하고 울음이 먼저 터져 그만 나오고 말았다.

서 참의와 박희완 영감도 묘지까지 나갈 작정이었으나 거기 모인 사람들이 하나도 마음에 들지 않아 도로 술집으로 내려오고 말았다.

〈복덕방-이태준〉

경제적으로 궁핍했던 안 초시는 사기를 당한 뒤 자살을 하여 가족과 친지들이 장례에 참석했다. 여기에 참석했던 서 참의는 딸의 처사가 못마땅하였다. 아버지의 장례까지 자신의 체면을 유지하려는 데에 더 신경을 쓰는 것이 싫었다. 차라리 그런 돈으로, 아버지 생전에 용돈을 더 드리고, 외로운 노인의 황혼을 좀더 보살피지 않고……. 그러나 고인은 갔고, 장례식도 끝나가는 데에 속에 품은 이야기를 하면 무엇하는가.

"진수야 그만두고 자아 업자."

하는 것이었다.

"업고 건느면 일이 다 되는 거 아니가. 자아 이거 받아라."

고등어 묶음을 진수 앞으로 민다.

"……."

진수는 퍽 난처해 하면서 못 이기는 듯이 그것을 받아 들었다. 만도는 등어리를 아들 앞에 갖다 대고 하나밖에 없는 팔을 뒤로 번쩍 내밀며,

"자아 어서!"

진수는 지팡이와 고등어를 각각 한 손에 쥐고 아버지의 등어리로 가서 슬그머니 업혔다. 만도는 팔뚝을 뒤로 돌려서 아들의 하나

뿐인 다리를 꼭 안았다. 그리고,
　"팔로 내 목을 감아야 될끼다."
했다. 진수는 무척 황송한 듯 한쪽 눈을 찍 감으면서 고등어와 지팡이를 든 두 팔로 아버지의 굵은 목줄기를 부둥켜 안았다. 만도는 아랫배에 힘을 주며 끙! 하고 일어났다. 아랫도리가 약간 후들거렸으나 걸어갈 만은 했다. 외나무다리 위로 조심조심 발을 내디디며 만도는 속으로 이제 새파랗게 젊은 놈이 벌써 이게 무슨 꼴이고. 세상을 잘못 만나서 진수 니 신세도 참 똥이다. 똥. 이런 소리를 주어 섬겼고 아버지의 등에 엎힌 진수도 곧장 미안스러운 얼굴을 하며, 나꺼정 이렇게 되다니 아부지도 참 복도 더럽게 없지. 차라리 내가 죽어 버렸더라면 나았을 낀데…… 하고 중얼거렸다.
　만도는 아직 술기가 약간 있었으나 용케 몸을 가누며 아들을 업고 외나무다리를 조심조심 건너가는 것이었다. 눈앞에 우뚝 솟은 용머릿재가 이 광경을 가만히 내려다보고 있었다.

〈수난이대－하근찬〉

　아버지는 팔을 하나 잃고, 아들은 다리를 하나 잃었다. 그러나 그 지독한 수난만을 탓하면 무엇하겠는가. 그들에게는 아직 살아야 할 인생이 있다. 부자간에 서로 부족한 부분을 보완하면서 하나가 되어 살아가는 수밖에 없다. 아버지가 아들을 업으니 어느덧 한 몸이 된다. 외나무다리를 건너 조심조심 건너니 눈 앞에 용머릿재가 보인다. 마을을 가자면 늘 넘어야 하는 고개이며, 마을에서 외부로 가려해도 넘어야 하는 고개이다. 그 고개를 넘으며 외부와 교통을 할 때마다 용머릿재로부터 든든한 가르침을 받아왔던 마을 사람들이다. 이제 새롭게 시작하는 길만이 남았다. 결말은 어떻게 보면 다음 사건을 예고하기도 한다.

학

황 순 원

1915년 평안 남도 대동군 재경면에서 출생했고, 숭덕 소학교를 졸업하고, 정주에 있는 오산 학교에 다니다가 건강 때문에 평양 숭실 중학교로 전학해 졸업했다. 1934년 19세의 나이로 동경 와세다 제 2고등 학원에 입학하고 이해랑, 김동원 등과 더불어 〈학생 예술좌〉를 창립했다. 1935년 결혼하고 '3·4문학' 동인이 되어 활동하다가 1936년 와세다 대학 문학부 영문과에 진학했다. 1930년부터 시, 동요 등을 발표하기 시작해 1940년 첫 단편집을 내면서 본격적인 작가 활동을 했다. 그 무렵 '별, 그는' 등을 발표했다.

초기에는 환상적인 수법으로 동화류의 작품을 많이 썼으나 후기에는 삶의 현장을 주된 소재로 다루기 시작했다. 노인이나 어린이에 대한 유별난 애착이 보여지는데 이는 소년·소녀가 성인이 되어가는 과정에서 겪게 되는 정신적 갈등, 향토적이고 순박한 노인의 집념 등을 통해 인간의 본능, 인간에 대한 신뢰를 표현하려 한 것이다. 2000년 9월 14일 타계했다.

삼팔 접경의 이 북쪽 마을은 드높이 개인 가을하늘 아래 한껏 고즈넉했다.

주인 없는 집 봉당에 흰 박통만이 흰 박통만을 의지하고 굴러 있었다.

학

어쩌다 만나는 늙은이는 담뱃대부터 뒤로 돌렸다. 아이들은 또 아이들대로 멀찌감치서 미리 길을 비켰다. 모두 겁에 질린 얼굴들이었다.

동네 전체로는 이번 동란[1]에 깨어진 자국이라곤 별로 없었다. 그러나 어쩐지 자기가 어려서 자란 옛마을은 아닌 성싶었다.

뒷산 밤나무 기슭에서 성삼이는 발걸음을 멈추었다. 거기 한 나무에 기어올랐다. 귓속 멀리서, 요놈의 자식들이 또 남의 밤나무에 올라가는구나, 하는 혹부리할아버지의 고함소리가 들려 왔다.

그 혹부리할아버지도 그새 세상을 떠났는가, 몇 사람 만난 동네 늙은이 가운데 뵈지 않았다. 성삼이는 밤나무를 안은 채 잠시 푸른 가을하늘을 치어다 보았다. 흔들지도 않은 밤나뭇가지에서 남은 밤송이가 저 혼자 아람이 벌어져 떨어져 내렸다.

임시 치안대 사무소로 쓰고 있는 집 앞에 이르니, 웬 청년 하나가 포승에 묶이어 있다.

이 마을에서 처음 보다시피하는 젊은이라, 가까이 가 얼굴을 들여다보았다. 깜짝 놀랐다. 바로 어려서 단짝 동무였던 덕재가 아니냐.

천태에서 같이 온 치안대원에게 어찌된 일이냐고 물었다. 농민 동맹 부위원장을 지낸 놈인데 지금 자기 집에 잠복해 있는 걸 붙들어 왔다는 것이다. 성삼이는 거기 봉당[2] 위에 앉아 담배를 피워 물었다.

덕재를 청단까지 호송하기로 되었다. 치안 대원 청년 하나가 데리고 가기로 했다.

---

1) 동란 : '육이오 전쟁'을 가리킴.
2) 봉당 : '뜰'의 방언.

성삼이가 다 탄 담배꼬투리에서 새로 담뱃불을 댕겨가지고 일어섰다.

"이 자식은 내가 데리고 가지요."

덕재는 한결같이 외면한 채 성삼이 쪽은 보려고도 하지 않았다.

동구밖을 벗어났다.

섬삼이는 연거푸 담배만 피웠다. 담배맛은 몰랐다. 그저 연기만 기껏 빨았다 내뿜곤 했다. 그러다가 문득 이 덕재 녀석도 담배 생각이 나려니 하는 생각이 들었다. 어려서 어른들 몰래 담모퉁이에서 호박잎 담배를 나눠 피우던 생각이 났다. 그러나 오늘 이놈에게 담배를 권하다니 될 말이냐.

한번은 어려서 덕재와 같이 혹부리할아버지네 밤을 훔치러 간 일이 있었다. 성삼이가 나무에 올라갈 차례였다. 별안간 혹부리할아버지의 고함소리가 들려 왔다. 나무에서 미끄러져 떨어졌다. 엉덩이에 밤송이가 찔렸다. 그러나 그냥 달렸다. 혹부리할아버지가 못 따라올 만큼 멀리 가서야 절로 눈물이 질끔거려졌다. 덕재가 불쑥 자기 밤을 한 줌 꺼내어 성삼이 호주머니에 넣어 주었다…….

성삼이는 새로 불을 댕겨 문 담배를 내던졌다. 그리고는 이 덕재 자식을 데리고 가는 동안 다시 담배는 붙여 물지 않으리라 마음먹는다.

고갯길에 다다랐다. 이 고개는 해방 전전해 성삼이가 삼팔 이남 천태 부근으로 이사가기까지 덕재와 더불어 늘 꼴[3] 베러 넘나들던 고개다.

성삼이는 와락 저도 모를 화가 치밀어 고함을 질렀다.

---

3) 꼴 : 마소에게 먹인 풀.

“이 자식아, 그 동안 사람을 몇이나 죽였나?”

그제야 덕재가 힐끗 이쪽을 바라다보더니 다시 고개를 거둔다.

“이 자식아, 사람 몇이나 죽였어?”

덕재가 다시 고개를 이리로 돌린다. 그리고는 성삼이를 쏘아본다. 그 눈이 점점 빛을 더해 가며 제법 수염발 잡힌 입언저리가 실쭉거리더니,

“그래 너는 사람을 그렇게 죽여 봤니?”

이 자식이! 그러면서도 성삼이의 가슴 한복판이 환해짐을 느낀다. 막혔던 무엇이 풀려 내리는 것만 같은. 그러나,

“농민동맹 부위원장 쯤 지낸 놈이 왜 피하지 않구 있었어? 필시 무슨 사명을 띠구 잠복해 있는 거지?”

덕재는 말이 없다.

“바른대루 말해라. 무슨 사명을 띠구 숨어있었나?”

그냥 덕재는 잠잠히 걷기만 한다. 역시 이 자식 속이 꿀리는 모양이구나. 이런 때 한 번 낯짝을 봤으면 좋겠는데 외면한 채 다시는 고개를 돌리지 않는다.

성삼이는 허리에 찬 권총을 잡으며,

“변명은 소용없다. 영락없이 넌 총살감이니까. 그저 여기서 바른대루 말이나 해봐라.”

덕재는 그냥 외면한 채,

“변명은 하려구두 않는다. 내가 제일 빈농의 자식인데다가 근농꾼이라구 해서 농민동맹 부위원장 됐든 게 죽을 죄라면 하는 수 없는 거구, 나는 예나 이제나 땅 파먹는 재주밖에 없는 사람이다.”

그리고 잠시 사이를 두어,

“지금 집에 아버지가 앓아누웠다. 벌써 한 반 년 된다.”

덕재 아버지는 홀아비로 덕재 하나만 데리고 늙어오는 빈농꾼이었다.

칠 년 전에 벌써 허리가 굽고 검버섯이 돋은 얼굴이었다.

"장간 안 들었나?"

잠시 후에,

"들었다."

"누와?"

"꼬맹이와."

아니 꼬맹이와? 거 재미있다. 하늘 높은 줄 모르고 땅 높은 줄만 알아, 키는 작고 똥똥하기만 한 꼬맹이. 무던히 새침데기였다. 그 것이 얄미워서 덕재와 자기는 번번이 놀려서 울려 주곤 했다. 그 꼬맹이한테 덕재가 장가를 들었다는 것이다.

"그래 애가 몇이나 되나?"

"이 가을에 첫애를 낳는대나."

성삼이는 그만 저도 모르게 터져나오려는 웃음을 겨우 참았다. 제 입으로 애가 몇이나 되느냐 묻고서도 이 가을에 첫애를 낳게 됐다는 말을 듣고는 우스워 못 견디겠는 것이다. 그러지 않아도 작은 몸에 곧 배를 한아름 안고있을 꼬맹이. 그러나 이런 때 그런 일로 웃거나 농담을 할 처지가 아니라는 걸 깨달으며,

"하여튼 네가 피하지 않구 남아 있는 건 수상하지 않어?"

"나두 피하려구 했었어. 이번에 이남서 쳐들어오믄 사내란 사낸 모주리 잡아 죽인다구 열일곱에서 마흔 살까지의 남자는 강제루 북으루 이동하게 됐었어. 할 수 없이 나두 아버질 업구라두 피난 갈까 했지. 그랬더니 아버지가 안 된다는 거야. 농사꾼이 다 지어 놓은 농살 내버려 두구 어딜 간단 말이냐구. 그래 나만 믿구 농사

일루 늙으신 아버지의 마지막 눈이나마 내 손으루 감겨 드려야겠구, 사실 우리 같이 땅이나 파먹는 것이 피난 간댔자 별 수 있는 것두 아니구……."

지난 유월달에는 성삼이 편에서 피난을 갔었다. 밤에 몰래 아버지더러 피난 갈 이야기를 했다. 그때 성삼이 아버지도 같은 말을 했다. 농사꾼이 농사일을 늘어놓구 어디루 피난간단 말이냐. 성삼이 혼자서 피난을 갔다. 남쪽 어느 낯설은 거리와 촌락을 헤매다니면서 언제나 머리에서 떠나지 않는 건 늙은 부모와 어린 처자에게 맡기고 나온 농사일이었다. 다행히 그때나 이제나 자기네 식구들은 몸성히들 있다.

고갯마루를 넘었다. 어느 새 이번에는 성삼이 편에서 외면을 하고 걷고 있었다. 가을 햇볕이 자꾸 이마에 따가웠다. 참 오늘 같은 날은 타작하기에 꼭 알맞은 날씨라고 생각했다.

고개를 다 내려온 곳에서 성삼이는 주춤 발걸음을 멈추었다.

저쪽 벌 한가운데 흰 옷을 입은 사람들이 허리를 굽히고 섰는 것 같은 것은 틀림없는 학떼였다. 소위 삼팔선 완충지대가 되었던 이곳. 사람이 살고 있지 않은 그 동안에도 이들 학들만은 전대로 살고 있은 것이었다.

지난날 성삼이와 덕재가 아직 열두어 살쯤 났을 때 일이었다. 어른들 몰래 둘이서 올가미[4]를 놓아 여기 학 한 마리를 잡은 일이 있었다. 단정학[5]이었다. 새끼로 날개까지 얽어매 놓고는 매일같이

---

4) 올가미 : 새끼나 노 · 철선 같은 것으로 코를 맺어 짐승을 잡는 장치.
5) 단정학 : 두루미.

둘이서 나와 학의 목을 쓸어안는다, 등에 올라탄다, 야단을 했다. 그러한 어느 날이었다. 동네 어른들의 수군거리는 소리를 들었다. 서울서 누가 학을 쏘러 왔다는 것이다. 무슨 표본인가를 만들기 위해서 총독부[6]의 허가까지 맡아 가지고 왔다는 것이다. 그 길로 둘이는 벌로 내달렸다. 이제는 어른들한테 들켜 꾸지람 듣는 것 같은 건 문제가 아니었다. 그저 자기네의 학이 죽어서는 안 된다는 생각뿐이었다. 숨 돌릴 겨를도 없이 잡풀 새를 기어 학 발목의 올가미를 풀고 날개의 새끼를 끌렀다. 그런데 학은 잘 걷지도 못하는 것이다. 그동안 얽매여 시달렸던 탓이리라. 둘이서 학을 마주 안아 공중에 투쳤다. 별안간 총소리가 들렸다. 학이 두서너 번 날개짓을 하다가 그대로 내려왔다. 맞았구나. 그러나 다음 순간, 바로 옆 풀숲에서 펄럭 단정학 한 마리가 날개를 펴자 땅에 내려앉았던 자기네 학도 긴 목을 뽑아 한번 울음을 울더니 그대로 공중에 날아올라, 두 소년의 머리 위에 동그라미를 그리며 저쪽 멀리로 날아가 버리는 것이었다. 두 소년은 언제까지나 자기네 학이 사라진 푸른 하늘에서 눈을 뗄 줄을 몰랐다…….

“애, 우리 학사냥이나 한번 하구 가자.”

성삼이가 불쑥 이런 말을 했다.

덕재는 무슨 영문인지 몰라 어리둥절해 있는데,

“내 이걸루 올가밀 만들어 놀께 너 학을 몰아오너라.”

포승줄을 풀어 쥐더니, 어느 새 잡풀 새로 기는 걸음을 쳤다.

대번 덕재의 얼굴에서 핏기가 걷혔다. 좀전에, 너는 총살감이라

---

6) 총독부 : ‘조선총독부’를 가리킴. 일본이 1910년부터 1945년까지 우리 나라를 다스리기 위하여 설치하였던 최고 행정 관청.

던 말이 퍼뜩 머리를 스치고 지나갔다. 이제 성삼이가 기어가는 쪽 어디서 총알이 날아오리라.

저만치서 성삼이가 홱 고개를 돌렸다.

"어이, 왜 멍추같이 게 섰는 게야? 어서 학이나 몰아 오너라."

그제서야 덕재도 무엇을 깨달은 듯 잡풀 새를 기기 시작했다.

때마침 단정학 두세 마리가 높푸른 가을하늘에 큰 날개를 펴고 유유히 날고 있었다.

줄·거·리

1

삼팔 접경의 북쪽 마을이다. 동네 전체로는 이번 동란에 깨어진 자국이라곤 별로 없었다. 그러나 어쩐지 자기가 어려서 자란 옛마을은 아닌 성싶었다. 임시 치안대 사무소로 쓰고 있는 집 앞에는 청년 하나가 포승에 꽁꽁 묶이어 있다. 덕재다. 그는 농민 동맹 부위원장을 지냈는데 자기 집에 잠복해 있는 걸 붙들어 왔다는 것이다.

2

성삼이는 거기 봉당 위에 앉아 담배를 피워 물었다. 덕재는 청단까지 호송하기로 되었다. 치안대원 청년 하나가 데리고 가기로 됐다. 이를 자기가 데리고 가겠다고 자청한다. 동구밖을 벗어났다. 성삼이는 연거푸 담배만 피웠다. 문득 덕재 녀석도 담배 생각이 나려니 하는 생각이 들었다. 어려서 어른들 몰래 담모퉁이에서 호박잎 담배를 나눠 피우던 생각이 났다. 또 덕재와 같이 혹부리 할아버지네 밤을 훔치러 갔다가 혹부리 할아버지의 고함소리에 나무에서 미끄러져 떨어졌을 때 밤송이에 궁둥이를 찔렸다. 이를 덕재에게 빼어달라고 한 기억도 난다. 고갯길에 다다랐다. 이 고개는 해방 전전해 성삼이가 삼팔 이남 천태 부근으로 이사가기까지 덕재와 더불어 늘 꼴 베러 넘나들던 고개다. 성삼이는 와락 화가 나서 덕재에게 '사람 얼마나 죽였냐'고 소리를 지르자, '그래 너는 사람을 그렇게 죽여봤니' 한다. 이 말에 성삼이의 가슴 한복판이 환해짐을 느낀다.

3

성삼이는 다시 '농민동맹 부위원장을 지낸 놈이 왜 피하지 않구 있었냐'고 묻자, 덕재는 걷기만 한다. 성삼이는 허리에 찬 권총을 잡으며, '너는 총살감이니 바른 대로 말하라'고 한다. 덕재는 '빈농의 자식이므로 농민동맹 부위원장이 되었으며, 집에는 아버지가 앓아누웠다'고 한다. 그리고 '꼬맹이와 결혼하여 이 가을에 첫애를 낳는다'고 한다. 그리고 자신이 피하지 않은 것은 아버지가 농사꾼이 농사를 다 지어 놓고 어딜 가느냐고 하여 피하지 않았다'는 것이다. 성삼이가 남쪽으로 피할 때도 아버지가 그렇게 말씀하셨던 기억이 난다. 그리고 남쪽 어느 낯선 거리를 헤매다닐 때 언제나 머리에서 떠나지 않는 건 늙은 부모와 어린 처자에게 맡기고 온 농사일이었다.

4

고개를 다 내려온 곳에서 성삼이는 주춤 발걸음을 멈추었다. 소위 삼팔선 완충지대가 되었던 이 곳, 사람이 살지 않고 그 동안에는 학들만이 살고 있는 곳이다. 지난 날 성삼이와 덕재가 아직 열두어 살쯤 났을 때 일이었다. 어른들 몰래 둘이서 올가미를 놓아 여기 학 한 마리를 잡은 일이 있었다. 단정학이었다. 그런 어느 날 서울서 누가 학을 쏘러 왔다는 것이다. 무슨 표본인가를 만들기 위해 총독부의 허락까지 맡아가지고 왔다는 것이다. 그 길로 둘은 벌로 내달려 학을 풀어준 일이 있었다. 총소리가 났으나 학은 잠시 내려왔다가 이내 하늘로 솟아 멀리 북으로 날아갔다.

5

‘얘, 우리 학사냥이나 한 번 하구 가자’ 성삼이의 이런 말에 덕재는 무슨 영문인지 몰라 어리둥절해 있는데, ‘내 이걸루 올가밀 만들어 놓게 너 학을 몰아오너라.’ 하며 덕재의 포증줄을 풀어 주고 성삼이는 잡풀새로 기는 걸음을 쳤다. 덕재의 머리에서는 ‘이제 너는 총살감이다’라던 말이 퍼뜩 생각이 났다. 이제 성삼이가 기어가는 쪽 거기서 총알이 날아오리라. 성삼이는 저만치서 ‘어이, 왜 멍추 같이 게 섰는거냐? 어서 학이나 몰아오너라’ 한다. 그제서야 덕재는 무엇을 깨달은 듯 잡풀 새를 기기 시작한다. 때마침 단정학 두세 마리가 높 푸른 가을하늘에 큰 날개를 펴고 유유히 날아간다.

등·장·인·물 ■ ■ ■

- 성삼 : 덕재와 어렸을 때 단짝 친구로, 치안대원이 호송하기로 한 덕재를 대신 호송하겠다고 나서서 덕재를 호송도중 삼팔선 완충지대에서 학을 몰아오라며 포승줄을 풀어준다.
- 덕재 : 성삼이와 한 마을에서 자란 단짝 친구다. 농민동맹 위원장이 되었으나 후퇴시 북으로 도망가지 않고 집안에 숨어 있다가 포로가 된다. 성삼이가 호송을 하다 도중에 포승줄을 풀어준다. 그는 앓고 있는 아버지 곁을 떠날 수 없어 도망하지 않았으며, 아내로 맞은 꼬맹이가 금년 가을에 첫 아이를 낳는다는 말을 한다.

어릴 적 단짝 동무인 성삼이와 덕재가 전쟁중 포로 호송의 적대 관계로서 우연히 극적으로 상봉하는 것으로부터 이 작품의 발단은 시작된다. 그러나 여기서 중요한 것은 이러한 두 사람의 관계가 내적 성향으로부터 발생된 것이 아니라 외적인 현실에서부터 왔다는 점이다. 또한, 간과해서는 안 될 점은 두 사람 사이의 사실적 관계의 묘사가 이 작품의 주요 관심의 한 축이었다면 두 사람 사이의 행적, 내력 관계가 허술하게 취급되지 말아야 하는데, 죽마고우의 단짝 동무치고는 두 사람의 7년간 우정의 공백이 너무 소홀하게 취급되어 있는 것이다.

덕재와 꼬맹이로 이루어진 덕재 가족에 대한 성삼이의 무지, '지난 유월 달에는 성삼이 편에서 피난을 갔었다'는 대목에서, '남쪽 어느 낯설은 거리와 촌락을 헤매고 다녔다'는 사람이 이제 치안대 호송 대원으로 나타났다는 사실 등에서는 사실적인 관계가 미흡하다. 그러나 이런 작가의 태도는 결국 그것이 현실적 리얼리즘 감각의 관심성에 의해서 이루어진 것이 아니라면 그것은 주제의 미학적, 예술적 달성의 효과에만 지나치게 관심이 집중되어 있음을 뜻한다. 그러나 문제의 해결 실마리는 그들이 과거의 회상에서 나오는데, 그 회상은 자주 반복된다. 학떼를 발견하고 어릴 적 단정학을 키워 그것을 몰래 살려 보낸 평화의 추억, 기억의 환기는 그 절정의 대목을 이룬다. '너는 총살감'이라는 말이 덕재의 머릿속에 스쳐 지나가게 하고, '이제 성삼이가 기어가는 쪽 어디서 총알이 날아오리라'는 공포심을 작가는 극적 전환을 위해 복선으로서 장치해 놓는다.

결국, 주인공의 심리 전환을 위한 상징적 분위기의 돋움에 작가의 간결한 시적, 상징적 묘사의 문체가 치밀하게 기여하고 있는 셈이고, 그것을 극적으로 통합시키는 구성적 대전환의 수법이 극 형식의 주요 동력으로 기능하고 있는 셈이다. 이로써 독자는 두 사람이 화해하게 되리라는 예감을 갖게 되는데, 성삼과 덕재 사이의 인간 관계는 곧 우정이므로 그 둘 사이의 화해는 우정의 회복을 의미한다. 나아가 그들의 우정의 회복은 인간 상호 신뢰의 회복으로 연장되고 전쟁의 상처를 치유하는 단계로 확대된다.

　작가는 두 사람의 우정이 회복되어 가는 과정을 통해 민족적인 비극을 극복할 수 있는 길을 모색하고 있는 것이다. 이 소설은 인간성과 인간 존엄성의 회복, 인간 관계의 회복을 통해서 민족적인 비극을 극복해 보고자 하는, 일종의 역사 의식에 바탕을 둔 작품이라 할 수 있다.

학

깊이 읽기

1. 성삼이와 덕재는 어릴적 단짝 친구였지만 칠 년이나 헤어져 있었다. 그 칠 년 동안의 우정의 공백을 극복하고 다시 친구로서 가까워지게 한 것이 있다. 그것이 무엇인가 지문에서 하나만 찾아 써라.

____

____

____

2. 성삼이와 덕재는 어릴적에는 한 동네에 살은 친구이지만 지금은 남·북으로 갈렸다. 그들을 갈라놓은 것이 무엇인가 써라.

____

3. 여기서 '단정학'이 주는 의미를 써라.

____

4. 이 소설의 주제가 무엇인지 써라.

____

□ 깊이 읽기

1.

① 성삼이는 연거푸 담배만 피웠다. 담배맛은 몰랐다. 그저 연기만 기껏
빨았다 내뿜곤 했다. 그러다가 문득 이 덕재 녀석도 담배 생각이 나려
니 하는 생각이 들었다. 어려서 어른들 몰래 담모퉁이에서 호박잎 담배
를 나눠 피우던 생각이 났다. 그러나 오늘 이놈에게 담배를 권하다니
될 말이냐.

한번은 어려서 덕재와 같이 혹부리할아버지네 밤을 훔치러 간 일이
있었다. 성삼이가 나무에 올라갈 차례였다. 별안간 혹부리할아버지의
고함소리가 들려 왔다. 나무에서 미끄러져 떨어졌다. 엉덩이에 밤송이
가 찔렸다. 그러나 그냥 달렸다. 혹부리할아버지가 못 따라올 만큼 멀
리 가서야 절로 눈물이 질끔거려졌다. 덕재가 불쑥 자기 밤을 한 줌 꺼
내어 성심이 호주머니에 넣어 주었다……

성삼이는 새로 불을 댕겨 문 담배를 내던졌다. 그리고는 이 덕재 자
식을 데리고 가는 동안 다시 담배는 붙여 물지 않으리라 마음먹는다.

② "장간 안 들었냐?"

잠시 후에,

"들었다."

"누와?"

"꼬맹이와."

아니 꼬맹이와? 거 재미있다. 하늘 높은 줄 모르고 땅 높은 줄만 알
아, 키는 작고 똥똥하기만 한 꼬맹이. 무던히 새침데기였다. 그것이 얄
미워서 덕재와 자기는 번번이 놀려서 울려 주곤 했다. 그 꼬맹이한테
덕재가 장가를 들었다는 것이다.

"그래 애가 몇이나 되나?"

"이 가을에 첫애를 낳는대나."

③ 지난 날 성삼이와 덕재가 아직 열두어 살쯤 났을 때 일이었다. 어른
들 몰래 둘이서 올가미를 놓아 여기 학 한 마리를 잡은 일이 있었다. 단

학

정학이었다. 새끼로 날개까지 얽어매 놓고는 매일같이 둘이서 나와 학의 목을 쓸어안는다, 등에 올라탄다, 야단을 했다. 그러한 어느 날이었다. 동네 어른들의 수군거리는 소리를 들었다. 서울서 누가 학을 쏘러 왔다는 것이다. 무슨 표본인가를 만들기 위해서 총독부의 허가까지 맡아 가지고 왔다는 것이다. 그 길로 둘이는 벌로 내달렸다. 이제는 어른들한테 들켜 꾸지람 듣는 것 같은 건 문제가 아니었다. 그저 자기네의 학이 죽어서는 안 된다는 생각뿐이었다. 숨 돌릴 겨를도 없이 잡풀 새를 기어 학 발목의 올가미를 풀고 날개의 새끼를 끌렀다. 그런데 학은 잘 걷지도 못하는 것이다. 그동안 얽매여 시달렸던 탓이리라. 둘이서 학을 마주 안아 공중에 투쳤다. 별안간 총소리가 들렸다. 학이 두서너 번 날개짓을 하다가 그대로 내려왔다. 맞았구나. 그러나 다음 순간, 바로 옆 풀숲에서 펄럭 단정학 한 마리가 날개를 펴자 땅에 내려앉았던 자기네 학도 긴 목을 뽑아 한번 울음을 울더니 그대로 공중에 날아올라, 두 소년의 머리 위에 동그라미를 그리며 저쪽 멀리로 날아가 버리는 것이었다. 두 소년은 언제까지나 자기네 학이 사라진 푸른 하늘에서 눈을 뗄 줄을 몰랐다……

→ 담배와 과거에의 기억

2. 남과 북의 정치 · 군사적 대립

3. 사랑과 평화

4. 순수한 우정과 인간성의 회복

학마을 사람들

이 범 선

작·가·소·개

　1920년 평북 신의주 운학리에서 태어났으며, 1955년 '암표'와 '일요일'이 현대문학에 추천되어 문단에 등단했다.
　'학마을 사람들(1957)', '오발탄', '냉혈동물', '살모사' (1959) 등으로 정력적인 활동을 전개했다. 1961년 제5회 동인 문학상 수상자로 선정되었고, 1962년 제1회 오월 문학상을 받았다. 이어서 70년대에 이르러서는 '청대문집 개', '표구된 휴지' 등으로 한국인의 삶을 적나라하게 그려냈으며, '청대문집 개'로는 월탄 문학상을 받았다.
　그는 감상적 사실주의적 작품과 사회 고발적인 작품을 써왔다. 감상적 사실주의적 작품으로는 '학마을 사람들', '갈매기' 등이 있으며, 사회 고발적인 작품으로는 '시방보류', '오발탄' 등이 있다. 특히 '오발탄'은 고발 문학적 경향을 띠는 대표적인 작품이며, 분위기는 침울하면서도 비극적 색조를 띠고 있다.

　자동차 길엘 가재도 오르는 데 십 리, 내리는 데 십 리라는 영(嶺)[1]을, 구름을 뚫고 넘어, 또 그 밑의 골짜기를 삼십 리 더듬어 나가야 하는 마을이었다.

　강원도 두메의 이 마을을 관(官)에서는 뭐라고 이름지었는지 몰

---

1) 영(嶺) : 고개.

라도, 그들은 자기네 곳을 학마을(鶴洞)이라고 불렀다.

무더기무더기 핀 진달래꽃이 분홍 무늬를 놓은 푸른 산들이 사면을 둘러싼 가운데 소복이 일곱 집이 이 마을의 전부였다. 영마루에서 내려다보면 꼭 새둥우리 같았다. 마을 한가운데는 한 그루 늙은 소나무가 섰고, 그 소나무를 받들어 모시듯, 둘레에는 집집마다 울 안에 복숭아꽃이 활짝 피어 있었다.

때때로 목청을 돋우어 길게 우는 낮닭의 소리를 받아, 우물가 버드나무 밑에서 애들이 부는 버들피리 소리가 피리피리 필릴리 아득히 영마루에까지 아지랑이를 타고 피어 올랐다.

이 학마을 이장 영감과, 서당의 박 훈장은 지팡이로 턱을 괴고 영마루에 나란히 앉아 말없이 마을을 내려다보고 있었다. 그들은 둘이 다 오늘 아침 면사무소 마당에서 손자들을 화물 자동차에 실어 보내고 돌아오는 길이었다. 왜놈들은 끝내 이 두메에서까지 병정을 뽑아 내었던 것이다.

두 노인의 흐린 눈들은 똑같이 저 밑의 마을 한가운데 소나무를 물끄러미 내려다보고 있었다. 그들은 아침부터 지금 낮이 기울도록 삼십 리 길을 같이 걸어오면서도 거의 한 마디도 말이 없었다. 이윽고, 이장 영감이 지팡이와 함께 쥐었던 장죽[2]으로 걸터앉은 바윗등을 가볍게 두들기며 입을 열었다.

"학이 안 오는 지가 벌써 삼십 년이 넘어."

"그렇지, 올해 삼십육 년째인가?"

박 훈장은 여전히 마을을 내려다보는 채였다.

"내가 마흔넷에 나던 해니까…… 그렇군, 꼭 서른여섯 해째군,

---

2) 장죽 : 긴 담뱃대.

하……."

이장 영감은 장죽에 담뱃가루를 담으며 한숨을 쉬었다. 또다시 그 느릿느릿한 잠꼬대 같은 대화마저 끊어졌다.

꼬꾜오…….

또 한번 마을에서 닭이 울었다. 다음은 고요하다. 졸리도록 따스한 봄햇볕이 흰 무명옷의 등에 간지러웠다. 이장 영감은 갓끈과 함께 흰 수염을 한번 길게 쓸어 내렸다.

학마을, 얼마나 아름답고 포근한 마을이었노. 이장 영감은 어느새 황소 같은 더벅머리 총각으로 돌아가 이글이글 타오르는 화톳불을 돌며 덩실덩실 춤을 추고 있었다.

옛날 학마을에는 해마다 봄이 되면 한 쌍의 학이 찾아오곤 하였었다. 언제부터 학이 이 마을을 찾아오기 시작하였는지는 아무도 모른다. 어쨌든 올해 여든인 이장 영감이 아직 나기 전부터라 했다. 또 그의 아버지가 나기도 전부터라 했다.

씨 뿌리기 시작할 바로 전에 학은 꼭 찾아오곤 하였었다. 그리고는, 정해 두고 마을 한가운데 서 있는 노송(老松) 위에 집을 틀었다. 마을 사람들은 이 노송을 학나무라고 불렀다. 학이 돌아온 날은 학마을 가장 큰 잔칫날이었다. 학나무 밑에선 호기롭게 떡을 쳤다. 서당에는 어른들이 모여 앉아 술상을 앞에 놓고 길고 느린 노래를 흥얼흥얼하였다. 그러나, 가장 즐겁기는 젊은이들이었다. 이마을 젊은이들이 마음놓고 술을 마실 수 있는 날은 이날뿐이었다. 그 외에는 혼인 잔치에서까지도 젊은이들은 술을 마셔서는 아니된다는 것이 이 학마을의 율법이었다.

그날은 밤이 깊도록 학나무 밑에 화톳불이 이글이글 탔다. 아직

추운 삼 월이라, 불에 둘어앉은 젊은이들은 탁배기를 사발로 마구 들이켰다. 그러면 마을 처녀들은 이 억병으로 마셔대는 탁배기와 안주를 떨어지지 않게 날라와야 했다. 그럴 때면, 그 처녀가 화톳불을 싸고 빙 둘러앉은 청년들 중에 누구의 어깨 너머로 술이나 안주를 가운데 상에 넘겨 놓는가가 문제였다. 처녀가 술이나 안주를 누구의 어깨 너머로든지 살짝 넘겨 놓으면 그때마다 일제히 와아 하고 함성을 올렸다. 술에 달은 젊은이들의 검붉은 얼굴들이 와그르르 웃으면 처녀들은 불빛에 빨가니 달은 얼굴을 획 돌려 치마폭에 쌌다. 그때 탄실이는 꼭 억쇠―지금 이장 영감―의 어깨 너머로 듬뿍듬뿍 안주거리를 날라다 놓곤 하였다. 그러면 또 와아 함성을 올렸다. 억쇠는 슬쩍 뒤를 돌아보았다. 탄실이는 긴 머리채를 흔들며 달아나면서도 억쇠를 향하여 눈을 흘기기만은 잊지 않았다. 억쇠는 그저 즐거웠다. 취기가 올라오기 시작하면 억쇠는 일어나 춤을 추었다. 젓가락으로 두들기는 사발 장단에 맞추어 덩실덩실 돌았다. 어느 해엔가는 잔뜩 취하여 잠방이 띠가 풀린 것도 모르고 춤을 추다 웃음판에 그대로 나가 넘어진 일도 있었다.

학으로 하여 즐거운 이야기는 마을 처녀들에게도 있었다.

처녀들도 역시 학이 좋았다.

그네들은 물을 길러 뒷산 밑 박우물로 갔다. 그러자면 꼭 학나무 밑을 지나가야 했다. 그런데 어쩌다 학의 똥이 처녀들의 물동이에 떨어지는 일이 있었다. 그러면 그 처녀는 그 해 안에 시집을 산나는 것이었다. 그래 나이 찬 처녀들은 물동이를 이고 학나무 밑을 지날 때면 걸음걸이가 더욱 의젓하였다. 한 해에 한둘은 꼭 물동이에 흰 학의 똥을 받았다. 그리고 그들은 틀림없이 그 해 안에 시집을 가곤 하였다.

탄실이가 시집을 가던 해에도 그랬다. 물방앗간 옆 대추나무 밑에서 자근자근 빨간 댕기를 씹으며,

"학이……."

하고 탄실이가 고개를 숙였을 때, 억쇠는 구름 사이 으스름달을 쳐다보았다. 탄실이는 이미 아버지가 정해 놓은 곳이 있었다. 한참 만에 억쇠는 탄실이의 보동보동한 손목을 꽉 붙들었다. 그들은 그 길로 영을 넘었다. 호호, 호호……. 길가 나무 꼭대기에서 부엉새가 울었다. 그래도 억쇠의 굵은 팔에 안겨 걷는 탄실이는 조금도 무섭지 않았다.

그러나 그건 시집을 가는 게 아니래서였던지 다음날 아침 그들은 탄실이 아버지한테 붙들리어 다시 돌아왔다. 그리고 그 가을에 탄실이는 울며 단풍든 영을 넘어 이웃 마을로 시집을 가고 말았고, 다음해부터는 학날이 와도 억쇠는 춤을 추지 않았다.

"학이 안 오면 그 핸 가뭄도 심하더니."

"허 참, 나라가 망하던 판에 오죽 해."

이장 영감은 장죽과 쌈지를 옆의 박 훈장에게 건네주었다.

이장이 마흔네 살 나던 해였다.

씨 뿌릴 준비를 다 해 놓고 마을 사람들은 학을 기다렸다. 그런데 웬일이지 계절이 다 늦도록 학은 돌아오지 않았다. 그들은 하는 수 없어 학 없이 씨를 뿌렸다. 가뭄이 들었다. 봄내 여름내 비 한 방울 안 왔다. 모든 곡식은 바삭바삭 말라 버렸다. 마을 사람들은 그저 헛되이 학나무만 쳐다보았다. 학나무에는 지난해 틀었던 학의 둥우리만이 빈 채 달려있었다.

"학만 있었으면."

학마을 사람들

마을 사람들은 여느 해에 그렇게도 영검3)하던 학의 생각이 몹시도 간절하였다. 이런 때면 학은 늘 하늘과 그들 사이에 있었다.

가뭄이 들어도 그들은 학나무를 쳐다보았다. 그러면 학이 그 긴 주둥이를 하늘로 곧추고 비오비오 울어 고해 주는 것이었다. 그러면 하늘은 꼭 비를 주시곤 했다. 장마가 져도 그들은 또 학을 쳐다보았다. 이번엔 학이 가아가아 길게 울어 주기만 하면 비는 곧 가시는 것이었다. 바람이 불 것도 그들은 미리 알 수 있었다. 학이 삭은 나뭇가지를 자꾸 둥우리로 물어 올리면 그들은 곡식을 빨리빨리 거두어들여야 했다. 그러던 그들은 학이 없던 그 해, 그렇게 가뭄이 심해도 어떻게 하늘에 고해 볼 길이 없었다. 그저 그들은 저녁때 들어서 돌아오다가 빨간 놀을 등에 지고 그림자처럼 조용히 서서 빤히 석양을 받은 학의 빈 둥우리를 오랜 버릇으로 한참씩 쳐다보고 섰을 뿐이었다.

그러던 어느 날 기다리던 비 대신 기막힌 소문이 날아들어 왔다. 왜놈들이 이 나라를 빼앗고 나왔다는 것이었다.

마을 사람들은 며칠 동안 김을 맬 생각도 않고 학나무 밑에들 모여앉아 물끄러미 맞은편 산만 바라보고들 있었다.

그런데 또 한 겹 더 덮쳐 마을 안에 염병4)이 퍼지기 시작하였다. 한 집, 두 집, 젊디 젊은 일꾼들이 앓아 누웠다. 거의 날마다 곡소리가 들렸다. 학마을은 그대로 무덤이었다.

다음해 봄도, 학은 돌아오지 않았고 흉년만은 계속되었다. 그러자 이제 학이 버리고 간 이 학마을에서는 살 수 없으리라는 말이

---

3) 영검 : 사람의 기원에 대한 신불의 영묘한 감응.
4) 염병 : '장티푸스'의 속칭.

누구의 입에서부터인지 퍼져 나왔다.

한 집이 떠났다. 또 한 집이 떠났다.

그들은 영마루에 서서 한참씩 학나무를 내려다보다가는 드디어 산을 넘어 어디론지 떠나가곤 하는 것이었다.

근 이십 가구나 되던 마을이 겨우 일곱 집만이 남았다.

그 동안 이장 영감도 몇 번이나 밖으로 나가 살 만한 곳을 찾아보았었다. 그러나 그때마다 번번이 그는 이 학마을을 버리지 못했다. 무쇠같은 그의 가슴에 첫사랑이 뻘겋게 달아오르던 곳이라서만은 아니었다. 그저 어쩐지 이 학마을을 떠나서는 살 수 없을 것만 같았던 것이었다. 빈 둥우리나마 아직 남아 있는 학나무 밑을 떠나서, 왜놈들이 들끓는 마당에 어딜 가면 살 수 있겠는가 하는 생각에서였다. 남아 있는 딴 사람들도 그랬다.

학은 오지 않고 이름만 남은 학마을은 말할 수 없이 고달팠다.

그래도 해마다 봄은 찾아왔다. 아지랑이가 가물가물 타기 시작하면 그들은 양지 쪽에 수숫대로 바자를 엮으며 어린것들에게 가지가지 학 이야기를 들려 주는 것이었다. 어린애들에게는 그건 해마다 들어도 재미있는 옛이야기였다. 그러나, 이야기하는 어른들에게는 그건 슬픈 추억이었고, 또 봄마다 속아 벌써 삼십 년이 지난 오늘까지도 끝내 아주 버릴 수 없는 희망이기도 하였다.

“그런데, 그 학이 어딜 갔을까?”

“알 수 없지.”

“살아 있기는 살아 있을까?”

“학은 장생 불사(長生不死)5)라지 않아?”

---

5) 장생불사(長生不死) : 오래 살아 죽지 않음.

“장생 불사.”

이장 영감은 또 한번 천천히 수염을 내리 쓸다 그 끝을 쥐고 내려다보며 중얼거렸다.

캥, 캥, 캥, 캥, 캥, 캥, 캥, 캥.

바로 그때였다. 저 밑의 마을에서 꽹과리 소리가 요란스레 들려왔다. 무슨 일이 일어난 신호였다.

이장 영감은 으쩍 일어섰다. 박 훈장은 담뱃대를 털며 따라 일어섰다. 그대로 꽹과리 소리는 울려 올라왔다. 잠든 듯 고요하던 마을에 새까만 사람들이 왔다갔다 하였다. 이장 영감은 눈에다 힘을 주고 마을을 살피고 있었다.

“학이다! 학이다!”

이장 영감은 힐끔 뒤의 박 훈장을 돌아다 보았다. 박 훈장도 마주보았다.

“학이다! 학이다!”

아직 메아리가 길게 꼬리를 떨고 있다. 둘이 다 분명히 들었다. 그러나 둘이 다 똑같이 자기의 귀에 자신이 없었다. 캥, 캥, 캥, 캥 꽹과리 소리가 또 들려왔다. 그들은 얼른 손을 펴 갓양에 가져다 대었다. 하늘을 살폈다. 그러나 그들이 아무리 그 흐린 눈을 비비고 크게 떠도 그저 저만큼 흰 구름이 한 점 보일 뿐 학은 보이지 않았다. 그들은 한 번 더 눈을 비볐다. 그래도 역시 학은 없었다. 그저 흰 수염만이 그들의 턱에서 가늘게 떨리고 있었다.

그날 과연 학은 마을에 돌아와 있었다. 영을 내려와 비로소 학이 돌아온 것을 본 이장 영감과 박 훈장은 얼싸안고 엉엉 울었다.

“왔다, 정말 왔어, 으흐흐…….”

“영감, 이게 꿈은 아니지, 응? 이장 영감, 꿈은 아니지, 으흐흐…….”

이장 영감과 박 훈장은 갓이 뒤로 벗겨지는 줄도 모르고 고개를 젖혀 학나무 꼭대기만 쳐다보고 있었다.

쑥 치켜든 긴 주둥이, 이마의 빨간 점, 늘씬히 내뺀 목, 눈처럼 흰 깃, 꼬리께 까만 깃에서는 안개가 피었다. 한 마리는 슬쩍 한 다리를 자로 구부리고 섰고, 또 한 마리는 그 윗가지에서 길게 목을 빼고 두룩두룩 마을을 살펴보고 있었다. 옛날 본 그 학이었다. 똑 그대로였다. 그들은 자꾸자꾸 솟아나오는 눈물을 몇 번이고 손등으로 닦았다.

이장 영감과 박 훈장 뒤에 둘러선 마을 사람들의 눈에도 눈물이 글썽 괴어 있었다. 어린애들은 눈앞에 정말 살아 나타난 옛이야기가 그저 신비스럽기만 했다.

“이젠 살았다.”

“이제 무슨 좋은 일이 생길 게다.”

“용케 마을을 지켰지, 몇십 년 만이고?”

그들은 무엇인지는 모르는 대로 그저 그 어떤 커다란 희망에 가슴이 뿌듯했다.

학은 부지런히 집을 틀기 시작하였다. 유유히 마을 안을 날아 도는 학을 보면 밭에서 산에서 우물가에서 어디서든지 마을 사람들은 한참씩 일손을 멈추는 것이었다. 올감자 철이 되자 학은 벌레를 잡아 물고 오르기 시작하였다. 새끼를 깐 것이다.

이젠 또 둘이만 모여 앉으면 그저 학의 새끼 이야기였다. 학이 새끼를 세 마리 까면 그 해는 풍년이 든다는 것이었다. 두 마리면 평년, 한 마리면 흉년.

두 마리라고 하는 사람도 있었다. 아니, 분명히 세 마리가 가지

학마을 사람들

런히 둥우리 기슭에 턱을 올려 놓고 어미를 기다리고 있는 것을 보았노라는 아낙네도 있었다. 또, 밭의 곡식이 된 품으로 미루어 틀림없이 세 마릴 거라고 떠드는 사람도 있었다.

그러면 가만히 듣고 앉았던 노인들은,

"아, 그 바쁘기도 하지, 이제 새끼들이 좀더 커서 머리가 밖으로 나오기 전에야 누가 아노? 하느님이 아시는 일을."

하고, 웃는 것이었다.

올감자 철이 지나고 참외와 옥수수가 한창일 무렵이었다. 학의 새끼는 제법 짝짝 둥우리 속에서 소리를 지르기 시작하였다. 그러다가는 어미 학이 긴 주둥이 끝에 벌레를 물고 돌아와 두 날개를 위로 쑥 쳐들며 흠씰 가지에 와 앉으면 다투어 조그만 주둥이들을 벌리고 짝짝 목을 길게 둥우리 밖에까지 빼내는 것이었다.

분명히 세 마리였다.

틀림없이 풍년일 게라 했다.

가뭄도 장마도 안 들었다. 논과 밭에는 오곡이 우거졌다. 과연 그 해는 대풍년이었다. 앞들에서 김매는 사람들이 노래를 부르면 뒷산에서는 나무하는 애놈들이 제법 그 다음을 받아넘겼다. 한창 더위도 그 고비를 넘었다. 이젠 익기를 기다려 거두어들이기만 하면 그만이었다.

그러던 어느 날이었다. 봄에 왜놈들에게 병정으로 끌려 나갔던 이장 네 손자 덕이와 박 훈장네 손자 바우가 커다란 왜병의 옷을 그냥 입은 채 마을로 돌아왔다.

"아, 우리 나라가 독립을 했어요, 독립을. 그걸 아직도 모르고 있어요?"

이장 영감과 박 훈장은 각각 손자들의 거센 손을 붙들고, 또 엉엉 울었다. 내 나라를 도로 찾았대서인지, 죽었으리라고 생각했던 손자가 돌아왔대서인지, 그것조차 분간할 수 없는 기쁨이 그저 범 벅이 되어 자꾸 눈물만 흘러내렸다.

학마을은 한껏 즐겁고 풍성하였다. 집집이 낟가리가 높이 솟았다. 앞뒷산에 단풍이 빨갛게 타올랐다. 하늘은 마음껏 높아졌다.

학은 세 마리 새끼들에게 날기를 가르치기 시작하였다. 둥우리 기슭에 나란히 올라선 새끼 학들은 어미에게 비하여 그 모양이 몹 시 초라하였다. 마을 애들이 웃었다. 그러면 어른들은 곧잘 학의 편이 되어 양반의 새끼는 어려선 미운 법이라 했다.

어미 학이 둥우리 바로 윗가지에 올라서서 뭐라고 길게 한 번 소 리를 지르자 세 마리 새끼 학은 일제히 둥우리를 걷어차고 날아갔 다. 그러나 처음으로 펴보는 날개는 잘 말을 듣지 않았다. 퍼덕퍼 덕 날개는 쳤으나, 그건 난다기보다 떨어지는 것이었다. 그들은 이 리저리 흩어져 한 마리는 학나무 밑 마당에, 한 마리는 이장네 지 붕 위에, 또 한 마리는 제법 멀리 밭모서리에 선 뽕나무 위에 가 내 렸다.

이렇게 그들은 날마다 나는 연습을 했다. 조금씩 조금씩 그 날아 가 앉는 곳이 멀어져 갔다. 어제는 우물가에까지 날았었다. 오늘은 저 동구의 물방앗간까지 날았다. 또 오늘은 그 앞 못(池)께까지 날 았는데, 자칫하면 물에 빠질 뻔했다. 마을 사람들은 마치 자기네 어린애의 재롱을 자랑하듯 하였다.

드디어 그들은 저 들 건너편 낭에 쓱 옆으로 솟아나온 소나무 위 에까지 힘들지 않게 날았다. 이젠 모양도 한결 또렷또렷해졌다. 한 달쯤 되자 제법 어미들을 따라 보기 좋게 마을 위를 빙빙 날아 돌 았다. 어쩌다가 날개를 쭉 펴고 다섯 마리 학이 한 줄로 휘 마을을

학마을 사람들

싸고도는 모양은 시원스러웠다.

　구월 하순 어느 날 새벽이었다. 학이 여느 날과 달리 요란스레 울었다. 이장 영감은 잠결에 그 소리를 듣고 일어났다. 그는 그게 무슨 뜻인지를 잘 알고 있었다. 꽹과리를 쳤다. 마을 사람들은 다들 학나무 둘레에 모였다.

　다섯 마리의 학은 가장 높은 가지 위에 한 줄로 늘어서 있었다.

　이제는 그 긴 다리 색이 어미들보다 약간 노란 기운이 도는 것을 표해보지 않고는 어미 학과 새끼 학들을 알아낼 수 없을 만큼 컸다.

　해가 떴다.

　이윽고 그들은 긴 목을 쑥 빼고 뾰족한 주둥이를 하늘로 곧추올렸다. 맨 큰 학이 두 날개를 기지개를 켜듯 위로 들어 올리며 슬쩍 다리를 구부렸다. 그러자 삐이르 긴 소리를 지르며 흠씰 가지에서 푸른 하늘로 솟아올랐다. 그러자 다음 다음 다음 다음 차례로 뒤를 따랐다. 그들은 멋지게 동그라미를 그으며 마을을 돌았다. 한 바퀴 또 한 바퀴 점점 높이 올랐다. 이젠 까마득히 하늘에 떴다. 그래도 삐르삐르 소리만은 똑똑히 들려왔다. 마을 사람들은 꺾어져라 목을 뒤로 젖혔다. 두 손을 펴서 이마에 가져다 햇볕을 가리고 한없이 높고 푸른 가을 하늘을 쳐다보고 있었다. 반짝반짝 다섯 개의 은빛 점이 한 줄로 늘어섰다. 마지막 바퀴를 돌고 난 학들은 그리던 동그라미를 풀며 방향을 앞으로 잡았다. 하나, 둘, 셋, 넷, 다섯. 점이 하나씩 남쪽 영마루를 넘어 사라졌다. 마을 사람들은 한참이나 그대로 말없이 그 학들이 사라진 곳을 쏘아보고들 서 있었다.

　다음해 봄에도 학이 돌아왔다. 세 마리 새끼를 쳤다. 또 풍년이었다. 또 다음해 봄에도 학은 왔다. 이번엔 두 마리를 쳤다. 평년이었다. 그 해 가을엔 이장네 손자 덕이가 장가를 들었다. 신부는 바로 이웃에 사는 봉네였다. 덕이는 어려서부터 봉네가 좋았다. 그러기, 옥수수 같은 것을 꺾어 나눠 먹을 때면 으레 큰 쪽을 봉네에게 주곤 하였다. 바우도 같이 봉네를 좋아했다. 그는 주워 온 밤에서 왕밤만을 골라 봉네를 주곤 하였다.

그런데 웬일인지 철들며부터는 봉네는 아주 쌀쌀해졌다. 물동이를 들고 싸리문을 나오다가도 덕이를 보면 획 돌아 들어가곤 하였다. 덕이에게만이 아니라, 바우를 보아도 그런다는 것이었다. 그들은 참 이상한 애라고 웃었다.

그러던 봉네의 태도가 그들이 왜놈한테 끌려갔다 다시 마을로 돌아온 뒤는 또 좀 달랐다. 바우더러는 돌아왔구나 하며 웃더라는데 덕이한테는 안 그랬다. 여전히 쌀쌀했다. 물을 길러 가자면 하는 수 없이 이장네 마당 학나무 밑을 지나야 하는 봉네는 몇 번이나 덕이와 마주쳤다. 그럴 때면 덕이가 미처 무슨 말을 찾기도 전에 푹 고개를 수그리고 인사는커녕 쳐다도 안 보고 획 비켜 지나가 버리는 것이었다. 덕이는 이런 봉네가 몹시도 섭섭했다. 그렇게 거의 두 해를 지나오던 어느 날이었다. 산에 가 나무를 해 지고 내려오던 덕이는 마을 뒤 밤나무 숲속에서 봉네를 만났다. 이번엔 덕이 편에서 먼저 못 본체 고개를 수그리고 걸었다. 그런데 그가 바로 봉네 코앞에까지 가도 그네는 꼼짝도 않고 서 있었다. 덕이를 보기만 하면 얼굴을 돌리고 달아나던 마을 안에서의 봉네와는 달랐다. 덕이는 비로소 눈을 들었다. 그제야 봉네는 한 걸음 옆으로 비켜섰다. 여전히 덕이를 건너다보고 있는 그네의 눈에는 스르르 윤기가 돌았다. 덕이는 길가에 나무 지게를 벗어 버텨 놓았다.

“어디 가니?”

“……”

학마을 사람들

봉네는 앞으로 다가서는 덕이의 얼굴만 빤히 건너다볼 뿐 대답이 없었다. 덕이도 그저 봉네의 까만 눈을 들여다보고 섰는 수밖에 없었다. 봉네의 눈동자에는 점점 더 윤이 피었다. 그네의 눈동자 속에 푸른 하늘이 부풀어 오른다 하는 순간 따르르 눈물이 뺨을 굴렀다.

"학이……."

옛날 학마을 처녀 탄실이가 하던 그대로의 외마디 말이었다. 봉네는 가만히 고개를 떨어뜨렸다. 무명 적삼이 젖가슴에 찢어질 듯 팽팽하였다. 덕이는 봉네의 머리에서 새크무레한 땀내를 맡았다.

이장 영감은 종일 사랑방 벽에 뒷머리를 기대고 앉아 조용히 눈을 감고 있었다. 언제나 무슨 괴로운 일이 있을 때면 하는 그의 버릇이었다.

할아버지에게 봉네 이야기를 하고 제 뜻을 말하는 손자 덕이 놈을 무턱대고 탄실이와 영을 넘던 억쇠 자기보다 훨씬 영리한 놈이라 생각하였다. 그러지 않아도 이장 영감은 봉네의 심정을 덕이보다도 먼저 눈치채고 있었다. 그와 함께 또 바우의 봉네에게 대한 숨은 정도 알고 있는 이장 영감이었다. 그래 덕이가 봉네 이야기를 할 때 그는 아무런 대꾸도 하지 않고 그저 듣고만 있었다.

될 수만 있다면 봉네는 딴 마을로 시집을 보내고 싶었다.

덕이, 봉네, 바우 이장 영감에게는 그들이 다 똑같은 자기의 손자 손녀처럼 생각이 드는 것이었다. 그 셋 가운데 누구에게도 쓰라린 상처를 주고 싶지 않았다.

저녁때가 거의 되어서야 이장 영감은 가만히 눈을 떴다. 마음을 작정하였다. 봉네는 그 옛날 탄실이어서는 안 된다 했다. 또 그로 해서 설사 무슨 변이 있다 해도 덕이의 일생이, 또 억쇠 자기의 평생처럼 텅 빈 것이 되어서는 안 된다 했다. 그 가을에 덕이와 봉네의 잔치가 있었다. 그런데 그 잔치 전날 밤 바우는 마을에서 사라졌다. 그의 홀어머니도 또 늙은 할아버지 박 훈장도 몰랐다. 그러나 이장 영감만은 짐작하고 있었다. 그는 또 종일 사랑방 벽에 뒷머리를 기대고 앉아 조용히 눈을 감고 있었다.

그 해에도 골짜기의 눈이 녹고 진달래가 피자 학이 왔다. 예년처럼 부지런히 집을 틀고 새끼를 깠다. 두 마리의 어미학은 쉴새없이 벌레를 물어 올렸다. 그때마다 두 마리 새끼가 노랑 주둥이를 내둘렀다. 올해에도 평년작은 된다고들, 우선 흉년을 면한 것을 기뻐했다. 그러던 어느 비내리는 아침이었다. 학나무 밑에 아주 어린 학의 새끼 한 마리가 떨어져 죽었다. 아직 털도 채 나지 않은 학의 새끼는 머리와 눈만이 유난히 컸다.

"허, 그 참 흉한 일이로군."

이장 영감과 박 훈장은 몹시 불길한 예감에 사로잡혔다. 이런 일은 적어도 그들이 아는 한에서는 일찍이 없었던 일이었다. 참새는 긴 장마 철에 미처 먹이를 댈 수 없으면 그 중 약한 제 새끼를 골라 제 주둥이로 물어 내버리는 수가 있다. 그러나 학이 그런 잔혹한 짓을 한 일은 보지 못했다. 그건 필시 딴 짐승의 짓이라 했다. 어쨌든 그게 학 자신의 뜻에서였건, 또는 딴 짐승의 짓이건 이제 이 학 마을에서는 반드시 무슨 참변이 있을 게라고 다들 말없는 가운데 더욱더 무거운 불안을 느끼고들 있었다.

과연 무서운 변이 마을을 흔들고야 말았다. 그 일이 있은 지 한 달도 채 못 되어서였다. 별안간 하늘이 무너지고 산이 온통 갈라지는 것이었다. 마을 사람들은 모두 문을 걸고 집안에 틀어박혔다.

학마을 사람들

덜덜 떨며 문틈으로 밖의 학나무를 살폈다. 학도 둥우리 안에 들어앉아 조용하였다.

밤낮 이틀이나 온 세상을 드드릉드르릉 흔들었다. 사흘째 되던 날부터 그 소리가 차츰 남쪽으로 멀어갔다. 마을 사람들은 하나 둘 밖으로 나왔다. 학의 동정부터 보았다. 한 마리는 여전히 둥우리 안에 들어 새끼를 품고 앉았고, 한 마리만이 그 바로 윗가지에서 한 다리를 꼬부리고 나와 있었다.

그날 저녁때였다. 마을에는 또 딴 일이 벌어졌다. 난데없는 누런 옷을 입은 사람들이 북쪽 영을 넘어 마을로 들어왔다. 쉰 명도 더 넘는 그들은 어깨에 총을 메고 있었다. 그들은 이 마을 사람들을 해방시키러 왔노라고 했다. 그러나 마을 사람들은 그 해방이란 말의 뜻을 잘 알 수 없었다. 박 훈장마저 알기는 알면서도 어딘지 잘 모를 이야기라 했다. 그렇게 그들이 하루 마을에 머물고 남쪽으로 나가면, 이어서 또 딴 패들이 밀려들어 왔다. 그들은 똑같은 이야기를 하고 갔다. 이렇게 몇 차례를 겪고 나서야 마을 사람들은 아무나 보고 동무동무하는 그들이 북한 괴뢰군인 것을 알았고, 또 큰 싸움이 벌어진 것도 알았다.

마을 사람들은 이제야 비로소 학이 새끼를 물어내 버린 뜻을 알 것 같았다.

몇 차례나 들르던 그 괴뢰군 패가 좀 뜸했다. 그런 어느 날 박 훈장네 바우가 소문도 없이 마을로 돌아왔다. 서울서 무슨 공장엘 다니다 왔노라고 바우는 전에 없던 흠이 오른쪽 이마에서 눈썹까지 죽 굵게 그어져 있었다.

몇 해 밖에 나가 있은 바우는 여간 유식해진 것이 아니었다. 그는 학마을 사람들이 모르는 일을 많이 알고 있었다. 김일성 장군도 알았다. 인민군이라는 것도 알고 있었다. 그밖에도 마을 사람들에게는 물론이려니와 박 훈장도 모를 말을 곧잘 지껄였다. 착취니 반동이니 영웅적이니 붉은 기니 하는 따위 말들은 그가 마을 아낙네들에게까지 함부로 쓰는 동무라는 말과 같이 우리말이니 어찌어찌 알 듯도 하였다. 그러나 그밖에도 이건 무슨 수작인지 도무지 모를 말도 바우는 아는 모양이었다. 스탈린, 소련, 유엔, 탱크, 그뿐이 아니었다. 바우는 또 밖에 나가 있는 동안에 매우 훌륭해진 모양이었다. 그는 사날에 한 번씩은 꼭꼭 근 사십 리 길이나 되는 면(面)엘 다녀왔다. 그리고는 마을 사람들을 모아 놓고 싸움 형편을 전했다. 그때마다 연방 해방이란 말을 썼다.

그러던 어느 날이었다. 누런 군복을 입고 어깨에 총을 멘 사나이가 셋이 학마을로 들어왔다. 그러고는 이장을 찾는 것이 아니라, 박 동무를 찾았다. 마을 사람들은 박 동무라는 사람은 이 마을에는 없노라고 했다. 그들은 다시 박바우라고 했다. 그때에야 바우를 찾는 줄을 알았다. 그리고 또 바우가 그들과 한 패라는 것도 알았다. 그들은 마을 사람들을 학나무 밑에 모았다. 그리고 긴 연설을 한바탕 늘어놓고 나서 바우를 앞에다 내다 세웠다. 이제부터는 박 동무가 이 부락의 인민 위원장이라고 했다. 인민 위원장이 무엇이냐고 묻는 마을 사람들에게 그들은 그게 바로 이 마을의 가장 높은 사람이라고 했다. 모를 일이었다. 학마을에서는 제일 나이 많은 남자가 이장 일을 보아야만 했고, 또 이장이 학마을의 제일 높은 어른이었다. 그러나 다음날부터 바우는 마을에서 제일 높은 사람 행세를 정말로 하기 시작하였던 것이다. 박 훈장이 보다 못해 그를 붙들고 나무랐다. 바우는 낯을 잔뜩 찌푸렸다. 할아버진 아무것도 모르니, 제발 좀 가만히 계시라고 했다. 그러고 보니, 박 훈장 생각에도 영

학마을 사람들

어찌 되는 생판인지 알 수가 없는 일이었다.

바우는 더욱 자주 면엘 다녀 나왔다. 그러고는 하루에도 두 번씩 마을 사람들을 학나무 밑에 모았다. 소위 회의를 한다는 것이었다. 그러나 마을 사람들은 잘 모이지를 않았다. 그러면 바우는 반동이 무엇인지 반동반동 하고 목에 핏대를 세웠다. 그래도 마을 사람들은 잘 안 모였다. 그것도 그럴 것이 사람들 사이에는 학이 전에 없이 새끼를 떨어뜨리자 밀려들어 온 그들은 어쨌든 이 학마을을 잘 되게 해줄 사람이 아닌 것만은 분명하다는 말이 퍼지고 있었던 까닭이다.

이런 사유를 안 바우는 그 길로 면으로 달려갔다. 그러고는 저녁 때가 거의 되어 그는 어깨에 총을 떠메고 돌아왔다. 그는 곧 마을 사람들을 불러모았다. 몇 사람이 총을 멘 바우를 구경한다고 모였다. 그 자리에서 바우는 또 떠들어대었다. 이마의 흉터가 더욱 험상스레 움직였다. 사업을 방해하는 자는 누구든지 다 반동이라면서 큰소리를 질렀다. 그리고 반동은 사정없이 숙청해야 한다고 했다. 그런 의미에서 이 마을에서는 우선 저 학부터 처치해야 한다며 학나무 꼭대기를 가리켰다. 그는 천천히 돌아섰다. 학나무 그루에 세워 놓았던 총을 집어 들었다. 철커덕 총을 재었다. 총부리를 들어올렸다.

"바우!"

옆에 섰던 덕이가 팔을 붙들었다. 바우는 흠이 있는 오른쪽 눈썹을 쓱 치켜 올리며 덕이의 얼굴을 쏘아보았다.

"놔!"

바우는 덕이의 손을 뿌리쳤다. 덕이는 꽉 빈 주먹을 쥐었다.

학은 두 마리 다 바로 머리 위 가지에 앉아 있었다. 바우는 총을 겨누었다. 마을 사람들은 숨을 딱 멈추었다. 얼굴들이 새파래졌다. 무서운 일이었다. 그러나 누구 하나 감히 바우의 총 앞으로 나서는 사람이 없었다.

“타다당!”

총소리가 쨍 사면의 산을 흔들었다. 학은 훌쩍 날아갔다. 그러면 그렇지, 하는 마을 사람들은 얼른 바우의 얼굴부터 살폈다. 그런데 어찌된 일일까? 분명히 두 마리 다 훌쩍 위로 떠오르는 것을 보았는데, 픽 하는 소리와 함께 날개를 축 늘어뜨린 한 마리가 땅바닥에 떨어졌다. 마을 사람들은 정신이 아찔하였다. 아무도 말이 없었다.

그때였다. 앓고 누웠던 이장 영감이 총소리를 듣고, 비틀비틀 밖으로 나왔다.

“무슨 일이냐?”

다들 그리로 돌아섰다. 여전히 아무도 말이 없었다. 이장 영감은 긴 눈썹 밑에 쑥 들어간 눈으로 한번 저만큼 땅바닥에 빨래처럼 구겨박힌 학의 주검을 보았다. 이장 영감의 여윈 볼이 실룩실룩 움직였다.

“학이! 누가 학을…….”

무서운 노여움이 찬 소리였다. 이장 영감은 팔을 허우적거리며 학이 쓰러진 쪽으로 한 걸음 옮겨 놓았다. 그러나 다음 또 한 발을 내디디다 말고 폭 그 자리에 까무러치고 말았다.

그날 밤 하늘엔 어스름 달이 떴었다. 남은 한 마리의 학은 미쳐 울었다. 끼역끼역 긴 목에서 피를 토하듯 우는 학의 소리는 온몸에 소름이 쪽쪽 섰다. 무엇에 놀라는 것처럼 깍 외마디를 지르며 푸르르 공중으로 솟아오르기도 하였다. 그리고는 밤하늘을 훨훨 날아 마을을 돌며 슬피슬피 우는 것이었다. 다시 학나무 위에 와 앉아도 보았다. 꼭 거기 아직 같이 있을 것만 같은 모양이었다. 그리고는 달을 향하여 긴 주둥이를 들고 무엇을 고하듯 또 울었다. 마을은 고요하였다. 저주하는 듯 애통한 학의 울음 소리만 삐르삐르 밤하늘에 퍼져나가 맞은편 산에 맞고는 길게 되돌아 울려왔다. 누구 하나 이웃을 나오는 사람도 없었다. 그렇다고 자는 것도 아닌 모양, 밤이 깊도록 이집저집에서 기침 소리가 들려왔다.

다음날 아침에도 바우는 마을 사람들더러 학나무 밑으로 모이라고 하였다. 한 사람도 응하는 사람이 없었다. 잔뜩 화가 난 바우는 마을에 다 들리도록 고함을 쳤다.

"반동……. 반동……."

머리 위에서 푸드덕 학이 놀라 달아났다.

반동……. 반동…….

메아리가 길게 흔들리며 어젯밤 학의 울음처럼 바우에게로 되돌아왔다. 바우는 학나무 밑에 서서 한참 덕이네 대문을 흘겨보다 말고,

'흥, 어디 보자.'

하고, 혼잣말을 뱉고는 영을 넘어 면으로 갔다. 어깨에 가죽끈으로 떠멘 총을 흔들흔들 내저으며.

그날 바우는 마을로 돌아오지 않았다. 다음날도 그는 안 돌아왔다. 마을 사람들은 이번에 그가 돌아오지 않는 것이 또 궁금하고 불안했다.

그렇게 바우가 다시 마을에서 사라지고 며칠이 못 되어, 또다시 무서운 소리가 들리기 시작했다. 하늘이 무너지고 산들이 갈라지는 소리, 게다가 이번엔 비행기까지 요란스레 떠다녔다. 이제야말로 정말 끝장이 나느니라 했다. 그런데 이번엔 그 소리가 북쪽으로

멀어져 갔다. 그러자 이장 영감의 약을 지으러 장터에까지 나갔던 덕이는 새 소식을 알아 가지고 돌아왔다. 동무동무하던 패들이 우리 군대에게 쫓겨 도로 북으로 달아났다는 것과, 그날 면에 나갔던 바우도 그 길로 그들을 따라 북으로 갔다는 것이다.

다시 학마을은 조용해졌다.

한 마리만 남은 학은 그래도 애써 새끼를 키웠다. 이장 영감은 사랑 툇마루 양지 쪽에 나와 앉아 종일 짝 잃은 학만 쳐다보고 있었다. 문병을 온 박 훈장은 학을 쳐다보기가 두려운 듯 멍히 맞은편 산만 바라보고 있었다.

"망할 자식 같으니. 어디 가 피를 토하고 자빠졌는지."

혼잣말로 중얼거리는 박 훈장의 말에 이장 영감은 못 들은 체 아무런 대꾸도 없었다.

구 월이 되었다. 이제 학의 새끼는 수월히 건너편 낭에까지 날았다. 그날 아침에도 이장 영감은 일어나는 길로 앞문을 열었다. 학나무 꼭대기를 쳐다보았다. 학이 보이지 않았다. 그는 이상한 예감에 가슴이 울렁거렸다. 좀더 자세히 둥우리를 살펴보았다. 역시 보이지 않았다. 아침부터 날기 연습을 하는가 했다. 그런데 학은 낮이 기울도록 안 보였다.

"갔구나!"

이장 영감은 긴 한숨을 쉬었다. 노해서 간 학은 앞으로 영영 안 돌아올지도 모른다 하는 생각이 스치고 지나갔다. 그는 방에 들어와 목침을 베고 누웠다. 눈을 감았다. 눈물이 주르르 귀로 흘러내렸다.

한창 농사 때에 석 달 동안을 볶여난 그 해는 농작물이 볼 게 없었다.

그대로 겨울은 닥쳐왔다. 사면의 높은 영은 흰 눈으로 덮였다.
빈 학의 둥우리에도 소복히 흰 눈이 쌓였다.

마을 사람들은 산에 가 나무를 해다 며칠에 한 번씩 장거리로 지
고 나갔다. 그들은 그저 봄이 오기만 기다리고 있었다. 그런데 섣
달 접어들면서부터 멀리 북녘 하늘에서 때때로 우르릉 천둥 소리
가 들려왔다. 필시 그건 무슨 흉조라고들 하였다. 그러던 어느 날
장거리에 나무를 지고 나갔던 마을 사람 한 사람이 헐레벌떡거리
며 이장네 집으로 뛰어들어왔다.

"이장님, 큰일 났습니다. 장거리에서들은 지금 피난을 간다고
야단들이야요. 오랑캐가 새까맣게 밀고 나온다고 지금……."

"음."

이장 영감은 수염 속에서 입을 꼭 한일자로 다물었다. 한 번 머
리를 주억거렸다. 그리고 스르르 눈을 감으며 벽에다 뒷머리를 기
대었다.

"덕이야, 꽹과리를 쳐라."

이윽고 이장 영감은 덕이를 불렀다.

다음날은 흐릿한 하늘에서 솜 같은 눈송이가 펄펄 내리고 있었
다. 마을 사람들은 해 뜰 무렵에 학나무 밑으로들 모였다. 남자들
은 지게에 지고, 여자들은 머리에 이고, 어린것들은 싸 업기도 하
였고, 또 손목을 잡고 걸리기도 했다.

이장 영감은 마을 사람들이 다 모일 만해서 밖으로 나왔다. 토시
를 손바닥에까지 끌어내려 지팡이를 싸 쥐었다.

"다들 모였나?"

"네, 그런데 저 박 선생님께서는……."

덕이가 어깨에 진 지게를 한 번 추어올리며 대답하였다.

"음."

이장 영감은 잠깐 무엇을 생각하는 듯 고개를 숙였다. 박 훈장이 이장 영감 곁으로 걸어갔다.

"영감!"

박 훈장은 지팡이 꼭대기에 올려 놓은 이장 영감의 손등을 두 손으로 꼭 싸 쥐었다. 두 노인 손등에 사뿐사뿐 흰 눈송이가 날아와 앉았다.

"알지, 내 다 알지."

이장 영감은 고개를 수그린 채 주억주억 하였다.

"그래도 내겐 그놈 하나밖에……, 혹시나 돌아올까 해서."

"그럼 그렇구말구. 내 다 알지."

이장 영감은 그저 고개만 자꾸 주억거렸다. 박 훈장은 이장 영감의 손을 다시 한번 쓸어 보고 한 걸음 뒤로 물러나 털썩 이장네 마루에 주저앉아 버렸다. 으흐흐흐 하는 박 훈장의 울음 소리를 듣지 않으려는 듯이 이장 영감은 마을 사람에게로 돌아섰다.

"그럼 가자."

이장 영감은 봉네의 부축을 받으며 지팡이를 한 손에 들고 선두에 섰다. 그 뒤를 한 줄로 마을 사람들은 따라 걸었다.

박 훈장은 비틀비틀 학나무 밑으로 나갔다. 그리고 어린애모양 으흐흐 으흐흐 울며 눈발 속에 사라져 가는 행렬을 언제까지나 바라보고 서 있었다.

남자들 몇 사람을 제외하고는 생전 처음 밖으로 나가는 그들이었다. 정작 영마루에 올라선 그들은 한참이나 마을 쪽을 향하여 서 있었다. 펄펄 날리는 눈발 속에 앞이 뽀얗다. 마을은 이미 보이지

학마을 사람들

않았다. 그들은 다들 울며 영을 넘어 내려갔다.

　팔십 리를 걸었다. 그리고 겨우 화물차 꼭대기에 기어올랐다. 빈대처럼 달라붙어 갈 수 있는 데까지 갔다. 부산이었다.

　부산은 강원도 두메보다 봄이 일렀다. 한겨울은 그 속에서 난 창고 모퉁이에 풀싹이 돋아 올랐다. 그들은 잊어버렸던 것처럼 새삼스레 마을이 그리웠다. 저녁때 모여 앉으면 그들은 은근히 이장 영감의 얼굴을 살폈다. 이장 영감은 그저 그 느스름히 눈을 감고 묵묵히 앉아 있을 뿐이었다.

　그러던 어느 따스한 날 그들은 떠났다. 행장[6]들이 마을을 떠날 때보다 더 초라했다. 그뿐만이 아니었다. 사람 수효가 줄었다. 여섯 가구 스물 세 사람이던 것이 지금 조그마한 보따리를 지고 이고 나선 것은 열아홉 사람뿐이었다. 봉네의 남동생 하나는 병정으로 뽑혀 나갔고 어린애들은 두부찌개만 먹다 죽었다. 그리고 제일 큰 피해는 부두 노동을 하다 궤짝에 치여 죽은 덕이 아버지였다.

　이번엔 기차를 탈 수도 없었다. 걸었다.

　올 때만 해도 봉네가 옆에서 좀 거들기만 하면 되었던 이장 영감이었으나, 돌아가는 길에는 덕이와 봉네가 양쪽에서 부축을 해야 했다. 처음 오십 리, 다음날은 사십 리, 점점 줄어지다가는 하루씩 어느 마을에고 들어가 쉬었다. 그러고는 또 이장 영감을 선두로 하고 걸었다. 이장 영감은 점점 쇠약해 갔다. 수염이 기운없이 축 늘어졌다. 푹 꺼진 두 눈만이 애써 앞을 더듬고 있었다.

　"아가, 늙은 것이 공연히 널 고생을 시키는구나, 허허."

---

6) 행장 : 몸가짐이나 품행.

길가에 앉아 쉴 때면 혼자 돌아앉아 부어 터진 발가락을 어루만지는 봉네의 등을 이장 영감은 가엾게 쓸어 보는 것이었다. 그러면 봉네는 얼른 신을 신고 아무렇지도 않은 듯 앞으로 돌아앉는 것이었다. 웃어 보이려고 해도 어쩐지 자꾸 눈물이 쏟아져 나와 그네는 끝내 고개를 못 들곤 했다.

보름째 되던 날이었다. 그들은 드디어 영마루에 섰다.

"야, 우리 마을이다."

애들이 먼저 소리를 질렀다. 다들 바위 위에 아무렇게나 주저앉았다. 멍하니 저 밑에 마을을 내려다보고 있는 그들의 눈에는 떠나던 날처럼, 또 눈물이 징소리를 내며 괴어 올랐다. 아무도 말이 없는 가운데 그저 여기저기서 코를 들이키는 소리만 들려왔다.

마을은 변했었다.

학나무는 흠싹 타 새까만 뼈만 앙상하게 서 있었고, 또 이쪽 이장네 집터에는 아직 녹지 않은 흰 눈 가운데 깨어진 장독이 하나 우뚝하니 서 있을 뿐이었다. 그리고 딴 집들은 다행히 그대로 남아 있었으나, 단 두 사람 남겨두고 갔던 바우 어머니와 박 훈장은 보이지 않았다.

완전히 빈 마을은 눈 속에 잠겨 있었다.

"갔지, 갔어."

"바우 녀석이 와서 데려갔을 테지."

"그러구 가면서 학나무하고 이장 댁에 불을 놓았지 뭘."

마을 사람들은 모여 앉기만 하면 분해하였다. 이장 영감은 박 훈장이 쓰던 서당 글방에 누워 조용히 눈을 감고 있었다.

여든에도 능히 멍석을 메어 나르던 이장 영감이었으나, 이제 극

학마을 사람들

도로 쇠약해진 그는 때때로 한숨을 길게 내쉬곤 하였다.

덕이는 이제 농사일이 시작되기 전에 집을 다시 지으리라 생각했다. 그는 괭이를 들고 옛 집터로 갔다. 그날 덕이는 무너진 벽 밑에서 반 타다 남은 시체를 하나 파 내었다. 박 훈장이었다.

이장 영감은 덕이에게 그 말을 듣고도 놀라지 않았다. 그는 마치 다 알고 있었다는 듯이 그저 고개를 주억거렸을 뿐이었다. 그래도 눈물이 베개로 굴러 떨어졌다.

그날 밤 이장 영감도 갑자기 세상을 떠나고 말았다.

덕이의 손을 더듬어 잡은 이장 영감은 여전히 눈을 감은 채 간신히 입을 움직였다.

"학, 학나무를, 학나무를……."

이장 영감은 잠든 듯이 숨을 거두었다. 흰 수염이 길게 가슴을 내리덮고 있었다.

상여는 둘인데 상주는 덕이 한 사람이었다. 그날 마을 사람들은 다들 뒷산으로 따라 올라갔다. 피난을 가던 때처럼 이장 영감이 앞서갔다.

저녁때가 거의 되어서야 그들은 산을 내려왔다. 이번엔 덕이가 맨 앞에 두 주의 위패(位牌)[7]를 모시고 걸었고, 그 바로 뒤를 봉네가 흰 보자기로 뿌리를 싼 조그마한 애송나무를 하나 어린애처럼 앞에 안고 따르고 있었다.

---

7) 위패(位牌) : 단 · 묘 · 천 · 절 등에 모시는 신주의 이름을 모시는 나무 패.

- 갈래 : 단편소설, 순수소설
- 주제 : 분단의 비극과 극복
- 배경 : 시간적 – 일제 말기부터 6 · 25까지
         공간적 – 강원도 두메 산골
- 시점 : 전지적 작가 시점

줄·거·리

1

　강원도 두메 구름을 뚫고 영을 넘어 학마을이라고 부르는 곳이 있다. 둥우리 같은 마을에 일곱 집이 마을의 전부였다. 학마을 이장 영감과 서당의 박 훈장이 마을을 내려다보고 있었다. 벌써 학이 오지 않는지가 삼십 년이 넘었다. 학마을은 아름답고 포근한 마을이었다. 학마을 사람들은 대소사를 학의 움직임에 따랐다. 처녀들의 혼사문제까지 학나무가 있는 밑을 지나다 학이 그 처녀의 옷이나 물동이에 똥을 싸면 그해 시집간다고 믿었다.

2

　학은 늦도록 오지 않았고, 봄내 여름내 비 한 방울 안 왔다. 마을 사람들은 학이 오기만을 기다렸다. 그러던 어느날 왜놈들이 나라를 빼앗다는 것이다. 그리고 염병이 돌기 시작하여 마을 사람들은 하나 둘

떠나 결국 일곱 집만이 남았다. 다시 봄이 찾아오고 삼십 년이 지난 오늘까지 학을 기다리는 것은 버릴 수 없는 희망이었다. 이장 영감은 쓸쓸히 마을을 내려다 보고 있었다. 바로 그 때 마을에서 꽹과리 소리가 요란스럽게 들려왔다. 학이 왔다. 마을 사람들은 기쁨에 들떴다. 학은 부지런히 집을 틀기 시작하였다. 그리고 새끼를 깠다. 학이 오고부터는 가뭄도 장마도 안 들었다. 그러던 어느 날 왜놈에게 병정으로 끌려 나갔던 이장네 손자 덕이와 박 훈장네 손자 바우가 마을로 돌아왔다. 우리 나라가 독립을 했다는 것이다. 어린 학은 비상을 시작하고 가을이 되자 북으로 갔다가 다음 해에 다시 돌아왔다. 덕이와 바우가 함께 봉네를 좋아했으나 봉네는 덕이에게 시집갔다. 바우는 마을에서 사라졌다.

③

그 해에도 골짜기의 눈이 녹고 진달래가 피자 학이 왔다. 예년처럼 집을 짓고 새끼를 깠다. 그런데 어느 비내리던 아침에 학나무 밑에 어린 새끼 한 마리가 떨어져 죽었다. 이장 영감과 박 훈장은 몹시 불길한 예감에 사로잡혔다. 그것은 필시 딴 짐승의 짓이라 여겼다. 과연 무서운 변이 마을을 흔들고야 말았다. 천둥소리 같은 것이 북으로부터 남으로 가까이 들려왔고, 저녁 때는 누런 옷을 입은 사람들이 영을 넘어 마을로 들어왔다. 그들은 해방시키러 왔다고 했다. 그런 어느 날 박 훈장네 바우가 소문도 없이 마을로 들어왔다. 바우는 무척 유식해졌다. 그는 부락의 인민 위원장이라고 했다. 그리고 마을 사람들을 학나무 밑으로 모았으나 말을 잘 듣지 않자, 면으로 가서 총을 가져와서는 학을 향해 총을 쏘았다. 한 마리가 떨어져 죽었다. 남은 한 마리는 학 나무를 배회하며 울었다. 초가을이 되어 바우가 마을에서

224

사라진 며칠 뒤 다시 천둥소리가 남쪽에서 울리더니 북쪽으로 멀어
져 갔다. 다시 학마을은 조용해졌다. 박 훈장은 바우를 욕했다.

4

구월이 되었다. 이제 학의 새끼는 잘 날기 시작하였으며 마침내 북
으로 갔다. 그런데 섣달로 접어들면서 북쪽 하늘에서 다시 천둥소리
가 들려왔다. 오랑캐가 밀려 온다고 했다. 이장 영감은 마을 사람을
모두 모이게 하여 피란할 준비를 했다. 박 훈장은 떠나지 않았다. 이
들은 눈발 속으로 사라졌다. 부산이었다. 얼마 뒤 부산서 다시 마을을
향해 떠났다. 이장 영감은 점점 쇠약해졌다. 그들이 마을을 향해 떠난
뒤 보름째 되던 날이었다. 마을이다.

5

마을은 변했다. 학나무는 흠싹 타 새까만 뼈만 앙상하게 서 있었고
이장네 집터는 깨어진 장독 하나만 우뚝 서 있었다. 바우 어머니와
박 훈장은 보이지 않았다. '바우 자식이 와서 데려 갔겠지. 그러면서
이장 댁에 불을 놓은 것이지 뭘', 덕이는 다시 집을 짓기 위해 괭이로
집터를 파다 박 훈장의 시체를 찾았다. 그날 밤 이장 영감도 세상을
떠났다. 상여는 둘인데 상주는 덕이 한 사람이었다. 내려오는 길에 덕
이 뒤를 따라오던 봉네의 손에 뿌리를 싼 조그마한 애송나무를 안고
따르고 있었다.

- 이장 : 박 훈장과 함께 학마을의 내력을 밝혀주는 인물로, 학마을과 학을 사랑함.
- 박 훈장 : 바우의 할아버지이기도 하며, 이장과 함께 학마을을 정신적으로 이끌어 가던 인물.
- 덕이 : 이장 영감의 손자로 봉네와 결혼함. 봉네를 사이에 두고 바우와 삼각 관계를 형성함.
- 바우 : 봉네가 덕이와 결혼하자 홀연히 자취를 감추었다가 공산당이 되어 돌아온 파괴적 인물.
- 봉네 : 소박하고 순진한 처녀로 학마을의 풍습을 알게 해주는 인물.

‘학마을 사람들’에는 동양적 운명관이 밑바닥에 깔려 있는데 이러한 토착적 삶의 세계관 속에는 인간에 대한 깊은 애정이 담겨 있다. 이런 자연적·토속적 삶의 세계를 통하여, 비인간화 되어 가는 역사적, 사회적 현실을 상징적으로 비판하고 있기도 하다.

또한 학이 오지 않는 문명의 폐허 위에서, 인간이 살아 있음을 확인하는 과정이며 학이 오기를 바라는 마음으로 봉네의 손에 조그만 애송나무를 들게 하는 것이다.

이 마을을 지탱해 가는 것은 장생 불사의 전설을 간직한 학의 신화성과 학마을의 본원적 순진성인데, 그것은 전쟁을 전후해 깨어지고 마을 사람들의 이념적 갈등도 생긴다. 이러한 갈등을 극복하고 본래의 마을 공동체적 질서를 회복하기 위해 학나무를 복원하는 것이다.

이런 마을 사람들의 강렬한 의지는 ‘애송나무’로 표현되고, 이런 열망은 보다 넓게는 남북의 분단을 가져온 이데올로기적 대립과 갈등을 극복해 보려는 작가의지의 소산이라고 볼 수 있다.

이 작품은 진기한 이야기, 즉 학의 떠남과 회귀에 인간의 삶의 의미와 질(質)을 연계시켜 이야기를 이끌어 나간 구도가 돋보이는 작품이다. 소설의 허구성이란 이처럼 어떤 현상에서나 인간의 삶과 관련되는 의미를 발견하고 그 의미를 형상화해 나가는 과정이라고 할 수 있다.

작가는 인간에 대한 따뜻한 애정을 가진 작가라고 할 수 있다. 그러나 분단을 극복하려는 작가 의식은 분단의 분열적인 요인인 이념에 대한 탐구가 부족하다고 평해진다.

깊이 읽기

1. ‘학마을 사람들’의 배경을 나타낸 지문을 찾아 써라.

2. 이 소설에서는 ① 학이 마을로 찾아 오던 시절 ② 학이 찾아오지 않던 시절 ③ 다시 학이 찾아온 시절 ④ 학의 수난 시절에 따라 사건이 바뀌어지고 있다. 학의 출몰에 따라 사건이 어떻게 바뀌는지 써라.

① 학이 찾아오던 시절 :

② 학이 찾아오지 않던 시절 :

③ 다시 학이 찾아오던 시절 :

④ 학의 수난 시절 :

3. 학은 이 마을 사람에게 어떤 의미를 갖는가?

4. 덕이와 마을 사람들이 이장과 박 훈장이 장례를 치르고 마을로 내
   려올 때에 봉녀의 손에는 조그만 애송나무 한 그루가 들려 있다.
   봉네의 손에 들려있는 '애송 나무'는 어떤 의미를 주는가?

학마을 사람들

□ 깊이 읽기

1. 자동차 길엘 가재도 오르는 데 십 리, 내리는 데 십 리라는 영(嶺)을, 구름을 뚫고 넘어, 또 그 밑의 골짜기를 삼십 리 더듬어 나가야 하는 마을이었다.

강원도 두메의 이 마을을 관(官)에서는 뭐라고 이름지었는지 몰라도, 그들은 자기네 곳을 학마을(鶴洞)이라고 불렀다.

무더기무더기 핀 진달래꽃이 분홍 무늬를 놓은 푸른 산들이 사면을 둘러싼 가운데 소복이 일곱 집이 이 마을의 전부였다. 영마루에서 내려다보면 꼭 새둥우리 같았다. 마을 한가운데는 한 그루 늙은 소나무가 섰고, 그 소나무를 받들어 모시듯, 둘레에는 집집마다 울 안에 복숭아꽃이 활짝 피어 있었다.

때때로 목청을 돋우어 길게 우는 낮닭의 소리를 받아, 우물가 버드나무 밑에서 애들이 부는 버들피리 소리가 피리피리 필릴리 아득히 영마루에까지 아지랑이를 타고 피어 올랐다.

2.
① 학이 찾아오던 시절 : 식민지 지배가 시작되기 이전의 시기로서 이장 영감과 박 훈장의 젊은 시절이기도 하며, 행복의 시간이다. 여기서는 또 회상의 시간이기도 하다.

② 학이 찾아오지 않던 시절 : 식민지 시대가 시작되는 때로 30년이 넘도록 학은 이 마을을 찾아오지 않는다. 수난과 고통 속에 마을 사람들은 흩어지고 이장 영감과 박 훈장의 손자인 덕이와 바우가 징용으로 끌려간다.

③ 다시 학이 찾아온 시절 : 광복의 시대와 연결된다. 징용에 끌려갔던 덕이와 바우가 돌아오고 마을은 다시 활기를 찾는다. 풍년이 들고 덕이는 봉네와 결혼을 한다.

④ 학의 수난시절 : 학의 수난과 함께 6·25 비극이 전개된다. 인민군이 되어 돌아온 바우의 행패와 함께 온 마을이 고통에 빠진다.

3. 학은 이 마을에 '행복'과 '평화'를 가져다 주는 길조이다. 그러므로 학이 찾아오지 않거나, 학을 죽이면 이 마을에는 반드시 수난이 오고 마을 사람은 고통을 받게 된다.

4. 무너진 마을을 다시 세워보겠다는 굳은 의지가 담겨 있다. 어린 소나무이긴 하지만 소중하게 가꾸어 미래에 행복하고 평화로운 마을이 되기를 바라는 마음이 담겨 있다.

원미동 시인

양 귀 자

양귀자는 1955년 7월 17일 전주 경원동에서 아버지 양재환과 어머니 최계순의 5남 2녀 중 여섯 번째로 태어났다. 1960년 아버지가 뜻하지 않게 사망하자 큰오빠 양동호가 어머니와 더불어 대가족을 이끌어 나가게 되며, 1961년 이 대가족은 철길 옆으로 이사를 하여 양귀자도 전주 풍남초등학교에 진학하게 된다. 그는 시간이 나는 대로 거의 맹목적으로 만화에 탐닉, 조잡한 만화를 직접 창작해 보기도하며 만화가를 꿈꾸기도 하였다. 1967년 전주여자 중학교에 입학, 이 때도 역시 하교 뒤에는 학교 도서관에 남아 소설책에 묻혀 살았다. 이 때부터 남에게 문학소녀로 비쳐졌다. 1971년에 원광대학교 국어국문학과에 문예창작생으로 입학 1학년때부터 시작한 학보 기자생활은 전 학년동안 계속되었다. 1978년 대학을 졸업하고 그해에《문학 사상》을 통해 등단하게 된다. 1980년 결혼과 함께 서울로 거처를 옮기고 1982년 부천시 원미동으로 이사하면서 전세방 생활을 청산한다. 이 때 부천의 원미동에서의 생활을 토대로 쓴 〈원미동 사람들〉의 연작으로 주목받기 시작했다.

남들은 나를 일곱 살짜리로서 부족함이 없는 그저 그만한 계집아이 정도로 여기고 있는 게 틀림없지만, 나는 결코 그저 그만한 어린아이는 아니다. 세상 돌아가는 이치를 다 알고 있다, 라고 말하는 게 건방지다면 하다못해 집안 돌아가는 사정이나 동네 사람들의 속마음 정도는 두루 알아맞힐 수 있는 눈치만큼은 환하니까.
그도 그럴 것이 사실을 말하자면 내 나이는 여덟 살이거나 아홉
살, 둘 중의 하나이다.

낳아놓으니까 어찌나 부실한지 살아날 것 같지 않아 차일피일
출생신고를 미루다보니 그렇게 된 것이라 하는데 그나마 일곱 살
짜리로 호적에 올려놓은 것만도 다행인 셈이었다. 살아나기를 원
하지 않았을 엄마 마음쯤은 나도 이미 알고 있는 터였다. 아버지
는 좀 덜하지만 엄마는 나만 보면 늘상 으르렁거렸다. 꿈도 꾸지
않았던 자식이었지만 행여 해서 낳아봤더니 원수 같은 또 딸이더
라는 원성은 요사이도 노상 두고 하는 입버릇이니까 서운할 것도
없었다.

그것은 뭐 내가 일찌감치 철이 들어서가 아니라, 우리 집 사정이
워낙 그러했다. 내가 태어나던 해에 벌써 스물이 넘어 처녀티가 꽉
밴 큰언니에서 중학교 졸업반이던 막내언니까지 딸이 무려 넷이
었다. 마흔셋에 임신인지도 모르고 네댓 달 배를 키우다가 엄마는
여기저기 용하다는 점쟁이들한테 다녀보고는 마침내 낳을 결심을
했었다는 것이다. 모든 점쟁이들이 '만장일치' 로 아들이라고 주장
해서였다. 그런 판에 또 조개달고 나오기가 무렴[1]해서였는지 냉큼
쏙 빠져나오지 못하고 비그적거리는 통에 산모를 반주검시켜놓았
다니 나로서는 입이 열 개라도 할 말이 없는 형편이었다. 그렇지만
실제로는 여덟 살이다, 아홉 살이다 자꾸 이랬다저랬다 하는 엄마
도 과히 잘한 것은 없다. 내가 뭐 뺄셈 덧셈에 아주 까막눈인 줄 알
지만 천만에, 우리 엄마는 내가 세 살이 될 때까지도 혹시 죽어주

---

1) 무렴 : 염치가 없음을 느껴 마음에 거북한 것.

지나 않을까 기다린 게 분명하다.

내가 얼마나 구박덩이에 미운 오리 새끼인가를 길게 설명하고 싶지는 않다. 진짜 하고 싶은 이야기는 그런 따위 너절한 게 아니라 원미동 시인(詩人)에 관한 것이니까. 내가 여러 가지 것을 많이 알고 있다고는 해도 솔직히 시가 뭣인지를 정확히 설명할 수는 없다. 얼추 짐작하기로 그것은 달 밝은 밤이나 파도가 출렁이는 바닷가에서 눈을 착 내리깔고 멋진 말을 몇 마디 내뱉는 것이 아닐까 여기지만 원미동 시인이 하는 것을 보면 매양 그렇지도 않은 모양이었다. 우리 동네에는 원미동 시인 말고도 원미동 카수니 원미동 멋쟁이, 원미동 똑똑이 등이 있다. 행복사진관 엄씨 아저씨가 원미동 카수인데 지난번 '전국노래자랑' 부천 대회에서 예선에도 못 들고 떨어졌다니 대단한 솜씨는 못 될 것이었다. 소라 엄마가 원미동 멋쟁이라는 것은 내가 가장 잘 안다. 그 보라색 매니큐어와 노랑머리는 소라 엄마뿐이니까. 원미동 똑똑이는, 부끄럽지만 우리 엄마다. 부끄럽다는 것은 남의 일에 간섭이 심하고 걸핏하면 싸움질이나 해대는 똑똑이는 욕이나 마찬가지라는 것을 알기 때문이다.

원미동 시인에게는 또 다른 별명이 있다. 퀭한 두 눈에 부스스한 머리칼, 사시사철 껴입고 다니는 물들인 군용점퍼와 희끄무레하게 닳아빠진 낡은 청바지가 밤중에 보면 꼭 몽달귀신[2] 같다고 서울미용실의 미용사 경자 언니가 맨 처음 그를 '몽달씨'라고 부르기 시작했다. 경자 언니뿐만 아니라 우리 동네 사람이라면 누구나 그를 좀 경멸하듯이, 어린애 다루듯 함부로 하는 게 보통인데 까닭

2) 몽달귀신 : 총각이 죽어 되었다는 귀신.

은 그가 약간 돌았기 때문이라는 것이었다. 언제부터 어떻게 살짝 돌았는지는 모르지만 아무튼 보통 사람과 다른 것만은 틀림없었다. 몽달씨는 무궁화연립주택 3층에 살고 있었다. 베란다에 화분이 유난히 많고 새장이 세 개나 걸려 있는 몽달씨네 집은 여름이면 우리 동네에서는 드물게 윙윙거리며 하루 종일 에어컨이 돌아가는 부자였다. 시내에서 한약방을 하는 노인이 늘그막에 젊은 마누라를 얻어 아기자기하게 살아보는 판인데 결혼한 제 형집에 있지 않고 새살림 재미에 폭 빠진 아버지 곁으로 옮겨온 막둥이였다. 그것부터가 팔불출이 짓이라고 강남부동산의 고흥댁 아줌마가 욕을 해쌌는데, 아들이 아버지와 함께 사는 게 왜 바보짓이라는 건지 알 수가 없었다.

그런 몽달씨에게 친구가 있다면 아마 내가 유일한 것이었다. 몽달씨 나이가 스물일곱이라니까 나보다 스무 살이나 많지만 우리는 엄연히 친구다. 믿지 않겠지만 내게는 스물일곱짜리 남자친구가 또 하나 있다. 우리 집 옆, 형제슈퍼의 김반장이 바로 또 하나의 내 친구인데 그는 원미동 23통 5반의 반장으로 누구보다도 씩씩하고 재미있는 사람이었다. 나는 매일같이 슈퍼 앞의 비치파라솔 의자에 앉아 그와 함께 낄낄거리는 재미로 하루를 보내다시피 하였는데 요즘은 내가 의자에 앉아 있어도 전처럼 웃기는 소리를 해주거나 쭈쭈바 따위를 건네주는 법 없이 다소 퉁명스러워졌다. 그 까닭도 나는 환히 알고 있지만 모르는 척하는 수밖에. 우리 집 셋째딸 선옥이언니가 지난달에 서울 이모집으로 훌쩍 떠나버렸기 때문인 것이다. 김반장이 선옥이언니랑 좋아지내는 것은 온 동네가 다 아는 일이지만 선옥이언니 마음이 요새 좀 싱숭생숭하더니 기어이는 이모네가 하는 옷가게를 도와준다고 서울로 가버렸다.

선옥이 언니는 얼굴이 아주 예뻤다. 남들 말대로 개천에서 용이 났다고 해도 과언이 아닐 만큼 지지리궁상인 우리 집에 두고 보기로는 아까운 편인데, 그 지지리궁상이 지겨워 맨날 뚱하던 언니였다.

참말이지 밝히고 싶지 않지만 우리 아버지는 청소부다. 아침 새벽부터 저녁 늦게까지 남의 집 쓰레기통만 뒤지고 다니는 직업이라 몸에서 나는 냄새도 말할 수 없을 만큼 지독했다. 아버지만이 아니라 밝히고 싶지 않은 것이 또 있다. 큰언니는 경기도 양평으로 시집가서 농사꾼 아내가 되었으니 상관없지만 둘째언니 이야기는 말하기가 부끄럽다. 둘째언니는 처음에는 버스 안내양, 그 다음에는 소시지 공장의 여공원, 그 다음에는 다방에서 일하더니 돈 버는 일에 극성인 성격대로 지금은 구로동 어디에서 스물여섯 살의 처녀가 대폿집을 열고 있다. 언젠가 한번 가봤더니 키가 멀대같이 큰 남자가 하나뿐인 방에서 위통을 벗어붙인 채 잠들어 있고 언니는 그 옆에서 엎드려 주간지를 뒤적이고 있지 않은가. 그만한 정도로도 나는 일이 되어가는 모양을 알 수가 있었다.

우리 엄마와 청소부 아버지는 딸년들이야 시집보낼 만큼만 가르치면 족하다고 언니들을 모두 중학교까지만 보냈는데 웬일인지 선옥이언니만 고등학교를 보냈었다. 그래서 더 골치이긴 하지만. 기껏 고등학교까지 나왔으니 공장은 싫다, 차라리 영화배우가 되는 편이 낫다고 우거지상을 피우던 언니가 김반장네의 콧구멍 같은 가게가 성에 찰 리 없을 것이었다.

이제 겨우 일곱 살짜리가, 사실은 그보다야 많지만 왜 나이 많은 떠꺼머리 총각들하고만 어울리는지 이상할 터이나 그것은 결코 내 책임이 아니었다. 단짝인 소라를 비롯하여 몇 명의 친구들이 작년과 올해에 걸쳐 모두 국민학교에 입학해버렸고, 좀 어려도 아쉰

대로 놀아볼 만한 아이들까지 깡그리 유치원에 다니기 때문에 아침밥 먹고 나오면 원미동 거리에는 이제 두어 살짜리 코흘리개들밖에 남지 않는 것이다. 설령 오후가 되어도 사정은 마찬가지였다. 끼리끼리만 통하는 아이들이 좀처럼 놀이에 끼워주지 않기 때문에 나는 그만 홀로 뚝 떨어져나와 외계인처럼 어성버성한 아이가 되어버렸다. 우리 동네에는 값이 싼 유치원도 많고 피아노 교습소도 두 군데나 있지만 엄마는 꿈쩍도 하지 않는다. 단칸방에 살아도 모두들 유치원에 보내느라고 아침마다 법석인데 나는 이날 이때껏 유희 한번 제대로 배워보지 못한 것이다. 아버지가 남의 집 쓰레기통에서 주워온 그림책이나 고장난 장난감이야 지천으로 널렸지만 이제는 그런 것들에는 흥미도 없으니 아무래도 나는 어른이 다 된 모양이었다.

몽달씨와 친구가 된 것은 올 봄, 바로 외계인 같던 시절이었다. 형제슈퍼 앞에서 어슬렁거리며 김반장이 언제나 말동무가 되어주려나 눈치만 보고 있는데 바로 내 뒤에 똑같은 자세로 김반장 눈치를 보는 몽달씨가 있었다. 염색한 작업복 주머니에서 꼬깃꼬깃한 종이를 펼쳐들고 주춤주춤 내 옆의 빈 의자에 앉은 그가 "경옥아!" 하고 내 이름을 불렀을 때 정말이지 나는 기절할 정도로 놀랐다. 좀 바보이고 약간 돌았다고 생각했으므로 언젠가는 그가 보는 앞에서도 "헤이, 몽달귀신!" 하고 놀려댄 적도 있었던 나였다. 놀라서 입을 쩌억 벌리고 있는 내게 그가 다음에 건넨 말은 더욱 기가 찼다.

"너는 나더러 개새끼, 개새끼라고만 그러는구나……."

나는 눈을 둥그렇게 떴다. 몽달귀신이라고 부른 적은 있지만 결코, '참말이지 하늘에 맹세코' 그를 개새끼라고 부른 적은 없었다.

그래서 나는 나도 모르게 고개를 마구 저어댔다. 그런 나를 보는지 마는지 그는 계속해서 말했다. 너는 나더러 개새끼, 개새끼라고만 그러는구나…….

지금 생각해도 참 어이가 없는 노릇이지만, 세상에 그게 바로 시라는 것이었다. 김반장이 몽달씨에게 시를 쓴다 하니 멋있는 시를 한 수 지어보라고 했다는 것이다. 그 청을 받고 몽달씨는 밤새 끙끙거리며 시를 쓰려 했으나 도무지 마음먹은 대로 되지 않아 어느 유명한 시인의 시를 베껴왔는데 그 구절이 바로 그 시의 마지막이라고 했다.

“예끼, 이 사람아. 내가 언제 자네더러 개새끼, 개새끼 그랬는가?”

김반장은 으레 그럴 줄 알았다는 듯 몽달씨 어깨를 툭 치며 빈정대고 말았지만 나의 놀라움은 쉽게 가시지 않았다. 기억을 못해서 그렇지 그를 향해 개새끼, 라고 욕을 한 적이 꼭 있었던 것같이만 생각될 지경이었다. 김반장이야 뭐라건 말건 몽달씨는 그날 이후 며칠간은 개새끼 시를 외우고 다녔고 나는 김반장 외에 몽달씨까지도 내 친구로 해야겠다고 속으로 결심해두었다. 시인하고 친구가 된다는 것은 구멍가게 주인과 친구가 되는 것보다는 훨씬 근사했으니까.

그렇긴 했으나 약간 돈 사내와 오랜 시간을 어울려 다닐 만큼 나는 간이 크지 못했다. 게다가 김반장은 마음이 내키면 언제라도 알사탕이나 쭈쭈바를 내놓을 수 있지만 몽달씨는 그런 면으로는 영 젬병이었다. 그는 오로지 시에 대하여 말하고 시를 생각하고 시를 함께 외우자는 요구밖에는 몰랐다. 그에게는 시가 전부였다. 바람이 불면 ‘풀잎에 바람 스치는 소리’ 때문에 가슴이 아프고, 수녀가

원미동 시인

지나가면 문득 '열일곱 개의, 또는 스물한 개의 단추들이 그녀를 가두었다'라고 부르짖었다. 그는 하루 종일이라도 유명한 시인들의 시를 외울 수 있었다. 그것만이 아니었다. 외운 시구절만 가지고 몇 시간이라도 대화를 할 수 있다고 그가 말하였다. 그게 바로 시적 대화라고 가르쳐주기도 하였다. 그러기 위해서 그는 밤새도록 시를 읽는다고 하였다. 몽달씨는 밤이 되면 엎드려 시를 외우고, 다음 날이면 그 시로써 말하는 사람이었다.

시를 빼고 나면 나와 마찬가지로 몽달씨도 심심한 사람이었다. 낮 동안에는 꼼짝없이 젊은 새어머니와 한집에서 지내야 하기 때문에 끊임없이 동네를 빙빙 돌면서 시간을 때워나갔다. 내가 김반장과 마주앉아 별로 새로울 것도 없는 이야기를 하다보면 어느샌가 슬쩍 다가와 약간 구부정한 허리로 의자에 주저앉곤 하는 몽달씨는 나보다 훨씬 강렬하게 김반장의 친구가 되었으면 하는 소망을 품고 있는 것처럼 보였다. 우리들은 제법 뜨거운 한낮 동안 각기 편한 자세로 앉아 신문을 읽거나 졸거나 하는 무료한 시간을 보내다가 막걸리 손님이라도 들이닥치면 몽달씨와 나는 재빨리 의자를 비워주곤 김반장이 바삐 설치는 모양을 우두커니 바라보곤 하였다. 김반장은 몽달씨가 시가 어쩌구 하며 이야기를 꺼내기라도 할라치면 대번에 딴소리를 해서 입막음을 하기 때문에 몽달씨도 김반장 앞에서는 도통 시에 대한 말을 입에 올리지 않았다. 대신에 내가 원미동 시인의 '시적 대화'를 끊임없이 듣는 형편이었다.

그때까지만 해도 몽달씨보다는 김반장과 함께 있는 것이 더 좋았었다. 김반장이 그 커다란 손바닥으로 내 엉덩이를 철썩 치면서 "어이, 경옥이처제!" 하고 불러주면 기분이 그럴싸해서 저절로 웃음이 비어져 나왔고 가끔가다 오토바이 뒷좌석에 앉아 함께 배달을 나가기라도 할라치면 피아노 배우러 가던 계집애들이 손가락을 입에 물고 부러워 죽겠다는 듯이 나를 바라봐줬었다. 김반장이 말 많은 원미동 여자들 누구하고도 사이좋게 지내면서 야채에다 생선까지 떼어다 수월찮게 재미를 보는 것을 잘 아는 고흥댁 아주머니도 "선옥이가 인물만 좀 훤할 뿐이지 그 집안 꼬라지로 봐서 김반장이면 횡재한 거야" 하면서 은근히 선옥이언니를 비아냥거렸다. 흥, 나는 고흥댁 아주머니의 마음도 알아맞힐 수 있다. 선옥이언니보다 한 살 많은 딸이 하나 있는데 인물이 좀 제멋대로인 것이 아줌마의 속을 뒤집어놓은 것이다. 그러면서도 지난번엔 김반장 같은 사위나 얼른 봐야 될 것 아니냐는 은혜 할머니 말에는 가당찮게도 코웃음을 쳤었다. "요새 시상에 뭐 부모가 무슨 상관 있답뎌? 그래도 갸가 보는 눈이 높아서 앵간한 남자는 말도 못 꺼내게 하요잉. 저기 은행대리가 중매를 넣어왔는디도 돌아보도 않습디다. 전문학교일망정 대학물도 일 년 남짓 보았고 해서, 아는 게 아주 많다요."

그런 말을 들을 때마다 나는 목구멍이 근질거려서 견딜 수가 없었다. 왜 목구멍이 근질거리는가 하면 나는 또 다른 비밀을 하나 알고 있기 때문이었다. 이것은 정말 특급 비밀인데 만약에 이 사실을 고흥댁 아주머니가 알았다가는 어떻게 수습이 되는지 내가 더 걱정인 판이다.

복덕방집 딸 동아언니가 누구와 좋아지내는가는 아마 나밖에 모르는 일일 것이다. 지난 봄에 소라네 집에 놀러 갔다가 우연히 알게 된 사실로 소라조차도 영 모르고 있으니 나 혼자만 꿍꿍 앓다 말아야 할 것이긴 하지만, 그날 이후 복덕방 식구들만 만나면 내가

원미동 시인

더 안절부절못했다. 여태까지 누구에게도 털어놓지 않은 말이라 좀 망설여지긴 하지만 아이, 할 수 없다, 이야기를 꺼냈으니 털어놓을밖에. 동아언니는 소라네 대신설비에서 소라 아빠의 일을 거들어주는 노가다 청년하고 연애를 하는 판이다. 그것도 보통 사이가 아니다. 지난 봄날, 소라네 집에 갔다가 소라가 보이지 않아 무심코 모퉁이를 돌아나와 옆구리 창으로 가게를 기웃들여다보니 그 두 남녀가 딱 붙어앉아서 이상한 짓을 하고 있지 않은가. 동아언니는 그렇다 치고 청년은 땀까지 뻘뻘 흘리면서 언니의 머리통을 꽉 껴안고 있었는데 좀 무섭기도 하였다.

이야기가 괜히 옆으로 흘렀지만 아무튼 선옥이언니가 김반장 같은 신랑감을 차버린 것은 좀 아쉬운 일이기는 하였다. 김반장이야 아직도 미련을 버리지 못하고 있는 터라 나만 보면 지금도 언니가 왔는가를 묻기에 여념이 없었다. 허나 선옥이언니는 처음 떠날 때도 그랬지만 요사이 한 번씩 집에 들를 적에도 형제슈퍼 쪽은 쳐다보지도 않는다. 어떨 때는 "여휴, 저 거지발싸개 같은 자식"이라고 욕도 막 내뱉는데 어떻게 알았는지 이모네 옷가게로 심심하면 전화질이라고 이를 갈았다. 가만히 눈치를 보아하니 선옥이언니도 요새 새 남자가 생긴 것 같고 전과 달리 아무 데서나 속옷을 훌렁훌렁 벗어던지며 옷을 갈아입는데, 그 속옷이 요사무사하게 생겨서 내 눈을 달뜨게 하곤 했다 좀 만져라두 볼라치면 언니는 내 손을 탁 때려버렸다.

"어때, 이쁘지? 경옥이 넌 이런 것 처음 보지? 이거, 모두 선물받은 거다."

끈으로 아슬아슬하게 꿰매놓은 저런 팬티 따위를 선물하는 치도 우습지만 그것을 자랑하는 언니는 더욱 밉상이어서 그럴 때면 속도 모르는 김반장이 불쌍해지기도 하였다.

몽달씨가 있으므로 인하여 김반장의 주가가 더 올라가는 점도 있었다. 나야 어린애니까 형제슈퍼의 비치파라솔 아래서 어슬렁 거려도 흉볼 사람은 없지만 동갑내기인 몽달씨가 하는 일도 없이 가게 근처를 빙빙 돌면서 어떨 때는 나와 같이 쭈쭈바나 쪽쪽 빨고 있으면 오가는 동네 어른들마다 혀를 끌끌 찼다.

"대학 다닐 때까진 저러지 않았대요. 저도 잘은 모르지만 학교 에서 잘렸대나봐요. 뭐 뻔하죠. 요새 대학생들 짓거린. 그리곤 곧 장 군대에 갔는데 제대하고부턴 사람이 저리 됐어요. 언제나 중얼 중얼 시를 외운다는데 확 미쳐버린 것도 아니고, 아주 죽겠어요."

몽달씨 새어머니 되는 이가 김반장에게 하소연하는 소리였다. 형제슈퍼 단골인 그녀는 '아주 죽겠어요' 가 입버릇이었다.

"내 체면을 봐서라도 옷이나 좀 깨끗이 입고 나다니면 좋으련 만, 아주 죽겠어요."

말이 났으니 말이지 그 옷차림은 형제슈퍼의 심부름꾼 복장으 로 딱 걸맞았다. 종일 의자에서 빈둥거리기도 지겨운지라 우리는 곧잘 가게 일도 마다 않고 거들었었다. 우리 둘이서 기껏 머리를 짜내어 하는 일이란 게 고무호스로 가게 앞에 물을 뿌려주는 정도 였다. 포장이 덜 된 가게 앞길의 먼지 제거를 위해서나 여름 땡볕 을 좀 무디게 하는 방법으로는 그 이상도 없어서 김반장도 우리의 일을 기꺼이 바라봐주고 일이 끝나면 기분이란 듯 요구르트 한 개 씩을 던져주기도 하였다.

그러다 차츰차츰 몽달씨 몫의 일이 하나 둘 늘어갔는데 가게 앞 청소나 빈 박스를 지하실 창고에 쟁이는 일, 혹은 막걸리 손님 심 부름 따위가 그것으로, 몽달씨가 거드는 일이 많으면 많을수록 김반장은 더욱 의젓해지고 몽달씨는 자꾸 초라하게 비추어지는 게 나에겐 참으로 이상한 일이었다. 김반장도 그걸 모르지는 않았을 것이다. 그래서 언젠가는 아주 정색을 하고서 몽달씨 어깨를 꽉 껴안더니 이렇게 말하기도 하였다.

"자네 같은 시인에게 이런 일만 시키려니 미안하이. 자네는 확실히 시인은 시인이야. 언제 바쁘지 않을 때는 정말이지 자네 시를 찬찬히 읽어봄세. 이래 봬도 학교 다닐 때 위문 편지는 내가 도맡아 써주곤 했던 실력이니까."

그러면 몽달씨는 더욱 신이 나서 생선 잘라주는 통나무 도마까지 깔끔히 씻어내고 널브러져 있는 채소들을 다듬고 하면서 분주히 설치는 것이었다. 하지만 이제껏 몽달씨의 시노트를 읽어본 적이 없는 김반장이었다. 몽달씨가 짐짓 아직 자기 시는 읽을 만하지 못하니 유명한 시인들의 시나 읽어보지 않겠느냐고 구깃구깃 접은 종이를 꺼낼라치면 김반장은 온갖 핑계를 다 대서라도 줄행랑을 치면서 그가 보지 않은 틈을 타 머리 위에 대고 손가락으로 빙글, 동그라미를 그려 보였다. 그것도 모르고 몽달씨는 언제라도 김반장에게 들려줄 수 있도록 꼬깃꼬깃한 종이쪽지들을 호주머니마다 가득 넣어가지고 다녔다. 그때쯤엔 나도 몽달씨의 시적 대화에는 질려 있어서 덩달아 자리를 피했고 김반장을 따라 머리 위에 손가락으로 동그라미를 그려댔다. 약간, 아니 혹시는 아주 많이 돈 원미동 시인은 그래도 여전히 형제슈퍼의 심부름꾼 꼬마처럼 다소곳이 잔심부름을 도맡아가지고 있었다.

분명히 말하지만 보름 전쯤 그 사건이 일어날 때까지만 해도 나는 김반장이 내 셋째형부가 되어주길 은근히 바라고 있었다. 농사 짓는 큰 형부는 워낙이 나이가 많아 늙은 아버지 같아서 싫었고 둘째언니야 아직 공식적으로는 처녀니까 별 볼일 없는 데다 형부다운 형부는 선옥이 언니가 결혼해야 생길 터이니 기왕이면 김반장 같은 남자가 형부가 되길 바란 것이었다. 하기야 넷째언니도 시방 같은 공장에 다니는 사내와 눈이 맞아서 부쩍 세수하는 시간이 길어지긴 했지만 그래봤자 앞차가 두 대나 밀려 있으니 어림도 없었다. 선옥이언니와 김반장이 결혼하면 누가 뭐래도 나는 형제슈퍼에 진득이 붙어 있을 수 있는 자격을 갖게 되는 셈이었다. 기분이 내키면 삼백 원짜리 빵빠레를 먹은들 어쩌하랴. 오밀조밀 늘어놓은 온갖 과자와 초콜릿과 사탕이 모두 내 손아귀에 있다, 라고 생각하면 어쩔 수 없이 나는 흐물흐물 기분이 좋아졌다.

그런데 정확히 열나흘 전의 그 일로 인하여 나는 김반장과 형제슈퍼의 잡다한 군것질감을 한꺼번에 포기하였다. 모르긴 몰라도 이런 나의 처사는 백번 옳을 것이었다. 그 사건의 처음과 끝을 빠짐없이 지켜본 유일한 목격자는 나 하나뿐이었지만 그렇다고 내가 본 것을 누군가에게도 늘어놓지는 않았다. 웬일인지 그 일에 관해서는 입도 뻥긋하기 싫었다. 그런 채로 나 혼자서만 김반장을 형부감에서 제외시켜버렸던 것이다. 또 하나, 아주 용기를 필요로 하는 일이었지만 그날 이후로는 김반장이 내 엉덩이를 철썩 두들기며 어이, 우리 경옥이처제 어쩌구 할 때는 단호하게 그를 뿌리치고 도망나와버리곤 하였다. 물론 그가 내미는 쭈쭈바도 받아먹지 않았다.

그 사건은 초여름 밤 열 시가 넘어서 일어났다. 그날은 낮부터 티격태격해대던 엄마와 아버지와의 말싸움이 저녁에 이르러서는 본격적으로 시작되었었다. 넷째언니는 야간 조업이 있다고 늘상 열두 시가 다 되어야 돌아오는 처지라 만만한 나만 엄마의 분풀이

원미동 시인

대상이 되어서 낮부터 적잖이 욕설도 들어먹었던 차였다. 싸우는 이유도 뭐 그리 대단한 게 아니었다. 아버지가 쓰레기 속에서 주워 온 십팔금 목걸이를 맥주 네 병으로 맞바꾸어 간단히 목을 축이고 돌아왔노라는 말을 내뱉은 뒤부터 엄마의 잔소리가 시작된 게 원인이었다. 새삼 길게 이야기할 것도 없고 요지는 맥주 네 병으로 홀랑 마셔버리느니 지 여편네 목에 걸어주면 무슨 동티가 날까봐 그랬느냐는 아우성이었다. 엄마가 지금 손가락에 끼고 있는, 약간 색이 변한 십팔금 반지도 아버지가 주워온 것인데 짜장 목걸이까지 세트로 갖출 뻔한 기회를 놓쳐서 엄마는 단단히 약이 올랐다. 그러던 말싸움이 저녁에 가서는 기어이 험악한 욕설과 아버지의 손찌검으로 이어지길래 나는 언제나처럼 슬그머니 집을 빠져나와 비어있는 형제슈퍼의 노천의자에 앉아 있었다. 가끔씩 있는 일로 서 머지 않아 아버지는 엄마를 케이오로 때려눕힌 뒤 코를 골며 잠 들어버릴 것이었다. 그 다음엔 눈물 콧물 다 짜낸 엄마가 발을 질 질 끌며 거리로 나와 경옥아!를 목청껏 부를 판이었다. 그때나 되 어 못 이기는 척 들어가 잠자리에 누워버리면 내일 아침의 새날이 올 것이 분명하였다.

　집에서 나온 것이 아홉 시쯤, 그래서 김반장도 가겟방에 놓은 흑백 텔레비전으로 저녁 뉴스를 시청하느라고 내가 나온 것도 모르고 있었다. 장가들면 색시가 컬러 텔레비전을 해올 것이므로 굳이 바꿀 필요 없다고 고물 텔레비전으로 견디어내는 김반장의 등허리를 흘깃 쳐다보고 나는 신발까지 벗고 의자 위에 냉큼 올라앉았다. 잠이 오면 탁자에 엎드려 한숨 졸고 있어볼 생각으로 나는 가물가물 감기는 눈을 비비며 이리저리 몸을 뒤척이고 있었다. 거리는 그날따라 유난히 한산했고 지물포니 사진관도 일찌감치 아크

릴 간판에 불을 꺼둔 체였다. 우리정육점은 휴일인지 셔터까지 내려져 있었다. 그 옆의 서울미용실은 경자언니가 출퇴근을 하기 때문에 아홉 시만 되면 어김없이 불이 꺼진 채였다. 형제슈퍼에서 공단 쪽으로 난 길은 공터가 드문드문 박혀 있어서 원래 칠흑같이 어두웠다. 한 블록쯤 가야 세탁소가 내비치는 불빛이 쬐끔 새어나올 뿐이고 포장도 안 된 울퉁불퉁한 소방 도로 옆으로는 자갈이며 벽돌 따위가 쌓여 있었다.

바로 그때 공단 쪽으로 가는 어두운 길에서 뭔가 비명 소리도 같고 욕지기를 참는 안간힘 같기도 한 소리가 들려왔다. 아니, 그때 나는 비몽사몽 졸음 속에서 헤매고 있었기 때문에 정확하게 어떤 소리를 들은 것은 아니었다. 이제 생각하면 그 순간에는 분명 잠에 흠뻑 취해 있었음이 분명했다. 그럼에도 불구하고 그 소리를 들었던 것처럼 생각된 것은 꿈속에까지 쫓아와 악다구니를 벌이고 있는 엄마와 아버지의 모습을 보고 있었던 탓인지도 몰랐다. 하여간 허공을 가르는 비명 소리가 꿈속이었거나 생시였거나 간에 들려왔던 것은 사실이었다. 움찔 놀라며 눈을 떴을 때는 이미 누군가가 어둠을 뚫고 뛰쳐나와 필사적으로 가게를 향해 덮쳐오는 중이었다. 그리고 그 뒤엔 덫에서 뛰쳐나온 노루새끼를 붙잡으러 온 것이 확실한 젊은 사내 둘이 가쁜 숨을 몰아쉬며 쫓아오고 있었다.

공교롭게도 나는 불빛에서 약간 비켜난 쪽의 의자에 앉아 있었기 때문에 그들의 눈에 띄지 않았다. 더욱 공교로웠던 것은 마침 가게 주변엔 아무도 없었다는 사실이었다. 때에 따라서는 비치파라솔 밑의 이 의자로는 턱도 없이 모자랄 만큼의 사람들이 왁자하게 모여 막걸리 타령을 벌이는 경우가 종종 있었다. 대개는 일을 끝내고 돌아가는 공사장의 인부들이었다. 그 사람들이 아니더라

원미동 시인

도 동네 사람 몇몇이 자주 이 의자에 앉아 밤바람을 쐬기도 했는데
그날은 아무도 없었다. 갑작스런 사태에 놀라 어리둥절하는 사이
도망자는 곧장 가게 안으로 들어가버렸고 뒤쫓아 온 사람 중의 하
나는 가게 앞에, 또 하나는 마악 가게 속으로 들어가는 중이어서
나는 그들의 모습을 비교적 자세히 볼 수 있었다.

"야, 이 새꺄! 이리 못 나와!"

가게 안으로 쫓아들어가면서 소리치고 있는 사내는 빨간색의
소매없는 러닝셔츠를 입고 있어서 땀에 번들거리는 어깻죽지가
엄청 우람하게 보였다.

"깽판치기 전에 빨리 나오란 말야!"

가게 앞에 서서, 씩씩 가쁜 숨을 몰아쉬며 이마의 땀을 훔치고
있는 사내는 두 개의 윗저고리를 한 손에 거머쥐고 있었다. 그도
당연히 러닝셔츠 바람이었지만 소매도 달린, 점잖은 흰색이었으
므로 빨간 셔츠에 비해 훨씬 온순하게 보여졌다.

도대체 무슨 일일까. 호기심을 이기지 못한 나는 가게 옆구리의
샛문을 통해 안을 들여다보았다. 그새 사내의 발길에 차여버린 도
망자가 바닥에 엎어져 있었고 김반장이 만약을 위해 사내 주변의
맥주 박스를 방안으로 져 나르면서 뭐라고 소리치고 있었다.

"김형, 김형…… 도와주세요."

쓰러진 남자의 입에서 이런 말이 가느다랗게 흘러나온 것은 그
순간이었다. 그와 동시에 빨간 셔츠의 사내가 다시 쓰러진 자의 등
허리를 발로 꽉 찍어눌렀다.

"이 새끼, 아는 사이요? 그러면 당신도 한번 맛 좀 볼 텐가?"

맥주병을 거꾸로 쳐들고 빨간 셔츠가 소리질렀다. 김반장의 얼
굴이 대번에 하얗게 질려버렸다.

“무, 무슨 소리요? 난 몰라요! 상관없는 일에 말려들고 싶지 않으니까 나가서들 하시오.”

그때 바닥에 쓰러져 버둥거리던 남자가 간신히 몸을 비틀고 일어섰다. 코피로 범벅이 된 얼굴이 슬쩍 드러나보였는데 세상에, 그는 몽달씨임이 분명하였다. 그러고보니 빛바랜 바지와 물들인 군용 점퍼 밑에 노상 껴입고 다니던 우중충한 남방셔츠가 틀림없는 몽달씨였다. 아까는 워낙 눈 깜짝할 사이에 가게 안으로 뛰어들었기 때문에 얼굴을 볼 겨를이 없었다.

“이 짜식, 왜 남의 집으로 토끼는 거야! 너 같은 놈은 좀 맞아야 돼.”

흰 이를 드러내며 빨간 셔츠가 으르렁거렸다. 순간 몽달씨가 텔레비전이 왕왕거리고 있는 가겟방을 향해 튀었다. 방은 따로이 바깥쪽으로 난 출입구가 있었기 때문이었다. 그러나 몽달씨보다 더 빠른 동작으로 방문을 가로막아버린 사람이 있었다. 바로 김반장이었다.

“나가요! 어서들 나가요! 싸우든가 말든가 장사 망치지 말고 어서 나가요!”

빨간 셔츠가 몽달씨의 목덜미를 확 나꾸어챘다. 개처럼 질질 끌려나오는 몽달씨를 보더니 밖에 있던 흰 러닝셔츠가 찌익, 이빨 새로 침을 뱉어냈다. 두 사람 다 술기운이 벌겋게 오른, 번들거리는 눈자위가 징그러웠다. 나는 재빨리 불빛이 닿지 않는 구석으로 몸을 피했다. 무섭고 또 무서웠다. 저렇게 질질 끌려가는 몽달씨를 위해서 내가 해야 할 일이 무엇인지 알 수가 없었다. 도무지 가슴이 떨려 숨도 크게 쉬지 못할 지경이었는데도 김반장은 어질러진 가게를 치우면서 밖은 내다보지도 않았다.

두 명의 사내 중에서도 빨간 셔츠가 훨씬 악독한 게 사실이었다. 녀석은 몽달씨의 머리칼을 한 움큼 휘어감고서 마치 짐짝을 부리 듯이 몽달씨를 다루고 있었다. 끌려가지 않으려고 버둥거리다가 는 사내의 구둣발에 사정없이 정강이며 옆구리가 뭉개어졌다. 지 나가던 행인 몇 사람이 공포에 질린 얼굴로 그들을 지켜보았다. 구 경꾼들이 보이자 빨간 셔츠가 당당하게 외쳐댔다.

"이 새끼, 너 같은 놈은 여지없이 경찰서로 넘겨야 해. 빨리 와!"

불 켜진 강남부동산 앞에서 몽달씨가 최후의 발악을 벌여 놈의 손아귀에서 빠져나왔다. 그러나 이내 녀석에게 머리칼을 붙잡히 면서 부동산 옆의 시멘트 기둥에 된통 머리를 받혔다. 쿵. 몽달씨 의 머리통이 깨져나가는 듯한 소리에 나는 눈을 감아버렸다. 숨이 막힐 것만 같았다. 행복사진관과 원미지물포만 지나고 나면 또다 시 불빛도 없는 공터가 나올 것이므로 몽달씨를 구해낼 시기는 지 금밖에 없다. 몽달씨가 악착같이 불 켜진 가게 쪽으로만 몸을 이끌 어갔기 때문에 길 이쪽은 텅 비어 있었다. 몇몇 사람들이 있기는 하였지만 그들은 섣불리 끼어들지 않고서 당하는 몽달씨의 처참 한 꼴에 혀만 끌끌 차고 있었다.

"빨리 가, 이 자식아! 경찰서로 가잔 말야!"

빨간 셔츠가 움켜쥔 머리칼을 확 나꾸어채면 몽달씨는 시멘트 바닥에서 몸을 가누지 못해 정말 개처럼 두 손을 바닥에 짚고 끌려 갔다.

"왜 이러세요……. 내가 무슨 잘못이…… 있다고…….."

행복사진관의 밝은 불빛 앞에서 몽달씨가 울부짖으며 사내에게 잡힌 머리통을 흔들어대다가 녀석의 구둣발에 면상을 짓밟히기 시작하였다. 마침내 나는 내달리기 시작하였다. 두 주먹을 불끈 쥐고 녀석들 곁을 바람같이 스쳐 나는 원미지물포로 뛰어들었다. 가게는 텅 비어둔 체 지물포 주씨 아저씨는 아랫목에 길게 누워 텔레비전을 보느라 바깥의 소동은 까맣게 모르고 있었다.

"깡패가, 깡패가 몽달씨를 죽여요."

주씨 아저씨는 그 우람한 체구에 비하면 말귀를 빨리 알아듣는 사람이었다. 벼락같이 튀어나와 마침 자기 가게 앞을 끌려가고 있는 몽달씨의 꼴을 보고는 냅다 소리를 질렀다.

"죄가 있으모 경찰을 부를 일이제 무신 일로 사람을 이리 패노? 보소! 형씨, 그 손 못 놓나?"

투박한 경상도 말이 거침없이 쏟아져나오자 녀석도 약간 주춤했다.

"아저씨는 상관 마쇼! 이런 놈은 경찰서로 끌고 가야 된다구요."

"누가 뭐라 카노. 야! 빨리 경찰에 신고해라. 당신네들이 사람 뚜드려가며 경찰서까지 갈 것 없다. 일 분 안에 오토바이 올 테니까."

"이 아저씨가……. 이 새끼, 아는 사람이오?"

"잘 아는 사람이니 이카제. 이 착한 청년이 무신 죄를 졌다꼬 이래 반죽여놨노? 무신 일이라?"

그제서야 빨간 셔츠가 슬그머니 움켜쥔 머리칼을 놓았다. 몽달씨가 비틀거리며 주씨 곁으로 도망쳤다.

"아무 잘못도…… 없어요……. 지나가는 사람 잡아놓고…… 느닷없이 때리는데."

더듬더듬, 입 안에 괴어 있는 피를 뱉어내며 간신히 이어가는 몽달씨의 말을 듣노라고 주씨가 잠시 한눈을 판 것이 잘못이었다. 멀찌감치 서서 구경을 하고 있던 사람들 중에서 누군가가 소리쳤다.

원미동 시인

“어어, 저봐요. 저 사람들 도망쳐요!”

정말 눈 깜짝할 사이였다. 벌써 공단 쪽 길로 튕겨가는 모양으로 발자국 소리만 어지럽고 녀석들은 어둠 속에 파묻혀버린 뒤였다.

“빨리 가서 잡아야지 저런 놈들 그냥두면 안 돼요!”

언제 왔는지 김반장이 발을 구르며 흥분하고 있었다. 금방이라도 잡으러 갈 듯 몸을 솟구치는 꼴이 가관이었다.

“소용없어. 저놈들이 어떤 놈이라고.”

“세상에, 경찰서로 가자고 그리 당당하게 굴더니 도망치는 것 좀 봐.”

“그러니까 그냥 닥치는 대로 골라잡아 팬 거군. 우린 그것도 모르고 정말 도둑이나 되는 줄 알았지 뭐야!”

“여기는 가게들이 많아 환하니까 어두운 곳으로 끌고 가서 작신 패려고 수작을 벌였군.”

“그래요. 아까 보니까 저 윗길에서 이 총각이 그냥 지나가는데 불러놓고 시비더라구요. 아휴, 저 총각 너무 많이 맞았어. 죽지 않는 게 다행이야.”

“그럼 진작에 말하지 그랬어요?”

“누가 이 지경인 줄 알았수? 약국에 가는 길에 그 난리길래 무서워서 저쪽으로 돌아갔다가 약 사갖고 와보니 경찰서 가자고 여태도 패고 있던걸.”

모여 섰던 사람들이 저마다 한마디씩 떠들어대기 시작했다. 조금 아까까지도 텅 비어 있다시피 한 거리였는데 언제 알았는지 이 집 저 집에서 쏟아져 나온 사람들이 웅성거리며 피투성이가 된 몽달씨를 기웃거렸다. 참말이지 쥐어뜯긴 머리칼하며 길바닥을 쓸고 온 옷 꼬락서니, 그리고 피범벅이 된 얼굴까지가 영락없이 몽달귀신 그대로였다.

"무신 놈의 세상이 이리 험악하노. 이래가꼬는 사람이라 할 수 있겠나?"

주씨가 어이없어하는데 또 김반장이 냉큼 뛰어들었다.

"그러게 말입니다. 하여간 저놈들을 잡아 넘겼어야 하는 건데…… 좀 어때? 대체 이게 무슨 꼴인가. 어서 집으로 가세. 내가 데려다 줄게."

김반장이 몽달씨를 부축해 일으켰다. 세상에 밸도 없지. 그 손을 뿌리치지 못하고 몽달씨는 김반장의 부축을 받으며 집으로 갔다.

몽달씨를 다시 보게 된 것은 그로부터 꼭 열흘이 지난 며칠 전이었다. 그 열흘간을 어떻게 보냈는지는 설명하기도 귀찮을 정도였다. 몽달씨와 더불어 다닐 때는 몰랐지만 막상 그가 없으니 심심해서 미칠 지경이었다. 하루가 꼭 마흔 시간쯤으로 늘어난 느낌이었다. 때때로는 형제슈퍼의 의자에 앉아 있은 적도 있었지만 이미 김반장과는 서먹한 사이가 되어버려서 그다지 자주 찾지는 않았다. 그날 밤, 내가 몰래 가게 안을 훔쳐보고 있은 줄을 모르는 김반장만큼은 예전과 다름없이 굴고 있기는 하였다.

"경옥이처제. 요새는 왜 뜸해? 선옥이언니 서울서 오거든 직방으로 내게 알리는 것 잊지 마. 그러면 내가 이것 주지!"

김반장이 쳐들어 보이는 것은 으레 요깡이었다. 껍질에는 영양갱이라고 씌어 있는 이백 원짜리 팥떡인데, 그것을 죽자 사자 먹고 싶어하는 것을 아는 까닭이었다. 그러나 흥, 어림도 없지. 선옥이언니가 오게 되면 김반장의 비겁한 행동을 미주알고주알 일러바쳐서 행여 남아 있을지도 모를 미련까지도 아예 싹둑 끊어버리게 하자는 것이 내 속셈이었다. 어찌 된 셈인지 선옥이언니는 한 달

가까이 집에는 코빼기도 내비치지 않고 있었다. 얼마 전에 서울에 다녀온 엄마 말로는 양품점이 한 달에 두 번 노는 데도 집에는 올 생각 않고 온종일 쏘다니다 밤늦게서야 기어들어온다는 것이었다. 게다가 이모가 받아본 전화 속의 남자들만도 서넛이 넘어서 양품점 전화통이 종일토록 불나게 울려대는 바람에 지깐년은 저한 테 걸려오는 전화받기에도 바쁜 형편이라 했다. 엄마를 쏙 빼닮아 말뽄새가 거칠기 짝이 없는 이모가 보나마나 바가지로 퍼부었을 선옥이언니의 흉보따리를 잔뜩 짊어지고 온 엄마의 마지막 결론 은 갈데 없이 원미동 똑똑이다웠다.

"선옥이 고년, 이왕지사 바람든 년이니까 차라리 탈렌트나 영화 배우를 시키는 게 낫겠습디다. 말이사 바른 말이지 인물이야 요즘 헌다 하는 장미희보다 낫지……."

"미쳤군, 미쳤어. 탈렌트는 누가 거저 시켜주남. 뜨신 밥 먹고 식 은 소리 작작 해!"

그렇게 몰아붙이면서도 아버지는 으레 흐흐흐 웃고 마는 게 예 사였다. 딸 많은 집구석에 인물 팔아 돈 버는 딸년 하나쯤 생긴다 해서 나쁠 것도 없다는 웃음이 분명했다.

"서울 사람들은 눈도 밝지. 선옥이가 명동으로 나갔다 하면 영 화배우 해보라고 줄줄이 따라다닌답니다. 인물 좋은 것도 딱 귀찮 다고 고년이 어찌 성가셔하는지……."

엄마도 참, 입술에 침도 안 바르고 고흥댁 아줌마한테 이렇게 주 워섬기는 때도 있었다. 그러면 여태도 동아언니 콧대가 하늘 높은 줄 모르고 솟아 있다고만 믿는 고흥댁 아주머니도 지지 않고 딸자 랑을 쏟아놓았다.

"우리 동아는 요새 피아노도 배우고 꽃꽂이 학원도 다닌다고 맨

날 바쁘다요. 시방 세상은 그 정도의 신부 수업인가 뭔가가 아주 필수라 한다드만."

엄마도 엄마지만 고흥댁 아주머니 말은 듣기에 거북하였다. 대신설비 노가다[3] 청년한테 시집가면 피아노는커녕, 호박꽃 한 송이 꽂을 일도 없을 것이니까. 어른들은 알고 보면 하나밖에 모르는 멍텅구리 같을 때가 종종 있는 법이다. 그 사건 이후, 김반장에 대한 이야기만 해도 그렇다.

"김반장 그 사람 참말이제 진국은 진국인기라. 엊그제만 해도 복숭아 깡통 하나 들고 몽달 청년한테 갔능갑드라. 걱정도 억시기 해쌌고, 우찌됐건 미친놈한테 그만큼 정성들이는 것만 봐도 보통은 아닌 기 맞다."

지물포 주씨가 행복사진관 엄씨한테 하는 말이었다. 세 살 많다 하여 어김없이 형님으로 받드는 엄씨가 고개를 끄덕이며 맞장구 치는 것을 보고 있으면 내 속이 터질 것만 같았다. 그렇지만 이상하게도 그 밤의 일을 속시원히 털어놓을 수가 없었다. 그러고보면 이 김경옥이야말로 진국 중에 진국인지도 모른다.

몽달씨가 자리 털고 일어난 이야기를 하려다가 또 다른 쪽으로 새버렸지만 몽달씨야말로 진짜 이상한 사람이었다. 오후반인 소라가 등교 준비를 해야 한다고 서둘러 저희 집으로 가버린 때니까 정오가 조금 지나서였을 것이다. 집으로 가다 말고 문득 형제슈퍼 쪽을 돌아보니 음료수 박스들을 차곡차곡 쟁여놓는 일에 땀을 뻘뻘 흘리고 있는 몽달씨가 보였다. 실컷 두들겨맞고 열흘간이나 누워 있었던 사람이라 안색이 차마 마주보기 어려울 만큼 핼쑥했다.

---

3) 노가다 : 토목공사에서 일하는 막벌이꾼.

그런데도 뭐가 좋은지 히죽히죽 웃어가면서 열심히 박스들을 나르고 있는 게 아닌가. 그것도 김반장네 가게에서. 아무리 눈을 크게 뜨고 보아도 몽달씨가 분명했다. 저럴 수가. 어쨌든 제정신이 아닌 작자임이 틀림없었다. 아무리 정신이 좀 헷갈린 사람이래도 그렇지, 그날 밤의 김반장 행동을 깡그리 잊어버리지 않고서야 저럴 수가 없다는 게 내 생각이었다.

잊었을까. 그날 밤 머리의 어딘가를 세게 다쳐서 김반장이 자기를 내쫓은 부분만큼만 감쪽같이 지워진 것은 아닐까. 전혀 엉뚱한 이야기만도 아니었다. 텔레비전에서도 보면 기억상실증인가 뭔가로 자기 아들도 못 알아보는 연속극이 있었다. 그런 쪽의 상상이라면 나를 따라올 만한 아이가 없는 형편이었다. 내 머릿속은 기기괴괴한 온갖 상상들로 늘 모래주머니처럼 빽빽했으니까. 나는 청소부 아버지의 딸이 아니라 사실은 어느 부잣집의 버려진 딸이다, 라는 식의 유치한 상상은 작년도 못 되어 이미 졸업했었다. 요즘의 내 상상이란 외계인 아버지와 지구인 엄마와의 사랑, 뭐 그런 쪽의 의젓한 것이었다. 아무튼 나의 기막힌 상상력으로 인해 몽달씨는 부분적인 기억상실증 환자로 결정되었다. 그렇다면 이제는 확인할 일만 남은 셈이었다. 오래 기다릴 필요도 없었다. 나는 김반장네 가게일을 거들어주고 난 뒤 비치파라솔 밑의 의자에 앉아 뭔가를 읽고 있는 몽달씨에게로 갔다. 보나마나 주머니 속에 잔뜩 들어 있는 종이조각 중의 하나일 것이었다. 멀쩡한 정신도 아닌 주제에 이번엔 기억상실증이란 병까지 얻어놓고도 여태 시 따위나 읽고 있는 몽달씨 꼴이 한심했다.

"이거, 또 시예요?"

"그래. 슬픈 시야. 아주 슬픈……."

몽달씨가 핼쑥한 얼굴을 쳐들며 행복하게 웃었다. 슬픈 시라고 해놓고선 웃다니. 나는 이맛살을 찡그리며 몽달씨 옆에 앉았다. 그리고 아주 낮은 목소리로 물었다.

"이제 다 나았어요?"

"응. 시를 읽으면서 누워 있었더니 금방 나았지."

금방은 무슨 금방. 열흘이나 되었는데. 또 한 번 나는 몽달씨의 형편없는 정신 상태에 실망했다.

"그날 밤에 난 여기에 앉아서 다 봤어요."

"무얼?"

"김반장이 아저씨를 쫓아내는 것……."

순간 몽달씨가 정색을 하고 내 얼굴을 쳐다보았다. 예전의 그 풀려있던 눈동자가 아니었다. 까맣고 반짝이는 눈이었다. 그러나 잠깐이었다. 다시는 내 얼굴을 보지 않을 작정인지 괜스레 팔뚝에 엉겨붙은 상처딱지를 떼어내려고 애쓰는 척했다. 나는 더욱 바싹 다가앉았다.

"김반장은 나쁜 사람이야. 그렇지요?"

몽달씨가 팔뚝을 탁 치면서 "아니야"라고 응수했는데도 나는 계속 다그쳤다.

"그렇지요? 맞죠?"

그래도 몽달씨는 못들은 척 팔뚝만 문지르고 있었다. 바보같이. 기억상실도 아니면서……. 나는 자꾸만 약이 올라 견딜 수 없는데도 몽달씨는 마냥 딴전만 피우고 있었다.

"슬픈 시가 있어. 들어볼래?"

치, 누가 그 따위 시를 듣고 싶어할 줄 알고 내가 입술을 비죽 내밀거나 말거나 몽달씨는 기어이 시를 읊고 있었다. ……마른 가지

로 자기 몸과 마음에 바람을 들이는 저 은사시나무는, 박해[4]받는
순교자 같다. 그러나 다시 보면 저 은사시나무는 박해받고 싶어하
는 순교자 같다…….

"너 글씨 알지? 자, 이것 가져. 나는 다 외었으니까."

몽달씨가 구깃구깃한 종이쪽지를 내게로 내밀었다. 아주 슬픈
시라고 말하면서. 시는 전혀 슬픈 것 같지 않았는데도 난 자꾸만
눈물이 나려 하였다. 바보같이, 다 알고 있었으면서…… 바보 같은
몽달씨…….

(소설 속에 인용된 시는 순서대로 김정환, 이하석, 황지우씨의 작
품임.)

---

4) 박해 : 못 견디게 굴어서 해롭게 하는 것.

줄 · 거 · 리

1

나는 사실 여덟 살이거나 아홉 살이지만 호적에는 일곱 살이다. 내가 태어나던 해에 스물이 넘는 큰 언니를 비롯하여 딸이 무려 넷이었다. 집에서는 내가 아들이라고 해서 출산을 하였으나 낳고 보니 딸이라 구박덩이에 미운오리새끼다.

나는 이제부터 원미동 시인의 이야기를 하려고 한다. 사실 우리 동네에는 원미동 시인 외에도 원미동 카수니, 원미동 멋쟁이 등이 많이 있다. 원미동 시인은 몽달귀신 같다고 하여 '몽달' 씨라는 별명이 있다. 그는 무궁화연립주택 3층에 살고 있는 스물일곱 살인 나의 친구이다. 내 친구에는 같은 나이의 형제슈퍼 김반장이 또 있다. 김반장은 우리집 셋째딸인 선옥언니를 좋아하나 그는 서울로 훌쩍 떠났다. 우리 아버지는 청소부이며, 큰 언니는 양평의 한 농사꾼의 아내가 되었다. 둘째언니는 지금 대폿집을 열고 있고, 선옥 언니만이 고등학교를 나와 김반장이 성에 찰 리가 없다.

2

내가 몽달씨와 친구가 된 것은 올 봄 형제슈퍼 앞에서 김반장이 언제나 말동무가 되어주거나 눈치만 보고 있는데, 내 뒤에서 똑같이 김반장 눈치를 보고 있는 몽달씨를 봤다. 그는 이상한 시를 외우며 나와 김반장을 당황하게 하였으며, 다음에도 내가 김반장과 이야기를 하다보면 몽달씨는 어느새 슬쩍 다가와 김반장의 친구가 되었으면 하는 태도를 보인다. 김반장은 셋째언니 선옥이를 마음에 두고 나를 처제라고 부른다. 그런데 고흥댁에 딸이 하나 있는데 은혜 할머니가 김반장 말을 건네자 고흥댁 아주머니는 시큰둥한 태도였으나, 사실 그 동아언니는 소라네 대신설비에서 일하는 노가다 청년과 연애를 하고 있는 것을 나만이 알고 있다. 가만히 눈치를 보면 선옥언니도 요새 새 남자가 생긴 것 같다. 이런 속도 모르는 김반장이 불쌍해지기도 하였다. 이런 김반장에게 몽달씨가 있음으로 인하여 주가가 더 올라간다. 몽달씨는 대학 다닐 때까진 저러지 않았으나 학교에서 잘리고, 곧장 군대에 갔다 제대하고부터는 저리 되었다고 한다. 몽달씨는 나와 자진해서 김반장네 슈퍼 일을 도와주다가 채소를 다듬는 일까지 도와주고 있다.

중학생 한국단편소설④

[3]

그런데 정확히 열나흘 전의 그 일로 인하여 나는 김반장과 형제슈퍼의 잡다한 군것질값을 한꺼번에 포기하였다(김반장이 형부가 되기를 거부한 것이다). 그 사건은 초여름 밤 열 시가 넘어서 일어났다. 나는 김반장의 슈퍼 앞 의자에 신발까지 벗고 의자위에 올라앉았다. 가물가물 감기는 눈을 비비고 있을 바로 그때 공단쪽으로 가는 어두운 길가에서 뭔가 비명 소리가 들리더니, 이미 누군가가 어둠을 뚫고 필사적으로 가게를 향해 덥쳐오고 있었다. 도망자는 곧장 가게 안으로 들어가버렸고, 쫓아온 사람중의 하나는 가게 앞에, 또 하나는 가게 속으로 들어가 소리를 치고 있었다. '이 새꺄! 이리 못 나와!', '깽판치기 전에 빨리 나오란 말야!' 가게 안에서는 사내의 발길에 차여버린 도망자가 바닥에 엎어져 있었고 김반장은 만약을 위해 사내 주변의 맥주 박스를 방안으로 져 나르고 있었다. 쓰러진 남자는 김반장 보고 도와달라고 하고, 사내는 김반장에게 아는 사람이냐고 묻는다. 김반장은 모르는 사람이라고 말한다. 자세히 보니 바닥에 엎드려 있는 사람은 몽달씨였다. 그는 빠르게 방안으로 뛰어들어가려했으나 그 길을 김반장이 막았다. 결국 몽달씨는 사내들에게 끌려 공터가 있는 골목으로 끌려가고 있었다. 누구하나 말리는 이가 없다. 나는 원미지물포로 달려가 아저씨에게 깡패가 몽달씨를 죽인다고 하자 그는 벼락같이 뛰어나와 죄가 있으면 경찰을 부르라고 하자 그들은 슬그머니 도망쳐버리고 말았다. 그러자 많은 사람들이 모여들고, 모여들은 사람들은 한마디씩 한다. 그러자 김반장이 냉큼 대들어 몽달씨를 부축하여 일으킨다. 몽달씨는 김반장의 부축을 받으며 집으로 갔다.

4

몽달씨를 다시 보게 된 것은 그로부터 꼭 열흘이 지난 며칠 전이었다. 나는 선옥이 언니가 오게 되면 김반장의 비겁한 행동을 일러바쳐 미련까지 싹둑 짤라버리게 하려는 생각이었다. 동네 사람은 아무 속도 모르고 김반장을 칭찬하였다. 김반장이 복숭아 깡통 하나 들고 몽달 청년에게 갔다고. 그런데 몽달씨야 말로 이상한 사람이었다. 정오가 조금 지나 형제슈퍼 쪽으로 돌아보니 몽달씨가 음료수 박스를 정리하느라 땀을 흘리고 있었다. 그는 그날 밤 김반장의 행동을 깡그리 잊어버리지 않고서야 저럴 수가 없다는 생각이 들었다.

5

나는 김반장네 일을 거들어주고 의자에 앉아 뭔가를 읽고 있는 몽달씨에게로 갔다. 그는 종이를 꺼내어 이 것은 '슬픈 시, 아주 슬픈 시'라고 말한다. 이제 다 나았냐고 묻자, 그는 다시 '시를 읽으면서 누워 있었더니 금방 낳았다'고 한다. '그날 밤에 난 여기에 앉아 다 봤어요' '무얼' '김반장이 아저씨를 쫓아내는 것……', '김반장은 나쁜 사람이야 그렇지요?', 그러자 몽달씨는 '아니야'라고 응수한다. 그리고 그는 딴전만 피운다. '슬픈 시가 있어. 들어 볼래?' '……마른 가지로 자기 몸과 마음에 ……박해받는 순교자 같다.……'
시는 전혀 슬픈 것 같지 않았는데도 난 자꾸만 눈물이 나려 하였다.
바보같은 몽달씨

- 몽달씨 : 대학에서 제적되어 군에 다녀온 뒤로는 정신이상자가 되어 김반장이 운영하는 형제슈퍼에 나와 무보수로 일을 도와준다. 그러나 어느날 밤 깡패들에 쫓겨 형제슈퍼로 도망와 김반장에게 도움을 청하나 김반장은 이를 외면하고 몽달씨를 쫓아낸다. 몽달씨는 깡패에게 끌려간다. 경옥이로부터 소식을 들은 원미지물포 아저씨에 의해 구원을 받는다.
- 김반장 : 원미동 23통에서 형제 슈퍼를 운영하고 있다. 평소에 몽달씨와 가까이 하였으나 그가 깡패에게 쫓겨와 도움을 청하나 이를 외면한다. 그리고 그가 자리에 눕자 병문안을 가서 동리 사람들로부터는 의리 있고 인정많은 사람으로 보이나 경옥이는 그의 위선적인 태도를 못마땅해 한다.
- 경옥 : 호적상 일곱 살 된 소녀다. 몽달씨, 김반장과 친구처럼 지냈으나, 몽달씨가 깡패에게 쫓겨오던 그날의 사건을 두 눈으로 똑똑히 보고부터는 김반장이 겉 다르고 속다른 사람임을 알게 되어 그를 싫어하며, 그후로도 몽달씨가 김반장에게 가까이하는 모습을 보면 자꾸 눈물을 흘린다.

　〈원미동 시인〉은 연작집《원미동 사람들》에 실린 네 번째 작품이다. 원미동은 경기도 부천시 원미구에 실존하는 동이다. 그러나 이 동은 이름 그대로 '멀고도 아름다운 동네'이기도 하다. 서울 변두리에는 이런 위성도시가 많이 있다. 원미동은 기어이 또 하나의 희망을 만들어가며 살아야할 우리들의 동네다. 작품 속의 원미동은 희망과 절망, 폭력과 소외, 갈등과 이해 등으로 얼룩져 있는 우리들의 작은 삶이 압축적으로 들어 있다. 거기에는 사소한 일로 종종 말다툼이 벌어지고, 얼마 안 되는 돈 때문에 명암이 교차하며, 개인들의 조그마한 삶이 부스러지고 주워담아진다. 〈원미동 시인〉에서 '몽달씨'는 이유 없이 한 개인이 당해야 하는 폭력의 섬뜩함과 이 폭력에 대한 이웃들의 방관을 보여주고 있다. 이는 이웃간의 단절 현상이다.

　경찰서를 들먹이며 짐짓 합법적 폭력을 가장하며 날뛰는 폭력배 앞에 김반장은 몽달씨를 낯모르는 타인이라고 대답하고 이웃들은 고의로 얼굴을 돌린다. 그러면서 맥주병이 깨질까봐 그것을 치우기에 급급한 김반장은 자신의 이익을 챙기기에 바쁘다. 그들은 폭력의 정당성 여부에는 관심이 없으며, 정당성 여부를 따져보려 하지 않는다. 이것은 지금의 우리 사회가 지니고 있는 무서운 속성, 다시 말해 보이지 않는 힘으로부터 개인에게 가해지는 비합법적 폭력과 이 폭력에 대해 전혀 이의를 제기할 수 없는 사회 구조가 원미동 주민들의 의식에까지 침투되어 있음을 보여준다. 원미동은 우리 사회의 문제점들이 집약된 곳의 하나로 그려지고 있다.

깊이 읽기

1. '원미동'에는 '행복 사진관, 형제 슈퍼, 강남 부동산, 써니 전자' 등의 이름을 가진 가게가 있다. 이들 가게나 간판 이름과, '원미동'이라는 동명이 가르키는 의미에 대해 써라.

2. '원미동 시인'은 어느 날 갑자기 깡패들에게 폭행을 당했으며, 그들이 왜 자신에게 폭력을 가하는지도 모른다. 또 이웃은 그들에게 방관자적 입장을 취하고 있다. 이러한 이유없는 폭행에 대해 써라.

3. 김반장의 이중적인 성격이 들어난 지문을 찾아 써라.

4. 다음 몽달씨가 읽은 시 가운데 '박해받고 싶어하는 순교자와 같
   다'가 주는 의미에 대해 써라.

"김반장은 나쁜 사람이야. 그렇지요?"

몽달씨가 팔뚝을 탁 치면서 "아니야"라고 응수했는데도 나는
계속 다그쳤다.

"그렇지요? 맞죠?"

그래도 몽달씨는 못들은 척 팔뚝만 문지르고 있었다. 바보같
이. 기억상실도 아니면서……. 나는 자꾸만 약이 올라 견딜 수 없
는데도 몽달씨는 마냥 딴전만 피우고 있었다.

"슬픈 시가 있어. 들어볼래?"

치, 누가 그 따위 시를 듣고 싶어할 줄 알고 내가 입술을 비죽
내밀거나 말거나 몽달씨는 기어이 시를 읊고 있었다. ……마른
가지로 자기 몸과 마음에 바람을 들이는 저 은사시나무는, 박해
받는 순교자 같다. 그러나 다시 보면 저 은사시나무는 박해받고
싶어하는 순교자 같다…….

1. '원미동'은 경기도 부천시 원미구에 있는 한 동이자, 작품 속에 나오는 동이기도 하다. 이들 주민은 처음부터 이곳에 살았던 원주민은 아니며, 모두 외지에서 올라와 서울로 진입하려거나, 진입에 실패하고 서울의 외곽지대에 삶의 터전을 마련하면서 끈질기게 서울로의 전입을 꿈꾸는 사람들이다. 이들은 자신의 꿈이 좌절되었으면서도, 그 꿈을 버리지 않고 이루어지기를 바라는 사람들이다. 이는 이들만이 아니라 산업화, 도시화 과정에서 생겨난 많은 사람들 역시 비슷한 사람들이다. 이에 대한 자신의 생각을 500자 내외로 써라.

□ 깊이 읽기

1. 행복과 희망을 갈망하는 마음이 그들이 장사하는 가게의 간판에 나타내고 있다.

2. 정치 권력과 산업화의 거대한 힘이 개인에게 가하는 압력을 표현하고 있다. 그리고 이 이유도 없는 엄청난 힘에 개인은 너무나 무기력하여 감히 대항할 생각을 갖지 못한다.

3.

①

　"김형, 김형…… 도와주세요."

　쓰러진 남자의 입에서 이런 말이 가느다랗게 흘러나온 것은 그 순간이었다. 그와 동시에 빨간 셔츠의 사내가 다시 쓰러진 자의 등허리를 발로 꽉 찍어눌렀다.

　"이 새끼, 아는 사이요? 그러면 당신도 한번 맛 좀 볼 텐가?"

　맥주병을 거꾸로 쳐들고 빨간 셔츠가 소리질렀다. 김반장의 얼굴이 대번에 하얗게 질려버렸다.

　"무, 무슨 소리요? 난 몰라요! 상관없는 일에 말려들고 싶지 않으니까 나가서들 하시오."

···

　"이 짜식, 왜 남의 집으로 토끼는 거야! 너 같은 놈은 좀 맞아야 돼."

　흰 이를 드러내며 빨간 셔츠가 으르렁거렸다. 순간 몽달씨가 텔레비전이 왕왕거리고 있는 가겟방을 향해 튀었다. 방은 따로이 바깥쪽으로 난 출입구가 있었기 때문이었다. 그러나 몽달씨보다 더 빠른 동작으로 방문을 가로막아버린 사람이 있었다. 바로 김반장이었다.

　"나가요! 어서들 나가요! 싸우든가 말든가 장사 망치지 말고 어서 나가요!"

②

　"김반장 그 사람 참말이제 진국은 진국인기라. 엊그제만 해도 복숭아 깡통 하나 들고 몽달 청년한테 갔능갑드라. 걱정도 억시기 해쌌고, 우찌됐

건 미친놈한테 그만큼 정성들이는 것만 봐도 보통은 아닌 기 맞다."

　지물포 주씨가 행복사진관 엄씨한테 하는 말이었다.

4. 당시 사회에서 민주화를 위해 박해받는 사람을 비유적으로 나타낸 것이다.

□ 비판적으로 읽기

1. (해답 생략)

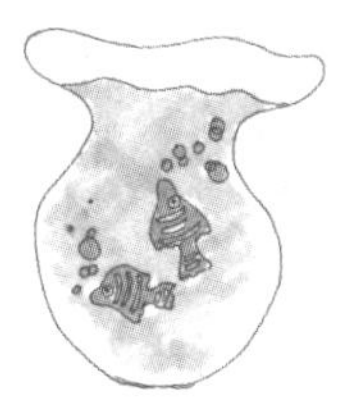

■ 동기 부여

소설이 작가가 꾸민 이야기라고는 하지만, 이야기가 이야기로서의 자격을 갖추기 위해서는 이야기의 전환 때마다 타당한 이유가 존재해야 할 것이다. 이것이 동기부여이다.

그 해 가을이다. 주인의 아들이 장가를 들었다. 색시는 신랑보다 두 살 위인 열아홉 살이다. 주인이 본시 자기가 언제든지 문벌이 얕은 것을 한탄하여 신부를 구할 때에 첫째 조건이 문벌이 좋아야 할 것이었다. 그러나 문벌 있는 집에서는 그리 쉽게 색시를 내놓을 리가 없었다. 그러므로 하는 수 없이 몰락한 양반의 딸을 돈을 주고 사 오다시피 하였으니, 무남독녀의 딸을 둔 남촌 어떤 과부를 꿀을 발라서 약혼을 하고, 혹시나 무슨 딴소리가 있을까 하여 부랴부랴 혼인을 시켜 버렸다.

혼인할 때의 비용도 그 때 돈으로 삼만 냥을 썼다. 그리고 아들의 처갓집에 며느리 뒤보아주는 바느질삯, 빨랫삯이라는 명목으로 한 달에 이천오백 냥씩을 대어 주었다.

신부는 자기 아버지가 돌아가기 전까지만 해도 금지옥엽같이 자란 터라 배울 것 익힐 것은 못 한 것이 없고. 또는 본래 인물이라든지 행동거지에 조금도 구김이 없었다.

신부가 오자 신랑의 흠절이 생기기 시작하였다.

"신부에게다 대면 무두비와 사바귀지."

"아직도 철딱서니가 없어."

"색시에게 쥐여지내겠지."

"신랑에겐 과하지."

이럴 적마다 신랑은 그 말하는 이들이 미웠다. 일부러 자기를 부끄럽게 하려고 하는 것 같아서. 후에 그들을 만나면 말도 안 하고 인사도 하지 아니하였다.

또, 그의 고모 되는 이가 와서 자기 조카를 보고,

"인제는 어른이야. 너도 그만하면 철이 들 때가 되지 않았니? 내 처한테 부끄럽지 아니하냐?"

하고 타이를 적마다 그의 마음은 고모에게 부끄럽다는 것보다도 자기를 이렇게 만든 자기 아내가 더욱 미웠다.

"여편네가 다 무엇이냐? 저 빌어먹을 년이 들어오더니 나를 이렇게 못살게 굴지."

혼인한 지 며칠이 못 되어 그는 색시 방에 들어가지를 않았다.

〈벙어리 삼룡이-나도향〉

벙어리 삼룡이가 사는 주인집에 색시가 시집오기 전까지는 그 집은 평화스럽고 아무런 문제도 없었다. 그러나 색시가 주인집에 시집온 이후부터 주인 아들의 흠이 드러나기 시작하여 주인아들은 갈등이 생기기 시작한 것이다. 이는 사건 속에 갈등을 넣어 반전시키도록 꾸미는 이야기 줄거리에 있어 '색시'의 이와 같은 역할은 적절한 동기부여가 된다. 이후 색시와 주인아들, 벙어리 삼룡이 사이 삼각관계가 만들어지면서 갈등은 증폭된다.

'삵'은 이 동네에는 커다란 암종이었다. '삵' 때문에 아무리 농사에 사람이 부족한 때라도 젊고 튼튼한 몇 사람은 동네의 젊은 부녀를 지키기 위하여 동네 안에 머물러 있지 않을 수가 없었다. '삵' 때문에 부녀와 아이들은 아무리 더운 여름 저녁에라도 길에 나서서 마음놓고 바람을 쏘여보지를 못하였다. '삵' 때문에 동네에서는 닭의 가리며 돼지우리를 지키기 위하여 밤을 새지 않을 수가 없었다.

　동네의 노인이며 젊은이들은 몇 번을 모여서 ‘삵’을 이 동리에서 내어쫓기를 의논하였다. 물론 합의는 되었다. 그러나 내어쫓는 데 선착할 사람이 없었다.

　“첨지가 선착하면 뒤는 내 담당하마.”

　“뒤는 걱정 말고 형님 먼저 말해보시오.”

　제각기 ‘삵’에게 먼저 달려들기를 피하였다.

　이리하여 동리에서는 합의는 되었으나 ‘삵’은 그냥 태연히 이 동네에 묵어 있게 되었다.

(중략)

　여(余)가 ××촌을 떠나기 전날이었다.

　송 첨지라는 노인이 그해 소출을 나귀에 실어가지고 만주국인 지주가 있는 촌으로 갔다. 그러나 돌아올 때는 송장이 되었다. 소출이 좋지 못하다고 두들겨 맞아서 부러져 꺽어진 송 첨지는 나귀 등에 몸이 결박되어서 겨우 ××촌으로 돌아왔다. 그리고 놀란 친척들이 나귀에서 몸을 내릴 때에 절명하였다.

　××촌에서는 왁자하였다.

　“원수를 갚자!”

　명 아닌 목숨을 끊은 송 첨지를 위하여 동네의 젊은이는 모두 흥분하였다. 제각기 이제라도 들고 일어설 듯하였다.

〈붉은 산–김동인〉

　일제의 수탈정책에 쫓겨 멀리 마주까지 와서 살고 있는 조선 민족에게, 다른 민족도 아닌 동족인 ‘삵’이 암종이다. 작가는 먼저 이처럼 동리의 암종을 설정해 놓고 그에게 민족을 위한 봉사로서의 일거리를 맡기려 한다. 그 적절한 동기가 ‘송첨지’의 죽음이다. 송첨지가 만주국 지주에게 맞아 죽고 온 사건은 암종인 삵으로서 그가 목숨을 다

해 봉사할 마지막 사건이요, 또 그의 지금까지 행위를 반전시킬 유일한 것이다. 만약 이와 같은 적절한 '동기부여'가 없다면 이 소설은 잘못 만들어진 소설이 될 것이다.

(축약) 태평천하

채 만 식

1902년 전북 옥구에서 태어났으며 호는 백릉, 채옹이며 중앙 고보를 거쳐 일본 와세다 대학 영문과를 중퇴했다.

1925년 단편 '세길로'가 〈조선문단〉에 발표됨으로써 문단에 나왔고, 〈동아일보〉〈조선일보〉〈개벽사〉 등의 기자로 있으면서 작품 활동을 하였다. 본격적으로 작품 활동을 한 1930년대에는 동반자적 경향이 짙은 '사라지는 그림자'(1931) '부촌'(1932) 등을 발표했다. 1933년 '레디 메이드 인생'을 발표하여 당시 지식인 사회의 고민과 약점을 파헤쳐 풍자 작가로 재능을 보였고, 1936년 창작 활동에 전념하기 위해 개성으로 거처를 옮겼다. '탁류' '태평천하'가 이 시기의 작품들이다.

해방 후에는 '맹순사' '논 이야기' 등의 작품으로 친일파가 득세하는 민족적 현실을 풍자하였다. 무리한 집필과 가난으로 폐결핵이 악화되어 1950년 사망하였다.

윤직원(尹直員) 영감 귀택지도(歸宅之圖)

추석을 지나 이윽고, 짙어 가는 가을 해가 저물기 쉬운 어느 날 석양.

저 계동(桂洞)의 이름난 장자[富者] 윤직원 영감이 마침 어디 출입을 했다가 방금 인력거를 처억 잡숫고 돌아와, 마악 댁의 대문 앞에서 내리는 참입니다.

윤직원 영감은 옹색한 좌판에서 가까스로 뒤를 쳐들고 자칫하면 넘어 박힐 듯싶게 휘뚝휘뚝하는 인력거에서 내려오자니 여간만 옹색하고 조심이 되는 게 아닙니다.

"야, 이 사람아!……"

윤직원 영감은 혼자서 내리다 못해 필경 인력거꾼더러 걱정을 합니다.

"…… 좀 부축을 히여 줄 것이지. 그냥 그러구 뻐언허니 섰어야 옳담 말잉가?"

거금 삼십여 년 전에, 몇 해를 두고 부안(扶安) 변산(邊山)을 드나들면서 많이 먹은 용(茸)이며 저혈(猪血)·장혈(獐血)이며, 또 요새도 장복을 하는 인삼 등속의 약효로 해서 얼굴은 불콰하니 동안(童顔)이요, 게다가 많지도 적지도 않게 꼬옥 알맞은 수염은 눈같이 희어, 과시 홍안 백발의 좋은 풍신입니다.

나이? ……올해 일흔두 살입니다. 그러나 시삐 여기진 마시오. 심장 비대증으로 천식(喘息)기가 좀 있어망정이지, 정정한 품이 서른 살 먹은 장정 여대친[1]답니다. 무얼 가지고 겨루든지 말이지요.

"인력거 쌕이(삯이) 멫 푼이당가?"

이 이야기를 쓰고 있는 당자 역시 전라도 태생이기는 하지만, 그 전라도 말이라는 게 좀 경망스럽습니다.

"머어? 돈장? ……돈장이 무어당가? 대체……"

"일 환 한 장 말씀입죠! 헤……"

---

1) 여대친 : 뺨치게 낫다, 능가하다.

“아니, 이 사람이 시방 나허구 실갱이(승강이)를 허자구 이러넝가? 권연시리(괜스레) 자꾸 쓸디 읎넌 소리를 허구 있어! ……”

“많이 여쭙잖습니다. 부민관서 예꺼정 모시구 왔는뎁쇼!”

“그러닝개 말이네. 고까짓 것 엎어지먼 코 달 년의 디를 태다 주구서 오십 전씩이나 달라구 허닝개 말이여!”

“과하게 여쭙잖었습니다. 그리구 점잖은 어른께서 막걸리 값이나 나우²⁾ 주서야 허잖겠사와요?”

“옛네…… 꼭 십오 전만 줄것이지만, 자네가 하두 그리싸닝개 이십 전을 주넝 것이니, 오 전을랑 자네 말대루 막걸리를 받어 먹든지, 탁배기를 사먹든지 맘대루 허소. 나넌 모르네!”

“건 너무 적습니다!”

“즉다니? 돈 이십 전이 즉단 말인가? 이 사람아, 촌으 가면 땅이 열 평이네, 땅이 열 평이여!”

인력거꾼은, 그렇거들랑 그거 이십 전 가지고, 촌으로 가서 땅 열 평 사놓고서 삼대 사대 빌어먹으라고, 쏘아 던지고서 홱 돌아서고 싶은 것을, 그러나 겨우 참습니다.

“십 전 한푼만 더 줍사요. 그리구 체두 퍽 무거우시구 허셨으니깐, 헤……”

“……거 참! ……옛네! 도통 이십 오 전이네. 이제넌 자네가 내 허리띠에다가 목을 매달어두, 쇠천 한푼 막무가낼세!”

인력거꾼은 윤직원 영감이 말도 다하기 전에 딸그랑 하는 대소백통화 서 푼을 그 육중한 손바닥에다가 받어 쥐고는, 고맙다고 하는지 무어라고 하는지, 분명찮게 입안의 소리로 두런거리면서, 놓

---

2) 나우 : 좀 많은 듯하게.

았던 인력거 채장을 집어들고 씽 하니 가버립니다.

무임 승차(無賃乘車) 기술(奇術)

윤직원 영감은 명창 대회를 무척 좋아합니다. 아마 이 세상에 돈만 빼놓고는 둘째가게 그 명창 대회란 것을 좋아할 것입니다.

윤직원 영감은 본이 전라도 태생인 관계도 있겠지만, 그는 워낙 남도 소리며 음률 같은 것을 이만저만찮게 좋아합니다.

대복이가 만일 실수를 해서 윤직원 영감한테 그것을 가르쳐 드리지 못한 결과, 혹시 한 번이라도, 그 끔찍한 굿(구경)에 참례를 못하고서 궐을 했다는 사실을, 윤직원 영감이 추후라도 알게 되는 날이면, 그때에는 대복이가 집안 가용을 지출하는 데 있어서—가령 두 모만 사야 할 두부를 세 모를 사기 때문에—돈을 오 전 가량 요외로 더 지출했을 때만큼이나 벼락 같은 꾸중을 듣게 됩니다.

아무튼 그만큼이나 좋아하는 명창 대회요, 그래 오늘만 하더라도 낮에는 한 시부터 시작을 한다는 걸, 윤직원 영감이 춘심이를 앞세우고 댁에서 나선 것이 열한 시 반이 채 못 되어섭니다.

"글쎄 이렇게 일찍 가선 무얼 해요? 구경터에 일찍 가서 우두커니 앉었는 것두 꼴불견인데……"

앞서 가던 춘심이가 일껏 잘 가다가 말고 히뜩 돌아서더니, 한참 까부느라고 이렇게 쫑알거리던 것입니다.

윤직원 영감은 버스에서 내려서 대견하게 숨을 돌린 뒤에, 비로소 염낭 끈을 풀어, 천천히 돈을 꺼낸다는 것이 십 원짜리 지전입니다.

“그걸 어떡허라구 내놓세요? 거스를 돈 없어요!”

여차장은 그만 소갈머리가 나서 보풀떨이[3]를 합니다.

“그럼 어떡허넝가? 이것두 돈은 돈인디……”

“누가 돈 아니래요? 잔돈 내세요!”

“잔돈 읎어!”

“지끔 주머니 속에서 잘랑잘랑 소리가 나든데 그리세요? 괜히……”

“으응, 이거?……”

윤직원 영감은 염낭을 흔들어 그 잘랑잘랑 소리를 들려주면서

“이건 못 쓰넌 돈이여, 사전이여…… 정, 그렇다먼 못 쓰넌 돈이라두 그냥 받을 티여?”

하고 방금 끈을 풀려고 하는 것을, 여차장은 오만상을 찡그리고는

“몰라요! 속상애 죽겠네! ……어디꺼정 가세요?”

하면서, 참으로 구박이 자심합니다.

“정거장.”

“그럼, 전차에 가서 바꾸세요!”

“그러까?”

잔돈을 두어 두고도 십 원짜리를 낸 것이며, 부청 앞에서 내릴 테면서 정거장까지 간다고 한 것이며가 모두 요량이 있어서 한 짓입니다.

무사히 공차를 탄 윤직원 영감은 총독부 앞에서부터는 춘심이를 앞세우고 부민관[4]까지 천천히 걸어서 갑니다.

---

3) 보풀떨이 : 앙칼스러운 짓.

4) 부민관 : 지금 서울시 의회가 사용하는 건물로, 일제 시대 경성 부민의 공화당으로 사용하던 건물.

"좁은 뽀수 타니라구 고생헌 값을 이렇기 도루 찾는 법이다."

서양국(西洋國) 명창 대회(名唱大會)

종로에서 그렇듯 많이 충그리고 길이 터지고 했어도, 회장에 당도했을 때는 부민관 꼭대기의 큰 시계가 열두 시밖에는 더 되지 않았습니다.

입장권을 사기 전에 윤직원 영감과 춘심이 사이에는 또 한바탕 상지(相持)[5]가 생겼습니다.

구경을 아주 원만히 마치고 난 윤직원 영감은 춘심이는 제 집이 청진동이니까 걸어가라고 보내고, 자기 혼자만 전차 정류장까지 나왔습니다. 그러나 숱해 몰려나온 구경꾼들과 같이서 전차를 탈 일이며, 또 버스를 탈 일이며, 그뿐 아니라 재동서 내려 경사진 계동 길을 걸어 올라가자면 숨이 찰 일이며, 모두 생각만 해도 대견했습니다. 십 원짜리를 가지고 하면 또 공차를 탈 수도 있을 테지만, 에라 내가 돈을 아껴서는 무얼 하겠느냐고 실로 하늘이 알까 무서운 변심을 먹고, 마침 지나가는 인력거를 불러 탔던 것이고, 결과는 돈 오 전을 가외에 더 뺏겼고, 해서 정히 역정이 났었고, 그리고 또 대문이 말입니다.

대문은 언제든지 꼭 잠가 두거니와 옆으로 난 쪽문도 안으로 잠겼어야 할 것이거늘 그것이 훤하게 열려 있었던 것입니다.

윤직원 영감은 큰대문을 열어 놓고 있노라면 어쩐지 집안엣것

---

5) 상지 : 서로 자기의 의견을 고집하고 사양하지 아니함.

이 형적없이 자꾸만 대문으로 해서 빠져나가는 것만 같고 그 대신 상서롭지 못한 것이 자꾸만 술술 들어오는 것만 같고 하여, 간혹 장작바리나 큰짐이 들어올 때가 아니면 큰대문은 결단코 열어 놓는 법이 없습니다. 이것은 아주 이 집의 엄한 가헌(?)입니다.

우리만 빼놓고 어서 망(亡)해라

　얼굴이 말[馬面]처럼 길대서 말대가리라는 별명을 듣던 윤직원 영감의 선친 윤용규는, 본이 시골 토반(土班)[6]이더냐 하면 그렇지도 못하고, 그렇다고 아전이더냐 하면 실상은 아전질도 제법 해먹지 못했었습니다.

　아전질을 못해 먹은 것이, 시방 와서는 되레 자랑거리가 되었지만, 그때 당년에야 흔한 도서원(道書院)이나마 한자리 얻어 하고 싶은 생각이 꿀만 같았어도, 도시에 그만한 밑천이며 문필이며가 없었더랍니다.

　말대가리 윤용규, 그는 삼십이 넘도록 탈망바람으로 삿갓 하나를 의관 삼아, 촌 노름방으로 으실으실 돌아다니면서 개평푼이나 뜯으면 그걸로 되돌아앉아 투전장이나 뽑기, 방퉁이질이나 하기, 또 그도저도 못하면 가난한 아내가 주린 배를 틀어 쥐고서 바느질 품을 팔아 어린 자식(이 어린 자식이라는 게 그러니까 지금의 윤직원 영감입니다)과 입에 풀칠을 하는 것을 얻어 먹고는 밤이나 낮이나 질펀히 드러누워, 소대성(蘇大成)여 여대치게 낮잠이나 자

---

6) 토반(土班) : 여러 대를 그 지방에서 붙박이로 사는 양반.

기…… 이 지경으로 반생을 살았습니다. 좀 호협한 구석이 있고, 담보가 클 뿐 물론 판무식꾼이구요.

그런데, 그런 게 다아 운수라고 하는 건지, 어느 해 연분인가는 난데없는 돈 이백 냥이 생겼더랍니다. 시골 돈 이백 냥이면 서울 돈으로 이천 냥이요, 그때만 해도 웬만한 새끼 부자 하나가 왔다갔다할 큰돈입니다.

노름을 해서 딴 돈이라고 하기도 하고, 혹은 그 아내가 친정의 머언 일가집 백부한테 분재를 타온 돈이라고 하기도 하고, 또 누구는 도깨비가 져다 준 돈이라고 하기도 하여 자못 출처가 모호했습니다.

아무튼 그래 말대가리 윤용규는 그날부터 칼로 벤 듯 노름방발을 끊고, 그 돈 이백 냥을 들여 논을 산다, 대푼변 돈놀이를 한다, 곱장리를 놓는다 해가면서 일조에 찰실한 살림꾼이 되었습니다. 그러노라니까, 정말 인도깨비를 사귄 것럼 살림이 불일듯 늘어서, 마침내 그의 당대에 삼천 석을 넘겨 받게 되었던 것입니다.

윤직원 영감(그때 당시는 두꺼비같이 생겼대서 윤두꺼비로 불리어지던 윤두섭) 그는 어려서부터 취리에 눈이 밝았고, 약관[7]에는 벌써 그의 선친을 도와 가며 그 큰살림을 곧잘 휘어 나갔습니다. 그리고 1903년 계묘년(癸卯年)부터는 고스란히 물려받은 삼천 석거리를 가지고 이래 삼십여 년 동안 착실히 가산을 늘려 왔습니다.

그래서 지금으로부터 십여년 전, 가권을 거느리고 서울로 이사를 해오던 그때의 집계(集計)를 보면, 벼를 실 만 석을 받았고, 요즘 와서는 현금이 십만 원 가까이 은행에 예금되어 있었습니다.

---

7) 약관 : 남자 나이 20세가 된 때를 일는 말.

잊히지도 않는 계묘년 삼월 보름날입니다. 이 삼월 보름날이 말대가리 윤용규의 바로 제삿날이니까요.

온종일 체곗돈 받고 내주고 하기야, 춘궁[8]에 모여드는 작인[小作人]들한테 장리벼 내주기야, 몹져 누운 부친 윤용규의 병시중 들기야 하느라고 큰살림을 맡아 처리하는 사람의 일례로, 두꺼비 윤두섭, 즉 젊은 날의 윤직원 영감은 밤늦게야 혼곤히 들었던 잠이 옆에서 아내의 흔들며 깨우는 촉급한 속삭임 소리에 놀라 후닥닥 몸을 일으켰습니다.

젊은 윤두꺼비는 캄캄 어둔 방안이라도 바깥의 달빛이 희유끄름한 옆문을 향해 뛰쳐나갈 자세로, 고의춤을 걸어 잡으면서 몸을 엉거주춤 일으켰습니다. 보이지는 않으나 아내의 황급한 숨길이 바투 들리고, 더듬어 들어오는 손끝이 바르르 떨리면서 팔에 닿습니다.

"어서! 얼른!"

아내의 쥐어짜는 재촉 소리는, 마침 대문을 총개머린지 몽둥인지로 들이 쾅쾅 찧는 소리에 삼켜져 버립니다.

"아버님은?"

윤두꺼비는 뛰쳐나가려고 꼬느었던 자세와 호흡을 잠깐 멈추고서 아내더러 물어 보던 것입니다.

"몰라요…… 그렇지만…… 아이구 어서, 얼른!"

아내가 기색할 듯이 초조한 소리로 팔을 자아 훑는 힘이 아니라도 윤두꺼비는 벌써 몸을 날려 옆문을 박차고 나갑니다.

신발 여부도 없고 버선도 없는 맨발로, 과녁 반 바탕은 될 타작

---

8) 춘궁(春窮) : 묵은 곡식은 다 떨어지고 햇곡식은 아직 익지 않은 봄철의 식량상의 궁핍.

마당을 단숨에 달려 두 길이나 높은 울타리를 문턱 넘듯 뛰어넘어, 길같이 솟은 보리밭 고랑으로 몸을 착 엎드리고 꿩 기듯 기기 시작 하는 그동안이 아내가 흔들어 깨울 때부터 쳐서, 겨우 오 분도 못 되는 순간입니다.

이렇게 윤두꺼비가 울타리를 넘어, 그러느라고 허리띠를 매지 않은 고의를 간사하지 못해서 홀라당 벗어 떨어뜨린 알몸뚱이로, 보리밭 고랑에서 엎드려 기기 시작을 하자, 그제서야 방금 저편 모 퉁이로부터 두 그림자가 하나는 담총을 하고 하나는 몽둥이를 끌 고 마침 돌아나왔습니다.

이날 밤 윤두꺼비도 그리하여 일변 몸져 누운 부친이 마음에 걸 려, 선뜻 망설이기는 하면서도 사리가 그러했기 때문에 이내 제 몸 을 우선 피해 놓고 보던 것입니다.

말대가리 윤용규는 나이 이미 육십에 또 어제까지 등이며 볼기 며에 모진 매를 맞다가 겨우 옥에서 놓여 나온 몸이라, 도저히 피 할 생각은 내지도 못하고 그 대신 침착하게 일어나 앉아 등잔에 불 까지 켰습니다.

기위(旣爲) 당하는 일이라서, 또 있는 담보겠다, 악으로 한바탕 싸워 보자는 것입니다.

화적패들은 이윽고 하나가 울타리를 넘어 들어와 빗장을 벗기 는 대문으로 우 몰려들었습니다.

"개미새끼 하나라도 놓치지 말렷다!……"

그중 두목이, 대문 지키는 두 자와 옆으로 비어져 가는 파수 둘 더러 호령을 하는 것입니다.

"영 놓치겠거던, 대구 쏘아라!"

사랑채로 들어간 두목이, 한 수하를 시켜 웃미닫이를 열어제치고서, 성큼 마루로 올라설 때에, 그는 뜻밖에도 이편을 앙연히 노려보고 있는 말대가리 윤용규와 눈이 딱 마주쳤습니다.

두목은 주춤하지 않지 못했습니다. 그는 윤용규가 이 위급한 판에 한 발짝이라도 도망질을 치려고 서둘렀지, 이다지도 대담하게, 오냐 어서 오란 듯이 버티고 있을 줄은 천만 생각 밖이었던 것입니다.

"으응, 너 잘 기대리구 있다!"

두목은 하마 꺽이려던 기운을 돋구어 한마디 으릅니다. 실상 이 두목(그러니까 오늘밤의 이 패들)과, 말대가리 윤용규와는 처음 만나는 게 아니고, 바로 구면입니다. 달포 전에 쳐들어와서, 돈 삼백 냥을 빼앗고, 그 밖에 소 한 마리와 패물과 어음 몇 쪽을 털어간 그 패들입니다. 그래서 화적패들도 주인을 잘 알려니와 주인 되는 윤용규도 두목의 얼굴만은 익히 알고 있고, 그러고도 또 달리, 뼈에 사무치는 원혐이 한 가지 있는 터라 윤용규는 무서운 것보다도(이미 피치 못할 살판인지라) 차차로 옳게 뱃속으로부터 분노와 악이 치받쳐 올랐습니다.

"이놈 윤가야, 네 들어 보아라!……"

두목은 종시 말이 없이 앙연히 앉아 있는 윤용규를 마주 노려보면서, 그 역시 분이 찬 음성으로 꾸짖는 것입니다.

"……네가 이놈 관가에다가 찔러서 내 수하를 잡히게 했단 말이지? ……이놈, 그러구두 네가 성할 줄 알았드냐? …… 이놈 네가 분명코 찔렀지?……"

"오냐, 내가 관가에 들어가서 내 입으로 찔렀다. 그래? ……"

퀄퀄하게 대답을 하면서 도사리고 앉은 윤용규의 눈에서는 불이 이는 듯합니다.

"……내가 찔렀으니 어쩔 테란 말이냐? ……흥! 이놈들, 멀쩡허게 도당 모아 각구 댕기면서, 양민들 노략질이나 하여 먹구, 네가 그러구두 성할 줄 알었더냐? 이놈아! ……"

그때 안으로 들어갔던 패 중에 하나가 총 끝에 흰 무명고의 하나를 꿰들고 두목 앞으로 나옵니다.

"두령, 자식놈은 풍겼습니다."

"이놈 윤가야, 말 들어라…… 오늘 저녁에 우리가 네 집에를 온 것은……"

두목은 다시 윤용규에게로 얼굴을 돌리고 을러댑니다.

"……네 놈의 재물보담두 너를 쓸 디가 있어서 온 것이다…… 허니, 어쩔 테냐? 내 말을 순순히 들을 테냐? 안 들을 테냐?"

윤용규는 두목을 마주 거듭떠 보고 있다가, 말이 끝나자 고개를 홱 돌려 버립니다.

"어쩔 테냐? 말을 못 듣겠단 말이지?"

"불한당놈의 말을 들을 수 없다! ……내가, 생각허면 네놈들을 갈아먹구 싶은디 게다가 청을 들어? 흥!"

윤용규는 그새 여러 해 두고 화적을 치러내던 경험에 비추어 보면, 그들 앞에서 서얼설 기고 네네 살려 줍시사고 굽신거리나 마주 대고 네놈 내놈 하면서 악다구니를 하거나, 필경 매를 맞고 재물을 뺏기기는 일반이던 것을 잘 알고 있습니다.

두목은 잠깐 식식거리면서 윤용규를 노리고 보다가, 이윽고 음성을 눅여 타이르듯 합니다.

"…… 그러다가는 네게 이로울 게 없다. 잔말 말구, 네가 뒤로 나서서 삼천 냥만 뇌물을 써라. 너두 뇌물을 쓰구서 뇌어 나왔지? 그럴테면 네가 옭아 넣은 내 수하도 풀어놓아 주어야 옳을 게 아니야? ……허기야 너를 시키느니 내가 내 손으루 함 직한 일이기는 하지만, 나는 당장 삼천 냥이 없고, 그걸 장만하자면 너 같은 놈 열 놈의 집은 더 털어야 하니 시급스럽게 안될 말이고, 또 내가 나서서 뇌물을 쓰다가는, 됩다 위태할 것이고 허니 불가불 일은 네가 할 수밖에 없다. 허되 급히 서둘러야지 며칠 안 있으면 감영[9]으로 넹긴다더구나?"

"……네놈들이 죄다 잽혀 가서 목이 쓸리기를 축원하구 있는 내가, 됩다 한 놈이라도 뇌어 나오라구, 내 재물을 들여서 뇌물을 써? 흥! 하늘이 무너져도 못헌다!"

"진정이냐?"

"오냐!"

윤용규는 아주 각오를 했습니다. 행악[10]은 어차피 당해 둔 것, 또 재물도 약간 뺏기는 둔 것, 그렇다고 저희가 내 땅에다가 네 귀퉁이에 말뚝을 받고 전답을 떠가지는 못할 것, 그러니 저희의 청을 들어 삼천 냥을 들여서 박가를 빼놓아 주느니보다는 월등낫겠다고, 이렇게 이해까지 따진 끝의 각오이던 것입니다.

"진정?"

두목은 한 번 더 힘을 주어 다집니다.

"오냐. 날 죽이기밖으 더 헐 테야?"

"저놈 잡아내랏!"

윤용규의 말이 미처 떨어지기 전에 두목이 뒤를 돌려다보면서 호령을 합니다.

윤용규가 마지막 목덜미에 도끼를 맞고 엎드러지자 피를 본 두

---

9) 감영 : 감사가 직무를 보는 관아.
10) 행악 : 모질고 나쁜 짓을 행하는 것.

목은 두 눈이 불덩이같이 벌컥 뒤집혀졌습니다. 그는 실상 윤용규를 죽일 생각은 없었습니다.

그렇다고 윤용규 하나쯤 죽이기를 차마 못해서 그런 것은 아니고, 제 구혈로 잡아 가쟀던 것입니다. 한때 만주에서 마적들이 하던 그짓이지요. 볼모로 잡아다 두고서 가족들로 하여금 이편의 요구를 듣게 하쟀던 것입니다.

"노적(露積) 허구 곳간에다가 불질러랏!"

두목은 뒤집힌 눈으로, 피투성이가 되어 쓰러진 윤용규를 노려보다가 수하를 사납게 호통하던 것입니다.

이윽고 노적과 곳간에서 하늘을 찌를 듯 불길이 솟아오르고, 동네 사람들이 그제서야 여남은 모여들어 부질없이 물을 끼얹고 하는 판에, 발가벗은 윤두꺼비가 비로소 돌아왔습니다. 화적은 물론 벌써 물러갔고요.

윤두꺼비는 피에 물들어 참혹히 죽어 넘어진 부친의 시체를 안고, 땅을 치면서,

"이놈의 세상이 어느 날에 망하려느냐!"

고 통곡을 했습니다.

그리고 울음을 진정하고는, 불끈 일어서 이를 부드득 갈면서,

"오냐, 우리만 빼놓고 어서 망해라!"

고 부르짖었습니다. 이 또한 웅장한 절규이었습니다. 아울러 위대한 선언이었구요.

기미 경신(己未庚申), 바로 경신년 섣달입니다. 논이 마침 욕심나는 게 한 오천 평 수중에 들어오게 되어서 그 땅값을 치르려고 사천 원을 집에다가 두어 두고 땅 팔 사람이 오기를 기다리던 날입니다.

그런데 그게 귀신이 곡을 할 일이라고, 윤두꺼비는 두고두고 기막혀 했었지마는, 그걸 어떻게 염탐했는지, 벌건 대낮에 쏙 빠진 양복쟁이 둘이 들이덤벼 가지고는 그 돈 사천 원을 몽땅 뺏어가던 것입니다.

머, 꿀꺽 소리 못하고 고스란히 내다가 내바쳤지요. 고 싸늘한 쇠끝에 새까만 구멍이 똑바로 가슴패기를 겨누고서 코앞에다가 들이댄 걸, 그러니 염라대왕이 지켜 선 맥이었지요.

옛날 화적들은 밤중에나 들어와서 대문이나 짓부수고 하지요. 그 덕에 잘하면 도망이나 할 수 있지요.

헌데 이건, 바로 대낮에 귀한 손님 행차하듯이 어엿이 찾아와서는, 한다는 것이 그짓이니 꼼짝인들 할 수가 있었나요.

그래, 사천 원을 도무지 허망하게 내주고는, 윤두꺼비는 망연자실해서 우두커니 한식경이나 앉았다가, 비로소 방바닥에 떨어진 종잇장으로 눈이 갔습니다. 돈을 받았다는 영수증을 써 놓고 갔던 것입니다.

"허! 세상이 개명을 허닝개루, 불한당놈들두 개명을 히여서, 영수징 써주구 돈 뺏어 간다?"

시골서 돈을 많이 가지고 살면, 여러 가지 공과금이야, 기부금이야, 또 가난한 일가 푸네기들한테 뜯기는 것이야. 그런 것 때문에 성가시기도 하고, 또 제일 왈 그 양복 입은 그런 나그네가 종시 마음놓이지 않기도 하고 해서, 윤두꺼비는 마침내 가권을 거느리고 서울로 이사를 했던 것입니다.

윤두꺼비가 이윽고 세상이 평안한 뒤엔, 집안의 문벌 없음을 섭섭히 여겨 가문을 빛나게 할 필생의 사업으로 네 가지 방책을 추렸습니다.

태평천하

맨 처음은 족보(族譜)에다가 도금(鍍金)을 했습니다. 그럼 직한 일가들을 추려 가지고 보소(譜所)를 내놓고는, 윤두섭의 제 몇 대 윤 아무개는 무슨 정승이요, 제 몇 대 윤 아무개는 무슨 판서요, 제 몇 대 아무는 효자요, 제 몇 대 아무 부인은 열녀요, 이렇게 그럴싸하니 족보를 새로 꾸몄습니다. 땅 짚고 헤엄치기지요.

그리고는 딸은 서울 어느 양반집으로 시집을 보냈습니다. 오막살이에 가랑이가 찢어지게 가난한 집인데, 그나마 방정맞게시리 혼인한 지 일 년 만에 사위가 전차에 치어 죽고, 딸은 새파란 과부가 되어 지금은 친정살이를 하지만, 아무러나 양반 혼인은 양반 혼인이었습니다.

또 맏손자며느리는 충청도의 박씨네 문중에서 얻어 왔습니다. 역시 친정이 가난은 해도 패를 찬 양반의 씹니다.

둘째손자며느리는 서울 태생인데, 시구문 밖 조씨네 집안이나, 그렇다고 배추 장수네 딸은 아니고, 파계를 따지면 조 대비(趙大妃)와 서른일곱 촌인지 아홉 촌인지 된다고 합니다.

이렇게 해서 버젓하게 양반 사돈을 세 집이나 두게 된 것은 윤직원 영감으로 가히 한바탕 큰 기침을 할 만도 합니다.

그 다음 마지막 또 한 가지가 무엇이냐 하면, 이게 가장 요긴하고 값나가는 품목(品目)입니다.

집안에서 정말 권세 있고, 실속 있는 양반을 내놓자는 것입니다.

군수 하나와 경찰서장 하나……

게다가 마침맞게 손자가 둘이지요.

하기야 군수보다는 도장관[道知事]이 좋겠고, 경찰서장보다는 경찰부장이 좋기는 하겠지만, 그건 너무 첫술에 배불러지라는 욕심이라 해서, 알맞게 우선 군수와 경찰서장을 양성하던 것입니다.

마음의 빈민굴(貧民窟)

　윤직원 영감은 그처럼 부민관의 명창 대회로부터 돌아와서 대문 안에 들어서던 길로 이 분풀이, 저 화풀이를 한데 얹어 그 알뜰한 삼남이 녀석을 데리고 며느리 고씨더러 짝 찢을 년아니 오두가 나서 그러느니, 한바탕 귀먹은 욕을 걸찍하게 해주고 나서야 적이 직성이 풀려, 마침 또 시장도 한 판이라, 의관을 벗고 안방으로 들어갔습니다.

　아랫목으로 펴놓은 돗자리 위에 방안이 온통 그들먹하게시리 발을 개키고 앉아 있는 윤직원 영감 앞에다가, 올망졸망 사기 반상기가 그득 박힌 저녁상을 조심스러이 가져다 놓는 게 둘째손자며느리 조씹니다. 방금 경찰서장 감으로 동경 가서 어느 사립 대학의 법과에 다니는 종학(鍾學)의 아낙입니다.

　종학은 동경으로 유학을 가면서부터는 아주 털어 내놓고서 이혼을 해달라고 줄창치듯 편지로 집안 어른들을 졸라대지만, 윤직원 영감으로 앉아서 본다면 천하 불측한 놈의 소리지요.

　아무튼 그래서 생과부가 하나……

　밥상 뒤를 따라 쟁반에다가 양은 주전자에 술잔을 받쳐들고 들어서는 게 맏손자며느리 박씹니다.

　이집안의 업[11]덩어립니다. 얌전하고 바지런해서, 그 크나큰 안살림을 곧잘 휘어 나가고, 게다가 시할버지의 보비위까지 잘하니

---

11) 업 : 민속에서 한 집안의 살림이 그 덕이나 복으로 늘어가는 것으로 믿고 소중히 여기는 동물, 또는 사람.

더할 나위 없습니다.

헌데, 이 여인 역시 신세가 고단한 편입니다. 무슨 소박이니 공방이니 하는 문자까지 가져다 붙일 것은 없어도, 남편이요 이 집안의 장손인 종수(鍾秀)가 시골로 내려가서 첩살림을 하기 때문에, 할 수 없이 생과부 축에 끼지 않을 수가 없던 것입니다.

종수는 윤직원 영감의 가문 빛내기 위한 네 가지 사업 가운데, 군수와 경찰서장을 만들어 내려는 품목 중에 편입된 그 군수 재목입니다. 그래 오륙 년 전부터 고향의 군(郡)에서 군서기[郡雇員] 노릇을 하느라고, 서울서 따들인 기생첩을 데리고 치가(置家)[12]를 하는 참이랍니다.

이래서 생과부가 둘……

맏손자며느리 박씨가 들고 들어오는 술반을 받아 가지고 윗목 화로 옆으로 다가앉아 술을 데우는 게 윤직원 영감의 딸 서울아씨라는 진짜 과붑니다. 양반 혼인을 하느라고, 서울 어느 가랭이가 찢어지게 가난한 집으로 시집을 갔다가, 새서방이 일 년 만에 전차에 치어 죽어서 과부가 된 그 여인입니다.

이래서, 생과부 통과부 등 합하여 과부가 셋……

그러나 과부가 셋뿐인 건 아닙니다.

이래서 이 집안에 과부가 도합 다섯입니다. 도합이고 무엇이고 명색 여인네치고는 행랑어멈과 시비 사월이만 빼놓고는 죄다 과부니 계산이야 순편합니다.

밥상을 받은 윤직원 영감은 방안을 한바퀴 휘휘 둘러보더니,

"태식이는 어디 갔느냐?"

---

12) 치가(置家) : '첩치가'의 준말. 첩을 얻어 딴살림을 하는 것.

하고 누구한테라 없이, 띠어 놓고 묻습니다. 윤직원 영감이 인간 생긴 것치고 이 세상에서 제일 귀애하는 게 누구냐 하면, 시방 어디 갔느냐고 찾는 태식입니다.

지금 열다섯 살이고 나이로는 증손자 경손이와 동갑이지만 아들은 아들입니다. 그러나 본실 소생은 아니고 시골서 술에미[酒女]를 상관한 것이, 그걸 하나 보았던 것입니다.

배야 뉘 배를 빌려 생겨났든 간에 환갑이 가까워서 본 막내동이니, 아버지로 앉아서야 이뻐할 건 당연한 노릇이겠지요. 하물며 낳은 지 삼칠일 만에 에미한테서 데려다가 유모를 두고 집안의 뭇 눈치 속에서 길러 낸 천덕꾸러기니, 여느 자식보다 불쌍히 여겨서라도 한결 귀애할 게 아니겠다구요.

윤직원 영감은 밥을 먹어도 꼭 태식이를 데리고 같이 먹곤 하는데, 오늘 저녁에는 마침 눈에 뜨이지 않으니까 숟갈도 들려고 않고서 그애를 먼저 찾던 것입니다. 그때, 방 웃미닫이가 사르르 열리더니 문제의 장본인 태식이가 가만히 고개를 들이밀고는 방안을 휘휘 둘러봅니다. 그러다가 윤직원 영감이 눈에 띄니까는 들이 천동한 것처럼 우당퉁탕 뛰어들어 윤직원 영감의 커다란 무릎 위에 펄씬 주저앉습니다.

열여섯 살에 시집을 온 고씨는 올해 마흔일곱이니, 작년 정월 시어머니 오씨가 죽은 날까지 꼬박 삼십일 년 동안 단단히 그 시집살이라는 걸 해왔습니다.

사납대서 살쾡이라는 별명을 듣고, 인색하대서 진지리꼽재기라는 별명을 듣고, 잔말이 많대서 담배씨라는 별명을 듣고 하던 시어머니 오씨(그러니까, 바로 윤직원 영감의 부인이지요) 그 손 밑에서 삼십일 년 동안 설운 눈물 많이 흘리고 고씨는 시집살이를 해오다가, 작년 정월에서야 비로소 그 압제 밑에서 해방이 되었습니다. 남의 집 종으로 치면 속량이나 된 셈이지요. 그러나 막상 이 고씨라는 여인이 하 그리 현부(賢婦)였더냐 하면 그런 것도 아닙니다. 허기야 아무리 흠잡을 데 없이 얌전스럽고 덕이 있고 한 며느리라도 야속한 시어머니한테 걸리고 보면 반찬 먹은 개요 고양이 앞에 쥐요 하지 별수가 없는 것이지만, 고씨로 말하면 사람이 몸집 생김새와 같이 둥실둥실한 게 후덕하기는 하나, 대단히 이퉁[13]이 세어 한번 코를 휘어 붙이면 지렛대로 떠 곤질러도 꿈쩍을 않고, 또 몹시 거만진 성품까지 없지 않습니다. 사상의(四象醫)더러 보라면 태음인(太陰人)이라고 하겠지요.

그러나 그렇게 기만 조금 펴고 지내게 되었을 뿐이지, 실상 아무 실속도 없고 말았습니다. 시아버지 윤직원 영감이 처결하기를, 집안의 살림살이 전권(全權)을 마땅히 물려받아야 할 주부 고씨는 젖혀놓고서, 한 대[一代]를 껑충 건너뛰어 손자대(孫子代)로 내려가게 했던 것입니다. 고씨의 며느리 되는 종수의 아낙인 박씨 즉, 윤직원 영감의 맏손자며느리가 시할머니의 뒤를 바로 이어서 집안의 안살림을 도맡아 하게 되었던 것입니다.

그러고 보니, 묻지 않아도 내가 주부로 들어앉아 며느리를 거느리고 집안 사림을 해가는 어른이 되겠거니 했던 고씨는 고만 개밥의 도토리가 되어 버리고, 도리어 시머어니 오씨 대신에 며느리 박씨한테 또다시 시집살이(?)를 하게끔 된 셈평이었습니다. 선왕(先王)의 뒤를 이어 즉위는 했으나 권력은 왕자가 쥐게 된 그런 판국과 같다고 할는지요.

---

13) 이퉁 : 고집.

고씨는 시방 동경엘 가서 경찰서장 감으로 공부를 하고 있는 둘째아들 종학을 낳은 뒤로부터 스물네 해 이짝, 남편 윤 주사 창식과 금슬이 뚝 끊겨, 생과부로 좋은 청춘을 늙혀 버렸습니다.

윤 주사는 시골서부터 첩장가를 들어 딴살림을 했었고, 서울로 올라올 때도 그 첩을 데리고 와서 지금 동대문 밖에다가 치가를 하고 있습니다.

그리고 요새는, 그새까지는 별로 않던 짓인데, 새 채비로 기생첩 하나를 더 얻어서 관철동에다 살림을 차려 놓고는 이 집으로 가서 놀다가 저 집으로 가서 누웠다 하며 지냅니다.

그리고는 본집에는 돈이나 쓸 일이 있든지, 또 부친 윤직원 영감이 두 번 세 번 불러야만 마지못해 오곤 하는데, 오기는 와도 사랑방에서 부친이나 만나 보고 휭허케 돌아가지, 안에는 도무지 발걸음도 않습니다.

이 윤 주사라는 사람은 성미가 그의 부친 윤직원 영감과는 딴판이요, 좀 호협한 푼수로는 그의 조부 말대가리 윤용규를 닮았다고나 할는지, 그리고 살쾡이요 진지리꼽재기요 담배씨라던 그의 모친 오씨와는 더욱 딴 세상 사람입니다.

미워서 꼬집자면 그렇게 말도 할 수가 없는 건 아니겠지요. 그러나, 또 좋게 보자면 세상 물욕(物慾)을 초탈한 사람이라고도 하겠지요.

누구 어려운 친척이나 친구가 찾아와서 아쉰 소리를 할라치면, 차마 잡아떼지를 못하고서 있는 대로 털어 줍니다.

남이 빚 얻어 쓰는데 뒷도장 눌러 주고는, 그것이 뒤집혀 집행을 맞기가 일쑵니다.

윤직원 영감은 몇 번 그런 억울한 연대 채무란 것에 몇만 원 돈

손을 보던 끝에 이래서는 못 쓰겠다고 윤 주사를 처억 준금치산 선고를 시켜 버렸습니다.

윤두섭의 아들 윤창식이가 찍은 도장이면 그것이 위조 도장인 줄 알고서도 몇천 원 몇만 원의 수형[14]을 받아 주는 사람이 수두룩하고, 차용 증서도 그 도장으로 통용이 되니까요.

나중에 가서 일이 뒤집혀지면 윤직원 영감은 그래도 자식을 인장 위조죄로 징역은 보낼 수가 없으니까, 그런 걸 울며 겨자 먹기라든지, 할 수 없이 그 수형이면 수형, 차용 증서면 차용 증서를 물어 주곤 합니다.

윤 주사 창식 그는 아무튼 그러한 사람으로서, 밤이고 낮이고 하는 일이라고는, 쌍스럽지 않은 친구 사귀어 두고 술 먹으러 다니기, 활쏘기, 승지(勝地)로 유람 다니기, 옛 한서(漢書) 모아 놓고 뒤지기, 한시(漢詩) 지어서 신문사에 투고하기, 이 첩의 집에서 술 먹다가 심심하면 저 첩의 집으로 가서 마작하기, 그래 도무지 유유자적한 게 어떻게 보면 신선인 것처럼이나 탈속이 되어 보입니다.

이런 빚 조건으로 생긴 싸움이, 아들 창식하고만이 아니라, 맏손자 종수하구도 종종 해야 하니 엔간히 성가실 노릇이긴 합니다.

또 그런 빚을 물어주는 싸움은 아니라도, 윤직원 영감은 가끔 딸 서울아씨와도 싸움을 해야 합니다. 작은손자며느리와도 싸움을 해야 하고, 방학에 돌아오는 작은손자 종학과도 싸움을 해야 합니다.

며느리 고씨하고는 말할 것도 없고, 사랑방에 있는 대복이나 삼남이와도 싸움을 해야 합니다.

맨 웃어른 되는 윤직원 영감이 그렇게 싸움을 줄창치듯 하는가

---

14) 수형 : '어음'의 옛 이름.

하면 일변 경손이는 태식이와 싸움을 합니다.

서울아씨는 올케 고씨와 싸움을 하고, 친정 조카며느리들과 싸움을 하고, 경손이와 싸움을 하고 태식이와 싸움을 하고, 친정아버지와 싸움을 합니다.

고씨는 시아버지와 싸움을 하고, 며느리들과 싸움을 하고, 시누이와 싸움을 하고, 다니러 오는 아들과 싸움을 하고, 동대문 밖과 관철동의 시앗집엘 가끔 쫓아가서는 들부수고 싸움을 합니다.

그래서, 싸움 싸움 싸움, 사뭇 이 집안은 싸움을 근저당(根抵當)해 놓고 씁니다. 그리고 그런 숱한 여러 싸움 가운데 오늘은 시아버지 윤직원 영감과 며느리 고씨와의 싸움이 방금 벌어질 켯속입니다.

관전기(觀戰記)

고씨는 그리하여 그처럼 오랫동안 생수절을 하고 살아오다가 마침내 단산(斷産)할 나이에 이르렀습니다. 여자 아닌 여자로 변하는 때지요.

이때를 당하면 항용 의좋은 부부 생활을 해오던 여자라도 히스테리라든지 하는 이상야릇한 병증이 생기는 수가 많답니다. 그런 걸 고씨로 말하면, 이십오 년 청춘을 호올로 늙히다가, 이제 바야흐로 여자로서의 인생을 오늘 내일이면 작별하게 되었은즉, 가령 히스테리를 젖혀 놓고 보더라도 마음이 안존할 리가 없을 건 당연한 노릇이겠지요. 윤직원 영감의 걸찍한 입잣대로 하면, 오두가 나는 것도 그러므로 무리가 아닐 겝니다.

그러한데다가, 자 집안 살림을 맡아서 하니 그 재미를 봅니까. 자식들이라야 다 장성해서 뿔뿔히 흩어져 살고 어미는 생각도 않지요.

손자 경손이놈은 귀엽기는커녕 까불고 앙똥해서[15] 얄밉지요. 남편이라야 남이 아니면 원수지요. 시아버지라는 영감은 괜히 못 먹어서 으르렁으르렁하고, 걸핏하면 짝 찢을 년이네, 오두가 나서 그러네 하고 군욕질이지요.

"너는 학교서 파하거던 일찍일찍 오지는 않구서, 무슨 해망을 허느라구 이렇게 저물고…… 할머니 걱정허시게 허구, 그래!"
하고, 며느리답게 시어머니를 대접하느라 아들놈을 나무랍니다.

"어머닌 또 무얼 안다구 그래요?"

경손은 버럭, 미어다 부치듯 제 모친을 지천[16]을 하는데, 그야 물론 조모 고씨더러 배 채우란 속이지요.

"……전람회 준비 때문에 학교서 늦었단밖에 어쩌라구 그래요? 왜 속두 몰라 가지구들 그래요?"

"아, 이 녀석아! ……"

저의 모친 박씨가 목소리를 짓눌러 가면서 나무라다 못해 때려라도 주려고 달려 내려올 듯이 벼르는 것을, 그러나 경손은 본체만체, 쾅당쾅당 요란스럽게 발을 구르면서 뒤껼으로 들어갑니다.

"흥, 잘은 되야먹는다, 이놈의 집구석……"

고씨는 차라리 어처구니가 없다고 혀를 끌끄을 차다가, 미닫이를 도로 타악 닫치면서 구누름이 나오기 시작합니다.

---

15) 앙똥해서 : 조그만 사람이 분수에 지나친 말이나 짓을 해서.

16) 지천 : 지청구. 남을 탓하고 원망함.

“……잘 되야먹어! 이마빡으 피두 안 마른 것두 으런이 무어라구 나무래먼 천장만장 떠받구 나서기버틈 허구! ……흥! 뉘놈의 집구석 씨알머리라구, 워너니 사람 같은 종자가 생길라더냐!”

이 쓸어 넣고 들먹거려 하는 욕이 고씨의 입으로부터 떨어지자마자, 마침내 농성(籠城)코 나지 않던 적(敵)은 드디어 성문을 좌우로 크게 열고(가 아니라) 안방 미닫이를 벼락치듯 열어제치고, 일원 대장이 투구 철갑에 장창을 비껴 들고(가 아니라) 성이 치달은 윤직원 영감이 필경 싸움을 걸어 맡고 나서는 것입니다.

“아니, 야야?”

미닫이를 타앙 열어제치고 다가앉는 윤직원 영감은 그러기 전에 벌써 밥먹던 숟갈은 밥상 귀퉁이에다가 내동댕이를 쳤고요.

“……너, 잘허닝 건 무엇이냐? 너, 잘허닝 건 대체 무엇이여? 어디 입이 꽝지리(광주리) 구녁 같거던 말 좀 히여 부아라? 말 좀 히여 부아?”

집안이 떠나가게 소리가 큽니다. 몸집이 크니까 소리도 클 거야 당연하지요.

이렇게 되고 보면 고씨야 기다리고 있던 판이니 어련하겠습니까.

“나넌 아무껏두 잘못헌 것 읎어라우! 파리 족통만치두 잘못헌 것 읎어라우! 팔짜가 기구히여서 이런 징글징글헌 집으루 시집온 죄백으넌 아무 죄두 읎어라우! 왜, 걸신허먼 날 못 잡어먹어서 응을거리여? 삼십 년 두구 종질히여 준 보갚음으루 그런대여? 머 내가 살이 이렇게 쪘으닝개루 소징[素症]¹⁷⁾이 나서, 괴기라두 뜯어먹을라구? 에이! 지긋지긋히라! 에이 숭악히라.”

---

17) 소징[素症] : 소증. 채식만 해서 고기가 먹고 싶은 증세.

"옳다! 참 잘헌다! 참 잘히여. 워너니 그게 명색 메누리 체껏이 시애비더러 허넌 소리구만? 저두 그래, 메누리 자식을 둘썩이나 읃어다 놓구, 손자 자식이 쉬엠이 나게 생겼으먼서, 그래 그게 잘 허넌 짓이여?"

"그러닝개루 징손자까지 본 이가 그래, 손자까지 본 메누리넌더러 육장 찢을 년이네, 오두가 나서 싸돌아댕기네 허구, 구십을 놀 리너만? 그건 잘허넌 짓이구만? 똥 묻은 개가 저(겨) 묻은 개 나무 래지!"

"쌍년이라 헐 수 읎어! 천하 쌍놈, 우리게 판백이 아전 고중평이 딸자식이 워너니 그렇지 별수 있겠냐!"

"아이구! 그, 드럽구 밉살스런 양반! 그런 알량헌 양반허구넌 안 바꾸어…… 양반, 흥! ……양반이 어디 가서 모다 급살맞어 죽구 읎덩갑만…… 대체 은제적버텀 그렇게 도도헌 양반인고? 읍내 아 전덜한티 잽혀 가서 볼기 맞이먼서 소인 살려 줍시사 허던 건 누군 고? 그게 양반이여? 그 밑구녁 들칠수룩 구린내만 나너만?"

"야, 이놈, 경손아!"

육집이 큰 보람도 없이 뾰죽하니 몰린 윤직원 영감은 마침내 마루로 쿵하고 나서면서 뒤채로 대구 소리를 지릅니다.

경손은 제 방에서 감감하게 대답을 허나, 윤직원 영감은 들었는지 못 들었는지, 연해 소리소리 외칩니다.

"너 이놈, 시방 당장 가서 네 할애비 불러오니라. 당장 불러와!"

"네에."

"요새 시체넌 거, 이혼이란 것 잘덜 헌다더라. 이혼…… 이놈 오 널 저녁으루 담박 제 지집을 이혼을 안히였다 부아라! 이놈을 내 가……"

윤직원 영감은 으르면서 구르면서 사랑으로 나가고, 고씨는 그 뒤꼭지에다 대고 제발 좀 그럽시사고, 이혼을 한다면 누가 무서워서 서얼설 기고 어엉엉 울 줄 아느냐고 퀼퀼스럽게 받아넘깁니다.

이래서 시초 없는 싸움은 또한 끝도 없이 휴전이 되고, 각기 장수가 진지(陣地)로부터 퇴각을 하자, 집안은 다시 평화가 회복되었습니다.

모두들 태평합니다.

계집종인 삼월이는 부엌에서 행랑어멈과 같이서 얼추 설거지를 하고 있고, 행랑아범은 안팎 아궁이를 찾아다니면서 군불을 조금씩 지피고, 그 나머지 식구들은 고씨만 빼놓고 다아 안방으로 모여 저녁밥을 시작합니다.

서울아씨, 두 동서, 경손이, 태식이, 전주댁 이렇습니다. 그들은 아무도 방금 일어났던 풍파를 심려한다든가 윤직원 영감이 저녁밥을 중판맨[18] 것을 걱정한다든가, 고씨가 밥상을 도로 쫒은 걸 민망히 여긴다든가 할 사람은 하나도 없고, 따라서 아무도 입맛이 없어 밥 생각이 안날 사람도 없습니다.

쇠가 쇠를 낳고

사랑방에는 언제 왔는지, 올챙이 석 서방이, 과시 올챙이같이 토옹통한 배를 안고 윗목께로 오도카니 앉아 있습니다.

시체말로는 브로커요, 윤직원 영감 밑에서 거간을 해먹는 사람

---

18) 중판맨 ; 도중에서 일을 그만 둔.

입니다.

　돈도 잡기 전에 배 먼저 나왔으나, 갈데없이 근천스런[19] ×배요, 납작한 체격에 형적도 없는 모가지에, 다아 올챙이 별명 타자고 나온 배지 별 게 아닐 겝니다.

　"진지 잡수셨습니까?"

　올챙이는 오꼼[20] 일어서면서 공순히, 그러나 친숙히 인사를 합니다.

　윤직원 영감은 속으로야, 이 사람이 저녁에 다시 온 것이 반가울 일이 있어서, 느긋하기는 해도 짐짓

　"안 먹었으면 자네가 설넝탱이라두 한 뚝배기 사줄라간디, 밥 먹었냐구 묻넝가?

하면서 탐탁잖아 하는 낯꽃[21]으로 전접스런[22] 소리를 합니다.

　"이러구 저러구 간으, 그건 아침에 말한 대루 이 화리[二割利] 아니구넌 안되니 그렇게 알소잉?"

　윤직원 영감은 정색을 하느라고 담뱃대를 입에서 뽑고, 올챙이도 다가앉을 듯이 앉음매를 되사립니다.

　"그리잖어두 허긴 그 사람 강씰 방금 또 만나구 오는 길인데요…… 그래 그 말씀두 요정을 내구 허기는 해야겠습니다마는……"

　"그럼 이 화리 히여서라두 쓴다구 그러덩가?"

　"그런데 거, 이번 일은 제 얼굴을 보시구서라두 좀 생각해 주서

---

19) 근천스런 : 궁상스런.
20) 오꼼 : 앉았다 갑자기 일어나는 모양.
21) 낯꽃 : 얼굴에 드러나는 감정의 표시.
22) 전접스런 : 던적스런, 보기에 더러운 태도 같은.

야 하겠습니다!"

"생각이라게 별것 있넝가? 돈 취히여 주녕 것이지."

"물론 주시긴 주시는데, 일 할(一割)만 해주세요!"

"건, 안될 말이래두!"

"영감이 무가내루 이 할만 떼신다면, 아마 그 사람두 안쓰기 쉽습니다……"

올챙이는 역시 윤직원 영감의 배짱을 아는 터라, 마침내 이렇게 슬그머니 한번 덜미를 눌러 놓습니다. 그리고는 한참 있다가 다시……

"……그러니 자아 영감, 그러구저러구 하실 것 없이, 일 할 오 부만 하시지요…… 일 할 오 부라두 일칠은 칠, 오칠 삼십오허구, 일천오십 원입니다!"

"아니 이 사람, 자네넌 내 밑으서 거간 서구, 내 덕으 사넌 사람이, 육장 그저 내게다가 해만 뵐라구 드넝가?"

"원참! 그게 손해 끼쳐 디리는 게 아닙니다! 일을 다아 되두록 마련하자니깐 그리지요. 상말루, 싸움은 말리구 흥정은 붙이라구 않습니까? 그런데 그게 남의 일이라두 모를텐데 항차 영감의 일인걸……"

"아이, 모르겠네! 자네 쇠견대루 허소!

"허허허허. 진즉 그리실 걸 가지구…… 그럼 내일 당장 강씰 데리구 올텐데, 어느만 때가 좋을는지?……내일 은행 시간까진 돈을 써야 할 테니깐요."

"글씨…… 대복이가 와야 헐틴디. 오날 저녁으 온댔으니개 오기넌 올 것이구, 오머넌 내일 아무 때라두 돈이사 주겠지만…… 자리넌 실수 읎을 자리겄다?"

"그야 지가 범연하겠습니까? 아따, 만창 상점이라구, 바루 저 철물교 다리 옆입니다. 머 그 사람이 부랑자루 주색 잡기 하느라구 쓰는 돈이 아니구, 내일 해전으로다가 은행에 입금을 시켜야만 부도가 아니 나게 됐다는군요! ……글쎄, 은행에서들 돈을 딱 가두어 놓군 돌려 주질 않기 때문에, 너나 할 것 없이 모두 죽는 소립니다! ……그러나저러나 간에 이 사람 강씬 아무 염려 없구요. 다 조사해 보시면 아시겠지만……"

"……그런데 정녕 저녁 진질 아니 잡수셨습니까?"

"……내가 이 사람아, 나락으루 해마닥 만 석을 추수를 받구, 돈으루두 몇만 원씩을 차구 앉었넌 사람인디, 아 그런 부자루 앉어서 글씨, 가끔 이렇기 끄니를 굶네그려! 으응?"

돈을 흥정하는 저자에서 오고가고 하는 속한일 뿐이지, 올챙이로서야 어디 그러한 방면으로 들어서야 제법 깊은 인정의 기미를 통찰할 재목이 되나요. 그저 백만금의 재물을 쌓아 놓고 자손 번창하겠다, 수명 장수, 아직도 젊은 놈 여대치게 저엉정하겠다, 이런 천하에 드문 호팔자를 누리면서도 근천이 질질 흐르게시리 밥을 굶네, 속이 상하네, 개 신세네 하고 풀죽은 기색으로 탄식을 하는 게, 이놈의 영감이 그만큼 살고 쉬이 죽으려고 청승을 떠는가 싶어 얼굴이 다시금 치어다보일 따름이었습니다.

상평통보(常平通寶) 서 푼과

올챙이는, 윤직원 영감이 자기가 자청해서 자기 입으로 개라고 하니, 차라리 그렇거들랑 어디 컹컹 한바탕 짖어 보라고 놀리기나 하고 싶습니다. 그렇지만 그런 버릇없는 농담을 할 법이야 있습니까. 속은 어디로 갔든 좋은 말로다 자손이 번창하고 가운이 융성하게 되면, 집안 어른 된 이로는 그런 근심 저런 걱정, 노상 안할 수도 없는 것인즉, 그걸 가지고 과히 상심할 게 없느니라고 위로를 해줍니다.

"영감님?"

"어이?"

부르는 소리도 은근했거니와 대답 소리도 다정합니다.

"지가 꼬옥 영감님께 한 가지 권면해 드릴 게 있습니다."

"권면?"

"네에, 다름이 아니라……"

"아니, 자네가 시방 또 은제치름 날더러 저 무엇이냐, 핵교허넌 디다가 돈 기부허라구, 그런 권면헐라구 그러잖넝가? 그런 소리거덜랑, 이 사람아 애여 말두 내지두 말소!"

이렇게 황망히 방색[23]을 하는 것이, 윤직원 영감은 어느덧 꿈이 깨고, 생시의 옳은 정신이 들었던 모양입니다.

"신통이구 지랄이구 이 사람아, 왜 글씨 제 돈 디려 가면서 학교를 설시허네 무얼허네, 모두 남 존 일을 헌담 말잉가? 천하 시러베개아덜놈덜이지…… 인제 보소마넌, 그런 놈덜은 손복을 히여서 오래잔히여 박적을 차구 빌어먹으로 댕길 티닝개루, 두구 보소!"

"원! 영감두! ……이거 보세요, 영감님?"

"왜 그러넝가?"

"지가 꼬옥 맘을 두구서 권면하는 말씸이니, 저어 마나님 한 분

---

23) 방색 : 남의 청을 받아들이지 않고 막음.

얻으시는 게 어떠세요?”

윤직원 영감은 대답 대신 히물쩍 웃으면서 눈을 흘깁니다. 네 이놈 괘씸은 하다마는 그럴듯하기는 그럴듯하구나…… 이 뜻이지요.

윤직원 영감은 마침내 까놓고 흉중을 설파합니다.

“……자네가 다아 참, 내 근경을 알어채구서 기왕 말을 냈으니 말이지, 낸들 왜 그 데시기[24]에 서캐 실은 예편네라두 하나 있으면 졸 생각이 읎겄넝가! ……아, 그렇지만, 그렇다구 내가 이 나이에 어디 가서 즘잔찮게 예편네 읃어 달라구 말을 낼 수야 읎쟎넝가? 그렇쟎엉가?”

마침 골목 밖에서 신문 배달부의 요란스런 방울 소리가 울려와서, 두 사람의 이야기를 막고, 문득 긴장을 시켜 놓습니다. 호외가 돌던 것입니다.

사변[中日戰爭]은 국지 해결이 와해가 되고 북지사변으로부터 전단이 차차 중남지로 퍼지면서 지나사변에로 확대가 되어가고, 그에 따라 신문의 호외도 잦은 판입니다.

이야기에 세마리가 팔렸던 올챙이가 정신이 들어, 시계를 꺼내 보더니, 볼일이 더디었다고 총총히 물러갔습니다. 그는 물러가면서, 잘 유념을 하여 쉬 그 마나님감을 골라다가 현신시키겠다고, 자청 다짐을 두기를 잊지 않았습니다.

---

24) 데시기 : ‘뒷덜미’의 사투리.

절약(節約)의 도락 정신(道樂精神)

올챙이를 보내고 나서 윤직원 영감은 퇴침을 돋우 베고, 보료위에 가 편안히 드러눕습니다.

침침한 십삼 와트 전등불에 담배 연기만 자욱하니, 텅 빈 삼칸 장방 아랫목에 가서 허연 영감 하나만 그들먹하게 달랑 드러누운 것이, 어떻게 보면 징그럽기도 하고, 다시 어떻게 보면 폐허(廢墟) 같이 호젓하기도 합니다.

윤직원 영감은 멀거니 드러누웠자매 심심해서 못 견디겠습니다. 춘심이년이나 어서 왔으면 하겠는데, 저녁 먹고 곧 오마고 했으니까, 오기는 올 테지만, 대복이도 까맣게 기다려집니다. 간 일이 궁금도 하거니와, 여덟 신데 오래잖아 라디오를 들어야 하겠으니, 그 안으로 돌아와야 하겠습니다.

누가 먼저 오나 했더니 대복이가 첫찌(?)를 했습니다.

운동화에 국방색 당꾸바지에, 검정 저고리에, 오그라붙은 칼라에, 배애배 꼬인 검정 넥타이에, 사 년 된 맥고자에, 볕에 탄 얼굴에, 툭 불거진 광대뼈에, 근천스럽게 말라붙은 안면 근육에, 깡마른 눈정기에…… 이 형색과 모습은 백만 장자의 지배인 겸 서기 겸 비서 겸, 이러한 인물이라기는 매우 섭섭해 보입니다.

"하였넝가?"

"예에, 다아 잘……"

"무엇으다가 붙있넝가?"

"마침 광으가 나락이 한 오십 석이나 있어서요……"

"나락? 거참 마침이구만! ……그리서 그놈에다가 붙있넝가?"

"예에."

"잘힛네! 인제 경매헐 때 그놈을 우리가 사머넌 거 갠찮얼 것이네! 나락이닝개루……"

워낙 대복이가 누구라고 그걸 범연히 했을 리가 없던 것입니다.

꿩먹고 알먹고 하는 속인데, 윤직원 영감은 채무자의 재산을 가차압을 해놓고, 기한이 지난 뒤에 경매를 하게 되면, 속살로 그것을 사가지고, 그것에서 다시 이문을 봅니다. 그 맛이 하도 고소해서 언제든지 기회만 있으면 놓치지를 않습니다.

성명은 전대복(全大福)인데, 장차에는 어떻게 될는지 기약하기 어렵다 하더라도, 반평생을 넘겨 산 오늘날까지, 이름대로 복이 온전코 크고 하지는 못했습니다. 오히려 박복했지요.

윤직원 영감과 한 고향입니다. 면서기를 오 년 다녔고 그중 사 년이나 회계원으로 있었습니다.

꼼꼼하고 착실하고 고정하고 그러고도 사람이 재치가 있고, 이래서 윤직원 영감의 눈에 들었습니다. 그런 결과 윤직원 영감네가 서울로 이사해 올 때에, 자가용 회계원 겸, 서무서기 겸, 심부름꾼 겸 만능잡이로다가 이삿짐과 한가지로 묻혀 가지고 왔습니다.

고향에서는 그의 과히 늙지는 않은 양친이 윤직원 영감네 땅을 부쳐먹고 지내면서 그다지 고생은 않습니다.

아내가 고향에서 시부모를 섬기고 있었는데, 연전에 죽었고, 그래 대복이는 시방 홀애빕니다.

죽은 아내가 불쌍하고, 시골 살림이 각다분하고[25] 홀애비 신세가 초라하고 하기는 하지만, 그런 걸 전화위복이라고 과연 복이 될

---

25) 각다분하고 : 일을 해나가기에 매우 고되고 힘든.

느지 무엇이 되는지 아직은 몰라도, 복이려니 하는 대망을 하무튼 홀애비가 된 그걸로 해서 품을 수만은 있게 되었던 것입니다.

실제록(失題錄)

대복이가 윤직원 영감의 머리맡 연상(硯床)[26]에 놓은 세트의 스위치를 누르는 대로 JODK의 풍류(風流)가 마침 기다렸던 듯 좌악 흘러 나옵니다.

"따앙 찌찌, 즈응 증지 따앙 증응 다앙……"

잔영산입니다.

라디오를 만져 놓고 막 제 방으로 물러가는 대복이와 엇갈려, 춘심이년이 배시시 웃으면서 들어섭니다.

"어서 오니라. 이년 왜 이렇게 늦게 오나?"

윤직원 영감은 반가워하면서 욕을 하고 춘심이는 욕을 먹어도 타지는 않습니다.

"일찍 올 일은 또 무엇 있나요? 오구 싶으믄 오구, 말구 싶으믄 말구 하지요. 시방 세상은 자유 세상인데! ……"

춘심이가 단숨에 이렇게 쌔와리면서[27], 얼굴 앞에 바투 주저앉는 것을, 윤직원 영감은 멀거니 웃고 바라다봅니다.

사랑은 쓰고 있되, 놀러 올 영감 친구 하나 없습니다. 저엉 무엇하면 객초(客草) 몇 대씩 허실하면서라도 바둑 친구나 청해 오겠

---

26) 연상(硯床) : 문방 제구를 벌여 놓아두는 작은 책상.
27) 쌔와리면서 : 싸부랑거리면서, 매우 경망스럽게 실없이 마구 지껄이면서.

지만, 윤직원 영감은 바둑이니 장기니 그런 것은 자고 이후로 통히 손을 대본 적이 없습니다. 웬만한 노인들은 대개 만질 줄은 아는 골패도 모르고 이날 이때까지 살아왔습니다. 그런 기국이나 잡기에 손을 대지 않은 것은, 소시적에 남들이 노름꾼 말대가리 자식놈이라고 뒷손가락질과 귀먹은 욕을 하는 데 절치부심[28]을 한 소치라고 합니다.

마침 라디오는 풍류가 끝나고, 조금 있더니 지랄 같은 깡깽이 소리[洋樂]가 들려 나옵니다. 윤직원 영감은 이맛살을 찌푸리면서 스위치를 젖혀 버립니다.

"너 이년, 다리넌 안 치기루 힜냐?"

"싫여요! 누가 암마야상인가 머!"

"허! 그년 참! ……그럼 다리 안 치넌 대신 노래나 한마디 불러라."

"노랜 하죠! 풍류 끝엔 텁텁한 걸루다 잡가를 들어야 하신다죠?"

"너 배 안 고푸냐?"

윤직원 영감은 쿨럭 갈앉은 큰 배를 슬슬 만집니다. 춘심이는 그 속을 모르니까 두릿두릿합니다.

"아뇨, 왜요?"

"배고푸다머넌 우동 한 그릇 사줄라구 그런다."

"이시구머니! 영감 죽구서 무엇 맛보기 첨이라더니!"

"저런 년! 주둥아리 좀 부아!"

"아니, 이를테믄 말이에요! ……사주신다믄야 배는 불러두 달게

먹죠!"

"그리라. 두 그릇만 시키다가 너허구 나허구 한 그릇씩 먹자!"

"우동만, 요?"

"그러면?"

"나 탕수육 하나만……"

"저 배때기루 우동 한 그릇허구, 또 무엇이 더 들어가?"

"들어가구말구요! 없어 못 먹는답니다!"

"허! 그년이 생부랑당이네! 탕수육인지 그건 한 그릇에 을매씩 허나?"

"아마 이십오 전인가, 그렇죠?"

마침 맞게 마당에서 청요리 궤짝이 딸그락거리더니, 삼남이가 처억

"우동 두 그릇 탕수육 한 그릇, 어서 빨리 시켜 왔어라우."

하고 복명을 합니다.

춘심이는 대그르르 웃고 윤직원 영감 끙! 저 잡것 좀 부아! 하면서 혀를 찹니다.

세계사업(世界事業) 반절기(半折記)

역시 같은 날 밤이요, 아홉시가 한 오 분 가량 지나섭니다.

그러니까 방금 창식이 윤주사의 둘째 첩 옥화가 계동 큰댁에를 들렀다가 며느리 뻘 되는 뒤채의 두 새댁들과 말말 끝에, 집에는 얼굴도 들여놓지 않은 종수를, 아까 낮에 우미관 앞에서 만났다는 그 이야기를 하고 있는 그 시각과 거진 같은 시각입니다. 그 시각

에 종수는 그의 병정인 키다리 병호의 인도로 동관 어떤 뚜쟁이 집을 찾아왔습니다.

종수는 새삼스럽게 소개할 것도 없이, 만석꾼 윤직원 영감의 맏손자요, 창식이 윤 주사의 맏아들이요, 경손이의 아범이요, 윤씨네 가문(家門) 빛내는 큰 사업의 제일선 용사 중 한 사람으로서 군수 운동을 하느라고 고향에 내려가 군 고원을 다니는 사람이요, 그리고 장차 경찰서장이 될 동경 어느 대학 법학과 학생 종학의 형이요, 이러한 그 종숩니다. 주욱 꿰어놓고 보니 기구가 대단하군요.

종수는 시방 나이 스물아홉, 생김생김은 이 집안의 혈통인 만큼 헤멀끔허니, 어디 한군데 야무지게 맺힌 데가 없고, 좋게 보아야 포류의 질[蒲柳之質][29]입니다. 혹시 눈먼 관상쟁이한테나 보인다면, 널찍한 그의 얼굴과 훤하니 트인 이마에 만 석이 들었다고 할는지 모르지요.

열일곱에 서울로 공부를 올라와서, 입학 시험을 친다는 것이 단박 낙제를 했습니다. 그대로 주저앉아 강습소 나부랭이를 다니면서 준비를 하는 체하다가 이듬해 다시 시험을 치렀으나 또 낙제……

열아홉 살에 세 번째 낙제, 그리고 다시 그 이듬해 스무 살에는 스무 살이나 먹어 가지고 열서너 살짜리 조무래기들과 섭쓸려 입학 시험을 칠 비위도 없거니와 치자고 해도 지원부터 받아주질 않았습니다.

그해 그러니까 기사년(己巳年)에 종수의 아우 종학이 삼 년 동

안 줄곧 낙제를 한 형의 분풀이나 하는 듯이 우등 성적이요 겸하여 첫째로 ××고보에 입학이 되었습니다.

이때는 벌써 온 집안이 서울로 반이를 해왔고, 한데 종수는 일 년이 그 지경이고 보니, 어디로 얼굴을 두르나 부끄러운 것뿐 일변 또 공부 따위는 애초에 하기가 싫던 것이라 아주 작파를 해버렸습니다.

명식이라마 공부를 작파하고 나서는 돈냥이나 있는 집 자식이겠다, 할 노릇이란 빠안한 것, 그동안 조금씩 익혀 온 술먹기와 계집질에 아주 털어놓고 투신을 했습니다.

그러나 윤직원 영감은 한 번 실패로 큰 목적을 단념할 사람이 아니었습니다. 그는 두루두루 남의 의견도 듣고 궁리도 해보고 한 끝에, 공부를 잘 시켜 고등관으로 군수가 되는 길은 글렀은 즉, 이번에는 군 고원으로부터 시작하여 본관을 거쳐 서무 주임으로 서무 주임에서 군수로, 이렇게 밟혀 올라가는 길을 취하기로 했습니다.

고향의 군수와는 매우 임의로운 사이요, 또 도지사와도 자별히 가깝고 하니까, 종수를 군 고원으로 우선 앉혀 놓고서, 운동만 뒷줄로 잘하게 되면, 자아 본관이요, 네에 서무 주임이요, 옜소 군수요, 이렇게 수울술 올라가진다는 것입니다.

과연 고향의 군수는 윤직원 영감의 청대로 선뜻 고원 자리 하나를 종수에게 제공했을 뿐 아니라, 뒷일도 보장을 했습니다.

그 삼 년 동안 윤직원 영감이 자기 손으로 쓴 운동비가 꽁꽁 일만 원하고 삼천 원입니다. 그리고 종수가 운동비라는 명목으로 가져간 것이 이만 원 돈이 가깝습니다. 해서 도합 삼만 원이 넘습니다. 하기야 종수가 가져간 이만 원 돈은 그것이 옳게 제구멍으로 들어갔는지 딴 구멍으로 샜는지, 알 사람이 드물지요마는…… 군

태평천하

에 다니는 건 명색뿐이요, 매일 술타령에 계집질, 게다가 한 달이면 사오 차씩 서울로 올라와서는 뚜드려 먹고 놉니다. 돈은 물론 제 집엣돈을 사기해 먹고, 또 그 밖에 중이 망건 사러가는 돈이라도 걸리기만 하면 잡아 써놓고 봅니다. 그랬다가 다급하면 그짓, 제 집 돈 사기를 해서 물어주든지, 직접 윤직원 영감한테 운동비랍시고 뻐젓이 돈을 타든지 합니다. 이번에 올라온 것도 그러한 일소간입니다.

"돈을 좀 마련해야 할텐데?……"

종수는 그제서야 일어나더니, 잔뜩 쪼글트리고 앉으면서 담배를 붙여 뭅니다.

"해보지……얼마나?"

병호의 대답은 언제나 신선합니다.

"꼭 천 원허구 또, 한 오백 원……"

"오늘루 써야 허나?"

"천 원은 내일 해전으루 되면 좋구, 오늘은 오백 원 가량만……"

"해보지! ……그렇지만 은행 시간이 지나서, 좀……"

종수는 손가방에서 수형 용지를 꺼내 가지고 일변 쓰면서 이야깁니다.

"……이번은 와리를 좀더 주더래두 내 도장만 찍어야 할텐데?"

"건 어려울걸! ……그런데 왜?"

"아, 지난번에 논을 그렇게 해쓴 거 일만오천 원이 새달 그믐 아니요?"

"참, 그렇지…… 그런데?"

"그런데, 그거가 뒤집어지기 전에 이거가 퉁겨서 나오구, 그리구서 얼마 안 있다가 또 그거가 나오구, 그래 노면 글쎄 한 가지씩

졸경[30]을 치르기도 땀이 나는데, 거퍼 두 가지씩!"

종수는 쓰던 만년필을 멈추고 혀를 날름날름하면서 고개를 내두릅니다. 졸경을 치른다는 것은 빚쟁이한테 직접 단련이 아니라, 조부 윤직원 영감한테 말입니다.

병호는 깜작깜작 생각을 하다가는 종수가 도장까지 찍어 내놓는 이천 원 액면의 수형을 집어 듭니다. 아무리 가짜 도장일 값에 윤두섭이의 뒷보증(우라가끼)이 없는, 단지 부랑자 윤종수의 수형을 가지고 돈을 얻다께 하늘서 별 따깁니다.

한 시간 안에 다녀오마고 나간 병호는, 두 시간 세 시간 눈이 빠지게 기다려 놓고서 일곱 시 반에야 휘적휘적, 그나마 맨손으로 돌아왔습니다.

도끼자루는 썩어도……

(卽 當世 神仙 놀음의 一齣)

동대문 밖 창식이 윤 주사의 큰첩네 집 사랑, 여기도 역시 같은 그날 밤 같은 시각, 아홉 시 가량 해섭니다.

큰대문, 안대문, 사랑 중문을 모조리 닫아 걸고는 감대 사납게 생긴 권투할 줄 안다는 행랑아범의 조카놈이 행랑방에 버티고 앉아 드나드는 사람을 일일이 단속합니다.

큼직하게 내기 마작판이 벌어졌던 것입니다. 벌어진 게 아니라 어젯밤부터 시작한 것을 시방까지 계속하고 있습니다.

---

30) 졸경 : 밤새 잠을 이루지 못하는 괴로움.

315

마작판에는 주인 윤 주사와 그의 손위에 가서 부자요 마작 잘 하기로 이름난 박뚱뚱이, 그리고 손아래에는 노름꾼 째보, 이렇게 세 마작입니다.

모두들 얼굴에 개기름이 번질번질하고 눈곱 낀 눈이 벌겋게 충혈이 되었습니다.

윤 주사는 느긋해서 구만을 마악 내치려고 하는데, 마침 머릿방에 있던 서사 민 서방이 당황한 얼굴로 전보 한 장을 접어 들고 건너옵니다. 마작판에서는들 몰랐지만 조금 아까 대문지기가 들여온 것을 민 서방이 받아 펴보고서, 일변 놀라 한문자를 섞어 번역을 해가지고 왔던 것입니다.

"전보 왔습니다!"

"동경서 전보 왔어요!"

"동경서? 으응!"

윤 주사는 손만 내밀어서 전보를 받아 아무렇게나 조끼 호주머니에 넣고 박뚱뚱이의 타패가 더디다는 듯이 쓰모를 하려고 합니다.

"전보 보세요!"

"응, 보지. 번역했나?"

"네에."

윤 주사는 종시 정신은 마작판의 바닥에다가 두고, 손만 꿈지럭꿈지럭, 조끼 호주머니에서 전보를 꺼냅니다.

",……이놈 사만이 분명 일을 낼 테란 말이야, 으응!"

"이 사람아, 마작판에 몬지 앉겠네!"

"가만 있자…… 내, 이 전보 좀 보구우……"

윤 주사는 왼손에 든 전보를 손가락으로 만지작만지작, 접은 것을 펴가지고는 또 한참이나 딴전을 하다가 겨우 눈을 돌립니다. 번역해

놓은 열석 자를 읽기에 그다지 시간과 수고가 들 건 없었습니다.

　이렇게 해서 윤직원 영감한테나, 그 며느리 고씨한테나, 서울아씨며, 태식이한테나, 창식이 윤 주사며 옥화한테나, 누구한테나 제각기 크고 작은 생활을 준 이 정축년(丁丑年) 구월 열××날인 오늘 하루는 마침내 깊은 밤으로 더불어 물러갑니다.
　오래지 않아, 새로운 날이 밝고, 밝은 그 새날은 그네들에게 다시 어떠한 생활을 주려는지, 더욱이 윤 주사가 조끼 호주머니 속에 우그려 넣고만 동경서 온 전보가 매우 궁금합니다. 하나 밝는 날이면 그것도 자연 속을 알게 되겠지요.

해 저무는 만리장성(萬里長城)

“이, 날이 이렇기 냉히여서 큰일 안 났넝가?”
“글씨올시다! ……”
대복이는 문안 인사도 할 사이가 없고, 공순히 꿇어앉습니다.
“……이러다가 되내기(된서리)나 오는 날이면 큰일나겄는디요?”
“나두 허느니 말이네! ……하누님두 원, 무슨 심청이란 말이야? 서리두 서리지만 우선 늦베[晩鐘稻]가 영글[結實]이 들 수가 있어야지! 그러잖이두 그놈의 수핸지 급살인지 때민에 도지[賭租]를 감히여 달라구 생지랄덜을 하넌디!”
　가을로 접어들면서 윤직원 영감과 대복이가 노상 걱정을 하게 된 것이 금년 추숩니다. 농형(農形)이 대체로 풍년은 풍년이지만,

전라도에 수해가 약간 있었고, 윤직원 영감네 논도 얼마간 해를 입었습니다. 어느 것은 겨우 반타작이나 되겠고, 어느 것은 사태와 물에 말끔하니 씻겨 내려가서 벼 한 톨 추수는커녕 그 논을 다시 파일구는 데 되레 물역이 먹게 생겼습니다.

"내 땅 가지고 내 맘대로 도조를 받고, 내 맘대로 소작을 옮기고 하는데, 어째서 도며 군이며 경찰이 간섭을 하느냐?"

이게 도무지 속을 알 수 없고, 해서 불평도 불평이려니와 윤직원 영감한테는 커다란 수수께끼가 아닐 수 없던 것입니다.

그런데 우환중에 날이 이렇게 조냉(早冷)을 해서 벼의 결실(結實)을 부실하게까지 하려 드니 더욱 걱정이 안될 수가 없습니다.

그럭저럭 여덟 시가 되자, 윤직원 영감은 안으로 들어가서 조반을 자시고 나와, 다시 그럭저럭 아홉 시가 되었습니다.

하늘은 씻은 듯이 맑고 햇볕은 양기롭습니다. 정히 좋은 날이요, 윤직원 영감한테는 그새와 마찬가지나, 새로이 행복된 오늘입니다. 오후쯤 해서는 올챙이와 말이 얼린 수형 조건으로 오천구백오십 원을 주고서 칠천 원 짜리 수형을 받아, 일천오십 원의 이익을 볼 테니, 그중 일백오 원은 구문으로 올챙이를 주더라도 구백사십오 원이고 본즉 오늘도 벌이가 쏠쏠하여 기쁘고.

그런데 오늘은 또 춘심이와 다아 이렁궁저렁궁하게 될 날이어서 이를테면 특집 호화판(特輯豪華版)입니다. 바야흐로 등이 단 참인데 웬걸 아홉 시 치는 소리가 때앵땡 나자 고년이 씨근버근 해뜩빠득 달려들지를 않는다구요.

어떻게도 반가운지! 윤직원 영감은 앞미닫이를 더럭 열면서 뛰어나오기라도 할 듯이 엉덩이를 떠들써억, 커다른 얼굴에다가 하나 가득 웃음을 흐트립니다.

"어서 오니라…… 아범은 앓넌다더니 인제 갱기찮어냐?"

"내애 인전 다 나았어요……"

"……어서 나오세요, 반지 사러 가게요……"

춘심이는 점방에 가서 반지를 고릅니다. 그리고 점원과 값을 깎으려고 한 시간은 넘겨 승강을 했을 겝니다. 마구 싸우다시피 구원 십 전에 그 반지를 뺏아 가지고 가게를 나오니까 열한 시가 훨씬 넘었습니다.

종로 네거리에서 춘심이를 일단 작별하면서, 또다시 두 번 세 번 다진 뒤에 계동 자택으로 돌아오니까, 마침 뒤를 쫓듯 올챙이가 수형 할인을 해쓴다는 철물교 다리의 강씨를 데리고 왔습니다. 대복이도 가타고 했고, 당장 칠천 원 수형을 받고 오천구백오십 원 소절수를 떼어 주었습니다. 따로 일백오 원짜리를 구문으로 올챙이한테 떼어 준 것은 물론이구요.

강씨와 올챙이를 돌려보내고 나니까, 드디어 오늘도 구백사십오 원을 벌었다는 만족에 배는 불룩 일어섭니다.

윤직원 영감은 그래서 방금 뚜벅거리고 달려드는 양복가랑이를 보자마자, 엇 뜨거라고 벌떡 일어서서 뒷문을 열고 안으로 피신을 하려는 참인데, 요행으로 낯선 양복쟁이가 아닌게 안심은 되었지만, 속아 놀란 것이 그 담에는 속이 상합니다.

"야, 이 잡어 뽑을 놈아 지침이나 좀 허구 댕기라!……"

방금 동소문 밖 ××원 별장의, 그야말로 주지육림(酒池肉林)[31]으로부터 돌아오는 종슙니다.

욕은, 담배 한 대 피우는 정도로 언제나 먹어 두는 것, 아무렇지

---

31) 주지육림(酒池肉林) : 호사스런 술잔치를 빗대어 이르는 말.

도 않아 하고 조부에게 절을 한 자리 꾸벅, 무릎을 꿇고 앉습니다.

"무엇허러 또 올라왔냐?"

"볼일두 좀 있고, 그래서……"

"볼일이랑 게 별것 있간디? 매양 돈이나 뺏으러 쫓아왔지?……"

"이번엔 계제에 한 이천 원 좀 디려야 일이 수나롭겠어요!"

"그러면 그렇지! 그러면 그리여! ……"

"……잡어 뽑을 놈! 귀년시리 돈이나 협잡질헐라닝개루, 시방 쫓아올라 와서넌 씩뚝꺽뚝, 날 돌라 먹을라구 그러지야? 누가 네 속 모를 줄 아냐? 글씨 일 다아되얐다면서 무슨 돈이 이천 원이나 드냐? 들기를……"

"지가 쓸려구 그리는 게 아니에요!"

"뉘가 안 쓰구, 그러면 여산(廬山) 중놈이 쓴다[32]냐?"

"선사감으루 금강석 반질 하나 살려구 그래요!"

"모르겠다! 나는 시방 돈이래야 톡톡 털어서 천 원밖으 읎으닝개, 그놈만 갔다가 무얼 사주던지 말던지, 네 소견대루 헐려면 히여라. 나는 모른다!"

그러나 종수는 조부의 그러한 성미를 잘 알기 때문에 한 자국 더 뛰어, 천 원 소용을 이천 원으로 불렀으니 종수가 선습니다.

윤직원 영감은 대복이를 불러, 천 원 소절수를 씌어 도장을 찍어 아주 현금으로 찾아다가 종수를 주라고 시킵니다. 그러면서 속으로, 오늘 구백사십오 원 번 것이 오십오 원 새끼까지 치어가지고 도로 나가는구나 생각하니, 매우 섭섭하고 허망했습니다.

---

32) 여산 중놈이 쓰다 : 전혀 관계없는 남이 쓰다.

망진자(亡秦者)는 호야(胡也)니라

"그놈 종학이는 참말루 쓰겄어! 그놈이 어려서버텀두 워너니 나를 자별허게 따르구, 재주두 있고 착실허구, 커서두 내 말을 잘 듣구…… 내가 그놈 하나넌 꼭 믿넌다 꼭 믿어. 작년 올루 들어서 그놈이 돈을 어찌 좀 히피 쓰기는 허넝가부더라마는, 그것두 허기사 네게다 대머는 안 쓰는 심이지. 사내자식이 너처럼 허렁허지만 말구서, 제 줏대만 실헐 양이면 돈을 좀 써두 괜찮언 법이여…… 그리서 지난 달에두 오백 원 꼭 쓸 디가 있다구 핀지히였기래 두말 않고 보내 주었다!"

마침 이때, 마당에서 헴헴, 점잖은 밭은기침 소리가 납니다.

창식이 윤 주사가 조금 아까야 일어나서, 간밤에 동경서 온 전보 때문에 억지로 억지로 큰 댁 행보를 하던 것입니다.

윤 주사는 토방으로 내려서는 아들 종수더러, 언제 왔느냐고, 심상히 알은 체를 하면서 역시 토방으로 내려서는 두 며느리의 삼가로운 무언의 인사와, 마루까지만 나선 이복 누이동생 서울아씨의 입 인사를 받으면서, 방으로 들어가서는 부친 윤직원 영감한테 절을 한 자리 꾸부리고서, 아들 종수한테 한 자리 절과, 이복동생 태식이한테 경례를 받은 후, 비로소 한 옆으로 꿇어앉습니다.

"동경서 전보가 왔는데요……"

"동경서? 전보?"

"종학이놈이 경시청에 붙잽혔다구요!"

"으엉?"

윤직원 영감은 마치 묵직한 몽치로 뒤통수를 얻어맞은 양 정신

321

이 멍해서 입을 벌리고 눈만 휘둥그랬지, 한동안 말을 못하고 꼼짝도 않습니다.

그러다가 이윽고 으르렁거리면서 잔뜩 쪼글트리고 앉습니다.

"거 웬 소리냐? 으응? 으응? 거 웬 소리여? 으응? 으응?"

"그놈 동무가 친 전본가 본데, 전보가 돼서 자세히는 모르겠습니다."

윤 주사는 조끼 호주머니에서 간밤의 전보를 꺼내어 부친한테 올립니다. 윤직원 영감은 채듯 전보를 받아 쓰윽 들여다보더니 커다랗게 읽습니다. 물론 원문은 일문이니까 몰라보고, 윤 주사네 서사 민 서방이 번역한 그대로지요.

"종학, 사상 관계로, 경시청에 피검! ……이라니? 이게 무슨 소리다냐?"

"종학이가 사상 관계로 경시청에 붙잽혔다는 뜻일 테지요!"

"사상 관계라니?"

"그놈이 사회주의에 참예를……"

"으엉?"

윤직원 영감은 시방 종학이가 사회주의를 한다는 그 한 가지 사실이 진실로 옛날의 드세던 부랑당패가 백길 천길로 침노하는 그것보다도 더 분하고, 물론 무서웠던 것입니다.

"사회주의라니? 으응? 으응?……"

윤직원 영감은 사뭇 사람을 아무나 하나 잡아먹을 듯, 집이 떠나게 큰소리로 포효(咆哮)를 합니다.

"으응? 그놈이 사회주의를 허다니! 으응? 그게, 참말이냐? 참말이여?"

"하긴 그놈이 작년 여름 방학에 나왔을 때버틈 그런 기미가 좀

뵈긴 했어요!”

“그러머넌 참말이구나! 그러머넌 참말이여, 으응!”

윤직원 영감은 이마로 얼굴로 땀이 방울방울 배어 오릅니다.

“……그런 쳐죽일 놈이, 깎어 죽여두 아깝잖을 놈이! 그놈이 경찰서장 허라닝개루 생판 사회주의 허다가 뎁다 경찰서으 잽혀? 으응? ……오사 육시를 헐 놈이, 그놈이 그게 어디 당헌 것이라구 지가 사회주의를 히여? 부자놈의 자식이 무엇이 대껴서 부랑당패에 들어? ……”

윤직원 영감은 팔을 부르걷은 주먹으로 방바닥을 땅 치면서 성난 황소가 영각을 하듯 고함을 지릅니다.

“화적패가 있너냐아? 부랑당 같은 수령(守令)들이 있너냐? …… 재산이 있대야 도적놈의 것이요, 목숨은 파리 목숨 같던 말세(末世)넌 다 지내가고오…… 자 부어라, 거리거리 순사요, 골골마다 공명헌 정사(政事), 오죽이나 좋은 세상이여…… 남은 수십만 명 동병(動兵)을 히여서, 우리 조선놈 보호히여 주니, 오죽이나 고마운 세상이여?……으응?……제 것 지니고 앉어서 편안허게 살 태평 세상, 이걸 태평천하라구 하는 것이여, 태평천하!…… 그런디 이런 태평천하에 태어난 부자놈의 자식이, 더군다나 왜지 가 떵떵거리구 편안허게 살 것이지, 어찌서 지가 세상 망쳐놀 부랑당패에 참섭을 헌담 말이여, 으응?”

방바닥을 치면서 벌떡 일어섭니다.

“……착착 깎어 죽일 놈! ……그놈을 내가 핀지히여서, 백년 지녁을 살리라구 헐걸! 백 년 지녁 살리라구 헐 티여…… 오냐, 그놈을 삼천 석거리는 직분[分財]히여 줄려구 히였더니, 오냐, 그놈 삼천 석거리를 톡톡 팔어서, 경찰서으다가 사회주의 허는 놈 잡어 가

두는 경찰서으다가 주어 버릴걸! 으응, 죽일 놈!"

마지막의 으응 죽일 놈 소리는 차라리 울음 소리에 가깝습니다.

"……이 태평천하에! 이 태평천하에……"

- 갈래 : 장편소설, 가족사소설
- 주제 : 일제 강점기를 살아가는 이기적이며 독
  선적인 인물에 대한 풍자를 통하여 부
  도덕한 삶에 대한 각성을 촉구함
- 배경 : 시간적–1936년(정축년) 말경부터 그
  다음해 초까지
  공간적–서울 계동 윤직원의 집과 그 주변
- 시점 : 전지적 작가 시점

줄·거·리

1

계동의 이름난 부자 윤직원 영감은 명창 대회를 좋아하여 춘심이를 데리고 부민관에 구경하러 가기도 하는데 버스 값을 무임승차하거나 하등표를 사서 입장하여 상등석에 앉아 보려하거나 하고, 그리고 춘심이를 혼자 돌려 보내고 그만이 인력거를 타고 와서, 인력거 삯도 깎으려 한다.

윤직원 영감의 선친인 윤용규는 삼십이 넘도록 탈망바람으로 삿갓 하나를 의관삼아 촌 노름방으로 돌아다니며 개평푼이나 뜯어 그걸로 투전장이나 아니면 그 어린 자식과 겨우 입에 풀칠을 하는 위인으로, 이 지경으로 반생을 살아왔다. 다만 좀 호협한 구석이 있고 담보가 클 뿐이다. 그런데 어느 해 난데없는 돈 이백 냥이 생겨 그 때부터 노름을 딱 끊고 그 돈으로 논을 산다, 대푼변 돈놀이를 하여 살림을 본래 마침내 삼천 석을 넘겨 받게 되었다.

2

윤직원 영감은 어려서부터 취리에 눈이 밝았고, 약관에 선친을 도와 큰 살림을 곧잘 휘여나갔다. 1903년 계유년 삼월 보름날, 윤용규는 마적떼가 침입하여 목숨을 잃게 되었다. 다시 윤직원 영감은 기미 경신년에 양복쟁이 몇이 총을 들이대어 사천 원을 빼앗긴 뒤, 시골서 돈을 많이 가지고 살면 여러 가지 뜯기는 것이 많고 또 양복입은 나그네가 마음 놓이지 않아 가권을 거느리고 서울로 이사를 했다. 세상이 편안한 뒤엔 윤직원은 문벌 없음을 섭섭히 여겨 처음 족보에다 도금을 한다. 윤두섭의 제 몇 대 윤 아무개는 무슨 정승이오…… 또 등으로, 그리고 딸을 가난한 양반집으로, 맏손자 며느리를 박씨 문중에서, 둘째 손자며느리는 조씨 집안에서 데려와 양반혼인을 시키고, 맏손자는 장차 군수로, 둘째손자는 경찰서장을 시키려 한다.

이와 같이 하여 신분 상승하려는 윤직원의 생각과는 달리, 딸은 남편이 전차에 치여 죽어서 친정으로 돌아오고, 장손인 손주는 시골로 내려가서 첩살림을 하고, 둘째 손자 종학은 동경으로 유학하면서 이혼해 달라고 편지로 어른들을 졸라댄다. 거기다 아들 윤주사도 첩을 얻어 나가 살고 있다. 그러므로 맏며느리 역시 과부나 진배 없다. 그런데 맏며느리 고씨는 시어머니가 죽고 나서 마땅히 집안 살림은 자신이 맡으리라 여겼던 것이 시아버지가 맏손자며느리에게 넘겨주는 바람에, 시아버지에 대해 감정이 좋지 않다.

아들 윤주사는 시골서부터 첩장가를 들어 딴 살림을 했고, 서울도 올라와서도 지금 동대문밖에 치가를 하고 있다. 그것이 요새는 기생 첩 하나를 더 얻어 관철동에다 살림을 차려 놓고는 두 집을 오가며 지내고 있다. 그런데다 누구 어려운 친구가 찾아와 사정을 하거나 남의 빚 보증을 섰다가 그를 대신 지불하는데, 아버지의 도장을 위조하여 돈을 빌리기도 한다. 이런 빚 보증으로 인한 아버지와의 싸움은 아들 창식이만이 아니라, 손자 종수하고도 마찬가지다.

③

사랑방에는 올챙이 석서방이 윤직원 영감에게 돈 쓸 사람을 이야기하고 있다. 윤직원 영감은 '이할'을, 올챙이 석서방은 '일할'을 주장하다가 결국 일할 오푼으로 결정을 본다. 흥정을 대강 마치자 올챙이 석서방은 윤직원 영감에게 은근한 이야기를 꺼낸다. 그것은 마나님 한 분 얻으라는 것이다. 이에 윤직원 영감은 마음이 솔깃해진다. 올챙이를 보내고 윤직원 영감은 심심하여 대복이나 춘심이가 오기를 기다리는 데 대복이가 먼저 왔다. 대복이는 윤직원 영감의 심부름으로, 돈 가져간 사람의 광에 있는 나락 오십 석에 붙이고 왔다고 한다. 대복이는 윤직원 영감과 한 고향으로 면 서기를 오 년 다녔고 그 중 사 년이나 회계원으로 근무했었다. 그는 꼼꼼하고 확실한 성격으로 윤직원 영감네가 서울로 이사올 때 회계겸, 서무서기겸 심부름꾼으로 이삿짐과 함께 묻혀 왔다. 그가 막 다녀가고 춘심이가 왔다. 윤직원 영감은 반가웠다.

맏손자 종수는 시방 스물아홉으로 생김생김은 헤멀끔하나 야무지고 맺힌 데가 없고, 입학시험을 세 번이나 낙방하였다. 윤직원 영감은 종수를 '군수'를 만들려 했던 것이 어렵게 되자 고양의 군수를 통해 뇌물을 써서 진급을 시켜 군수를 만들려고 노력한다. 그 시작으로 군의 고원으로 취직을 시켜 놓았다. 그러나 그는 윤직원 영감의 뜻과는 달리 돌변을 얻어내어 주색에 빠진다. 돈이 모자라면 제집 돈을 사기

하여 쓴다. 이를 돕는 인물로는 '병호'라는 사람이 있다. 이렇게 쓴 돈 가운데 일만오천원이 새달 그믐에 돌아오는데, 다시 수형 용지에 빌리는 금액을 쓰고 돈을 마련하려고 한다.

4

동대문 밖 윤 주사의 큰첩네 집 사랑은 큰대문 안대문, 사랑 중문을 모조리 닫아 걸고 감대사나운 행랑아범의 조카놈이 버티고 드나드는 사람을 일일이 단속한다. 큼직하게 내기 마작판이 벌어졌던 것이다. 마작판에는 주인 윤 주사와 부자 박뚱뚱이, 노름꾼 째보 이렇게 세 마작이다. 윤 주사는 느긋해서 구만을 마악 내려치려는데 민 서방이 당황한 얼굴로 전보 한 장을 들고 건너온다. 이미 번역을 마친 전보 였다. 동경서 온 것이다. 윤 주사는 손을 내밀어 전보를 받아 아무렇 게나 조끼 호주머니에 넣고 마작을 계속하려고 한다. 민 서방은 전보 볼 것을 독촉하지만 마작판에서는 마작을 계속할 것을 독촉한다. 윤 주사는 만지작만지작 전보를 만진다.

대북이는 윤직원 영감 앞에서 된서리가 내리면 추수가 타격이 클 것을 염려한다. 그러지 않아도 전라도에 수해가 있었고, 도조를 올리 지 말아라 하며 도-군이며 경찰이 간섭을 하고 있다. 아침 햇살이 향 기롭다. 윤직원 생각은 올챙이와 약속한 돈을 주고, 춘심이를 기다리 는 데 아홉 시를 치는 소리가 나자 춘심이가 찾아왔다. 그리고는 어 서 반지 사러 나가자는 것이다. 금방에 가서 점원과 승강이 끝에 구 원 십 신을 주고 반지를 사서 춘심이에게 주고 집으로 돌아오다 종수 를 만났다. 그는 돈이 필요해서 온 것이다. 이천 원만 달라는 것을 천 원을 주기로 한다.

그 때 마당에서 점잖은 밭은 기침 소리를 내며 윤 주사가 들어선다. 그는 사랑에 들어서자 동경서 전보가 왔다고 아버지 윤직원 영감에게 이야기한다. '종학이가 경시청에 붙잡혔다'고. 윤직원 영감은 깜짝 놀란다. 동경에서 법학을 공부하는 종학이는 장차 경찰서장으로 키울려는 둘째 손자이다. '종학이가 사회주의에 참여를 하여 붙잡혀 갔다'고 하자 더욱 놀란다. 윤직원 영감은 지금, 화적패가 있는 것도 아니고, 거리거리 순사요, 골목마다 공명한 정사가 태평 세상인데, 지가 세상 망쳐 놀 부랑당에 참섭한다며 노발대발이다. '이 태평천하에!'

등·장·인·물 ■ ■ ■

- 윤직원 : 이름은 윤두섭, 직원은 돈을 주고 산 향교의 직함임. 젊어서부터 아버지 윤용규의 곁에서 재산 관리를 잘하여 많은 재산을 모았음. 돈을 모으는 데에는 수단과 방법을 가리지 않으며, 남이나 공적인 데에는 돈을 전혀 쓰지 않으며, 가족에게는 독선적임.
- 윤창식 : 윤직원의 장남으로 집안과 살림 관리에는 관심이 없으며, 첩을 두고 한량들과 어울려 노름과 술로 시간을 보냄.
- 윤종수 : 윤직원의 맏손자로 입학시험에 세 번이나 낙방을 하고, 할아버지의 권유로 고향에 내려가 군 고원이 되나, 윤직원은 뇌물을 써서 '군수' 자리를 바라봄. 그러나 본인은 할아버지를 속여 주색에 빠짐.
- 윤종학 : 윤직원의 둘째 손자, 우수한 성적으로 입학시험에 합격, 동경으로 유학, 할아버지는 법과를 마친 후 경찰서장을 희망하나, 본인은 사회주의 운동을 하다가 경찰서에 잡혀감.
- 춘심이 : 윤직원으로부터 돈을 뜯어내는 동기.

《태평천하》는 구한말의 사회적 격동기에 만석꾼으로 신분 상승한 윤직원이 일제 식민 치하에서 자신의 재산을 지키고 신분의 안전을 도모하기 위해 어떤 처세술을 발휘하는가를 판소리 사설체를 빌어 풍자한 작품이다.

이 작품에서 작가는 윤직원이라는 한 개인의 속물 근성과 잘못된 국가관, 사회 인식을 강하게 비판하고 있다. 만석꾼이 된 윤직원은 양반의 족보를 사고 그 족보에 금칠을 하는 한편, 자식들을 양반의 후예와 혼인시키고 손자들에게 경찰서장 혹은 군수가 될 것을 강요한다. 윤직원은 시대에 대단히 민감한 듯하면서도 실상은 무지하다. 그는 일제 치하를 태평천하로 인식하는 잘못된 인식에서 볼 수 있다. 윤직원 영감의 인식이 그렇게 되기에는 한말 그의 아버지가 수령들에게 갖은 토색질을 당하고 끝내 화적떼에게 살해당한 뼈아픈 과거가 있었기 때문이기도 하다.

그러므로 가렴주구에만 정신이 없던 수령과 권총을 들이대며 재산을 약탈하는 무법자를 소탕한 일제가 윤직원에게는 대단히 고마운 대상이 되고, 식민 치하는 그의 말대로 태평천하인 것이다.

이 작품에서 윤직원 일가는 윤리적으로 타락하고 방탕하다. 윤직원 영감과, 그의 아들 윤주사, 또 그의 맏손자 종수까지 하나 같다. 거기다 윤주사와 그의 아들 종수는 아버지와 할아버지의 인장을 위조해 가면서까지 낭비와 사치를 하면서도 공공 사업에는 한푼도 내놓지 않는다.

이 작품의 시대적 배경은 작자 자신이 밝혔든 1938년대다. 이 시기는 일제 군국주의의 횡포가 극에 달했던 때로서 식민 치하의 한국은 암흑기였으며, 일제는 중국과 전면전을 일으키고, 한국은 철저한 계엄적 체제 속에 갇혔었다.

이와 같은 시대를 사는 피압박 민족이 자기가 처한 현실을 천하 태평으로 맹신한다는 것은, 이 작품이 단순한 인물 풍자가 아니라 '윤 직원'이라는 인물을 내세워 시대 비판을 드러내고 있음을 말하는 것이다.

깊이 읽기

1. 다음은 윤직원의 가계이다. 빈칸을 채워라.

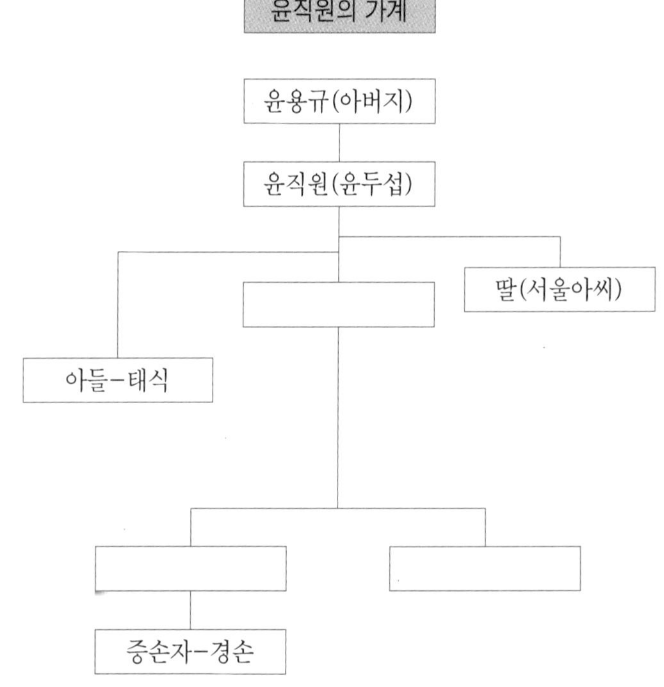

2. 윤직원의 잘못된 사회 인식을 드러낸 지문을 찾아 써라.

3. 제목 '태평천하'가 갖는 반어적 의미에 대해 써라.

□ 깊이 읽기

1.

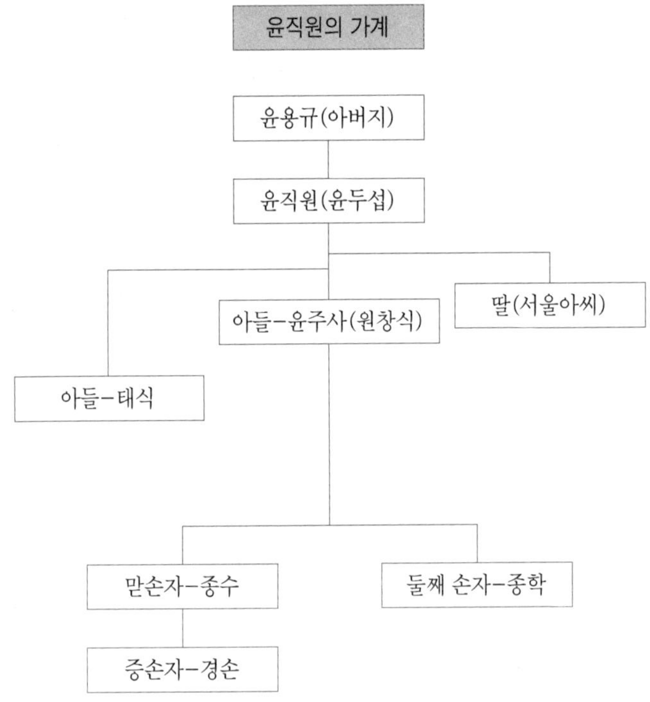

2. 화적패가 있너냐아? 부랑당 같은 수령(守令)들이 있너냐? …… 재산이 있
대야 도적놈의 것이요, 목숨도 파리 목숨 같던 말세(末世)는 다아 지내가
고오…… 자, 부어라, 거리거리 순사요, 골골마다 공명헌 정사(政事), 오죽
이나 좋은 세상이여…… 남은, 수십만 명 동병(動兵)을 히여서 우리 조선
놈 보호히여 주니 오죽이나 고마운 세상이여?…… 으응? 제것 지니고 앉
어서 편안허게 살 태평 세상, 이걸 태평천하라구 하는 것이여, 태평천하!

3. 식민지 통치하의 어려운 사회

감수 윤병로(尹炳魯) 약력

· 문학박사, 문학평론가
· 한국문학평론가 협회장
· 한국 현대소설 학회장
· 국제PEN클럽 한국본부 부회장
· 한국문예학술저작권 협회장
· 성균관대학교 명예교수
· 월탄문학상(1974), 한국문학상(1988)
  대한민국문학상(1989), 서울시문화상(1993)
  대한민국문화예술상(1998), 올해의 최우수 예술인상(2004) 수상

· 저서로,
  현대 작가론, 한국 현대 비평문학 서설,
  나의 작은 애인들(수필집), 한국 현대 소설의 탐구,
  소설의 이해, 한국 현대명작-현진건,
  한국 근대 작가 작품연구, 민족문학의 모색,
  박종화의 삶과 문학, 한국 현대 작가의 문제작 평설,
  문학 비평의 언저리, 한국근·현대문학사,
  현대시의 현장을 찾아서(평설집), 윤병로 평론 선집 Ⅰ·Ⅱ,
  세계화시대, 문학의 현실과 대응 등이 있다.

독서 평가와 논술을 위한 필독서

중학생 한국단편소설 ④   값 9,000원

1판1쇄 2005년 11월 20일 인쇄
1판1쇄 2005년 11월 25일 발행

지 은 이/ 김유정 외9인
감　　수/ 윤병로 교수

발 행 처/ 서림문화사
발 행 자/ 신 종 호
주　　소/ 서울 종로구 종로 6가 213-1
　　　　　(영안빌딩 101호)
홈페이지/ http://www.kung-fu.co.kr
　　　　　http://www.tutodown.com
전　　화/ (02)763-1445, 742-7070
팩시밀리/ (02)745-4802

등　　록/ 제1-218호(1975.12.1)
특허청 상호등록/ 022307호

ISBN 89-7186-646-2 43810
ISBN 89-7186-006-5(세트)